里下河生态文学写作计划丛书

老村庄

顾成兴◎著

中国民族文化出版社
北 京

顾成兴，男，1966年9月生，江苏省作家协会会员，业余从事散文创作，著有散文集《唐泽纪事》、《心语情思》等。散文《乡间野草》、《码头春秋》曾获江苏省报纸副刊优秀作品散文类二、三等奖，系列散文《遥远的村庄》获泰州市第四届"稻河文学奖"。

目　录

第一辑　淡痕

老大街 /003
码头春秋 /006
村庄的灯火 /013
村野拖渡 /017
石　臼 /021
石　磨 /023
石磙子 /025
学　堂 /027
商　店 /031
大饼店 /034
温馨的泥土乡路 /039
打谷场 /042
排涝站 /046

第二辑　疏影

油菜花开 /050

乡间野草 /052

水乡的树 /055

流淌在心田的河 /058

印象中堡湖 /062

村庄的桥 /065

水乡农船 /069

乡情悠悠风车转 /073

耕　牛 /077

第三辑　琐忆

桑葚熟了 /082

蚕豆花儿开 /085

多彩的夏日夜晚 /088

"肉大碗" /093

长长久久的"面条" /096

巴　年 /099

柴　草 /105

豆腐坊 /109

供销社——村庄里的"大洋场" /112

机米厂 /121

凤凰山 /125

绿化地 /130

第四辑　印记

古桐树 /136

那年三月三 /138

父亲的眼睛 /141

母亲的针线匾 /144

"五疤子" /148

柳叶儿青青 /151

口　粮 /154

分　红 /158

腌　菜 /163

沃血芙蓉犹自芳 /166

老屋与家 /173

阿　黄 /185

积肥纪事 /192

第一辑　淡痕

摄影：陆照兴

老大街

儿时的村庄一直珍藏在记忆里，仿佛一张老照片，旧得发黄，也有些模糊。因为年代久，觉着很遥远。有时，似乎近在咫尺，可伸出手去却够不着。村庄的印象如一幅写意的水墨画，有的地方墨重色浓，有的地方浅淡依稀，有的细节分明，有的只是约略的轮廓。

摄影：陆照兴

村庄在一块四面环水的垛上，像一片浮在水中的荷叶，大街小巷蔓延着，正好比叶面的茎脉。南北、东西各一条主街、三条辅街，街道在庄中心孙氏老宅大院交汇。南北主街纵贯全庄，被孙氏大院隔成两段，南段在孙氏大院门前与东西贯通的主街成"丁"字交接，南北辅街从东、西两侧经孙氏大院东西两侧延伸向北，先后与东西向的一条主街三条辅街交叉。街道构成博古架的形状，三四百户人家就分布在10多处框格之中。老街展示着村庄的独特风貌，也演绎着乡村人生世相。

这些街道何时形成，没有人说得清楚。老人的说法，都能跟明朝扯上点关系。据说明朝时这里曾驻扎兵营，庄西北第三生产队打谷场上曾留有卞元亨的系马桩。虽然无从考证，但绝不是空穴来风。关于卞元亨，历史上确有其人，与施耐庵是朋友，亦说是表兄弟，还是《水浒传》打虎英雄武松的原型，曾从张士诚起兵。村庄往西四五里地有个叫赦马舍的村子，村名的传说也与当年驻兵有关。往东偏北四五十里的便仓，即是卞元亨的家乡，那儿生长奇异而颇负盛名的"枯枝牡丹"，民间传为当年卞元亨的马鞭插在地里长成的。事实上，文化大革命期间村庄上挖到过一座古墓，里面发现有身穿官服好似活人一般的古尸。查阅老县志，明朝胡顺华撰修的县志记载，时县有四镇：芙蓉、安丰、陵亭、长安。"芙蓉"赫立首位，且注：县东北三十里。村庄至今一直沿用名称"北芙蓉"，且所处方位与县志所注也完全一致。由此可推，村庄的街道或成于明代。

所有街道都是清一色的青砖侧立铺就，十分齐整条实。工艺上充分考虑了雨过地干的效果，每条街两头都通向河边的码头，从庄中心大院处向四面延伸逐渐降低形成坡度，路面也保持"马脊梁"式的弧度，两侧窄窄的水沟。街边人家生活用水从自家院子阴沟排到街道的边沟，就直接顺流下河。下雨天，街道路面的水也淌到两边水沟再汇入河里。可见，这些街道当初建设时相当精心用心。一场暴雨过后，水洗过的路面在阳光下显得油润清亮，墨玉色质，平滑柔光。几处风蚀剥落破损的大小深浅不一的坑洼，侧边水沟底砖被屋檐滴水形成的凹窝，是时光留下的痕迹，也是岁月沧桑的印记。

街宽不足两米，沿街挤满各户人家房屋。站在一头望过去，狭长不见尽头，远处与天相接连成一线。货郎的叫卖和大人呼唤小孩归家的声音在街道如空谷传响，回荡整条街。街边人家，身在屋里，街上动静听得一清二楚，庄上的新鲜事儿很快会家喻户晓。庄上的人们，不论东头、西头、南头、北头，均相互熟悉，打门前一过就知道是谁，祖上几辈都能扳指头数过来。外村人来庄上走亲戚，走在街上无需看他跨哪一家门槛，邻居就能从来人的长相辨出是哪一家的什么人，热心地笑吟吟打招呼：来看姐姐啊，可好些日子没见你来啦。哪家新女婿上门，那边才进门，街上就议论开来：这家女婿怎的怎的，如此这般一张人物画像便在人们嘴里描述个大概。

白天的街上很是热闹，随处可见小孩三五成群捉迷藏、过家家，蹦蹦跳跳，穿梭嬉戏。小狗、小猫、大公鸡、芦花鸡正在悠闲地晃悠，突然被飞跑而过的孩童惊得四下里乱窜。北街西侧有一口古老的枯井，井栏边不时有小孩趴在上时探究稀奇。近旁的十字街口跨着一座悬空吊楼,楼下面从早到晚总有人团坐在四根立柱的石础上,胡侃神聊,谈笑风生。庄中心商店不时有人进进出出,店里断断续续传来收音机里刘兰芳说书的铿锵语调。东码头那儿的烧饼油馓店飘过来一阵阵的香味,诱得人满口生津。街边的炒米机旁围满了男女老少,忽然间众人捂着耳朵退散开来,"轰"的一声雾气像硝烟一样弥漫了半条街。铜匠担子的炉火烧得正旺,糖摊子上戴毡帽的老头儿手锣"当当当"敲个不停,卖豆腐、卖麻虾、卖青货的沿街吆喝此起彼伏。满街洋溢着乡村生活的气息,街上的气象生动了整个村庄。

夜晚的街,黑漆漆的,点点星光映照深蓝天穹,穹窿之下灰蒙蒙一片,街两侧低矮的房舍黑乎乎的一团,屋顶与天空形成波纹式曲线轮廓。几扇窗口透出微弱的煤油灯光,仅是消融在黑暗里的一点昏黄。走在街上步伐不能完全迈开,臂膀会不自然的张开,生怕撞上哪一处墙角。远处行人的脚步声十分清晰,一声声震动耳鼓,令人神经高度紧张,走到近前也辨不清面目,相互咳嗽两下,这才全身松弛。倘若一时半刻碰不见行人,只听见自己的脚步"吧嗒吧嗒",越走到街深处则越觉着有些毛骨悚然。街道仿佛沉入水底,只等天亮再一次浮现出来。

几经拆建,老大街早已不复存在,大明遗镇消逝无踪,曾经的村庄也渐行渐远。时光留不住,毕竟东流去。遥远的村庄,只能从记忆里去寻找。

码头春秋

我们的家乡是一片水汪子,村庄被几条纵横交错的大小河道包围着,庄子的四周沿河散落着大大小小、各式各样的码头。这些码头曾经是千家万户日常生活不可或缺的基本设施,也是人们出入村庄出脚、落脚的站点,承载了一代又一代人生产生活的依托,经历了风雨变幻、人间悲喜,见证了岁月沧桑、世事变迁。

老家的码头随处可见,最简单的,顺河坡用铁锹挖成几梯延至水面,就成了一个简易码头。这大多是在田野,方便清洗农具、取水浇灌和干活口渴时捧一口水喝。比较多见的是用残砖碎瓦铺几级台阶,再打几根树桩,搭上一块树木拼成的近水跳板,有的跳板还可以随水位调整高低。人们通常就在这样的码头上取水、洗衣、洗菜,乃至于直接洗漱,也借此乘船上下或停船。那种砖砌或水泥浇筑的大码头,不是每个村庄都有,这样的码头是村庄规模和规格的昭示。

我们庄子老早就是人民公社驻地,有七八处大码头,除去公社、供销社、粮站几处,庄上人常用的有东、南、西、北4处大码头。儿时,我总觉得码头是最具人气的地方,以至于很羡慕家住码头附近的小伙伴。有一段辰光,我很依恋母亲,一旦不见母亲的身影就哭鼻子,但只要母亲没下地干活,我常常能够在离家不远的南码头找到她。我有个发小,和我同龄,生日晚我10来天,我们几十年关系十分密切,一起谈笑的时候,经常会追溯感情的源头:才到世上不久,两个妈妈就在同一个码头洗尿布。水乡人家的女人,因了水而水灵,许多的光阴和青春也是随水逝去,她们持家理务,好多活计要在码头泡在水里完成。

一年之计在于春,一日之计在于晨,而一晨之计在于码头。勤劳的人们,大老早就出现在码头。男人们天没亮透就抢先到码头拎水、担水,把水缸盛满，汤锅加足，水桶也不空着。女人们一手提桶，一手夹盆，带着泡好的衣服、肥皂、搓板、捶衣棍，紧赶着到码头占位——来迟的要商量着挤出地儿插档，要么只能等在后面排队。新的一天就在码头的喧闹中渐渐拉开序幕，朝霞染红了半边天，也映照出流金溢彩的河面，水面氤氲着轻纱一般的水汽，悄无声息地舒展着缥缈的身姿，小鸟时而掠过惊起几粒水花，不远处偶有鱼儿蹿起，倏地一道弧线稍纵即逝。女人们穿得花花绿绿，洗着五颜六色的衣裳，一时，搓洗的刷刷声，捶衣棍击打的噗噗声，拉甩清汰的哗哗声，盆桶相碰的叮当声，伴着游在河浜几只老鸭的嘎嘎嘎声和河对面牛坑里老牛的哞哞长叫，夹杂一群女人的欢声笑语，浑然一支清新明快的水乡晨曲。

　　太阳升起一人多高的时候，人们洗好衣物收拾回家，准备下地干活。码头上又是一番热闹景象，大大小小、各式各样的船只从四面八方陆续过来，挨着码头两侧依次排开，一会儿就传来长长短短的吆喝："垛上的韭菜哎——五分钱一斤""陆家甸水瓜噢——不甜不脆不要钱""罗汉儿、鳑鲏、参子鱼哝——二角五一斤烧一碗呐""大麦换蟹蚱咯——毛打毛呃"……一帮大婶、奶奶闻声而来，提着各式各样的竹篮、柳条篮、藤篮、塑料篮、铁丝篮，涌到码头靠上各家船头，一边挑拣各自需要的货物，一边讨价还价。有的船家用筐子、篓子、木桶等将蔬菜、鱼虾、瓜果等抬上岸，摆成小摊坐地叫卖。

　　买菜的大多是社、厂、站等单位家属，城镇户口居多，庄上农户只有很少的几户殷实人家才会隔三差五扪上篮子出现在码头，平常人家只在过节或是家里来了至亲，才会偶尔跑一趟码头弄一两样菜。这时的码头，最是热闹繁华，河边一溜船上人声喧哗，岸上人来人往，选货谈价的、看秤论斤两的、见面招呼的、凑一起拉呱的、趁热闹闲逛的，老老小小人头攒动，几只鸡、狗也过来围着小摊寻食，被商贩赶得飞窜、狂吠，勾勒出一幅生动丰富的乡村市井生活图画。

　　晌午时分，码头上的人流逐渐稀松，上上下下的是头发花白的老太，也有几个半大的女孩，基本都是在家烧饭、带小孩的，来码头淘米、洗菜。老人们闲话多，一碰面就发布新闻：张家长李家短、本庄的趣事、外庄的奇闻、天上的神仙、人间的鬼怪、东海的龙王、水里的妖精，无所不谈。性急的来去匆匆，边说边应，洗好上岸，人不见影了，声音还随风飘着。闲散的干脆把菜带到码头，一屁股坐下，一边择菜，一边说东道西。淘米时慢慢地漾上半天，引得一趟趟小鱼游进米篮里快活地吞食不时浮起的碎米、稻壳。淘好洗毕，直一直身子，搁下手里的米和菜，继续没完没了的话题。直至看到有年轻媳妇们三三两两提前回家奶孩子，这才着慌着忙一路碎步小跑奔家做饭。

如果是夏天的话，经过午间短暂的安静，下午的码头就被一拨又一拨细伢子占领。大点的穿巴掌大的短裤，小些的直接光身，集聚在码头玩水。会水的围着码头四周踩水、游泳、扎猛子；不会水的蹲在码头伸入水里的台阶努力把自个泡进水里，脚丫子浮出水面踏水车似地乱蹬乱踢，小手也闲不住，有时兀自拍打水花，有时和同伴撩水嬉戏。一两个挤不到位置的，就在码头两侧，揪住拴船扣绳的铁环，让身子浮出水，双脚扑通扑通打出连续不断的水花。也有几个胆子大点的，从码头两侧浅水边向远处爬行，顺手摸来螺蛳、蚬子和小河蚌，居然有人从水下小洞里掏出活蹦蹦的大青虾，令小伙伴们羡慕不已。

常常有卖瓜的船只靠在码头，几个会水的调皮蛋立马游过去，围到船边双手抓住船帮悬在水里歇息，嘻嘻哈哈地眼睛瞄住卖瓜的人，一不留神呼地撑起身子伏到船帮上，迅速从船舱里拿起一个瓜递给水里等着的同伴。卖瓜人忽然发现过来喝斥，另一侧又有小家伙伺机下手，搞得卖瓜人手忙脚乱应接不暇，无奈举起竹篙左右挥舞，小家伙们一哄而散游离瓜船。卖瓜人瞅准其中一个，喝叫其还回偷去的瓜，小家伙连声回说：我没偷，我没偷。话音未了，一只瓜倏地从胯下浮了上来，码头河边回荡起一阵又一阵哄笑。

当村头的灯光渐次暗灭，码头也如疲倦的人们一样，蜷曲在河边不声不响。夜晚的码头寂静得怕人，四下里一片漆黑，那台阶一级一级往下，看不到哪一梯到水边，那水里也不知藏着多少神秘和恐怖。偶尔有人上一趟码头，那脚步声在夜空里传出老远，拨弄水的响声哗啦啦直钻人的耳鼓，极易让人产生稀奇古怪的联想。大人会讲很多瘆人的故事，警告小孩们，晚上不可去码头河边。我听得最多的就是关于水獭猫的传说，说它会突然出现在码头上，看到小孩就拖到河里去，尖利的爪子抓得你皮破肉烂，还会将你的口、鼻、耳朵塞满淤泥。我始终没有见过水獭猫，也有比较晚的时候经过码头附近，听到过"咚"的一声水响，同行的有一个伙伴说，这就是水獭猫，看我们人多跳回水里了。

摄影：陆照兴

胡家的小六子有时脖子上会挂一只古怪的物件，小五子悄悄告诉我，那正是水獭猫的爪子。说是他大哥一次干活回家很迟，摸黑到码头上洗铁锹，闻到很浓的腥气，思忖着可能有水獭猫过来，借着星光果然看见一只爪子从水里露出来，搭在了码头边脊上。他眼疾手快，唰的一锹猛地剁住了爪子。"哗啦啦"一阵，水獭猫逃离而去，这只爪子成了战利品——据说小孩挂身上可以避邪。我对避邪的说法深信不疑，央求小六子把东西给我细瞧，被恩准用手摸，认真研究把玩了一番，心里对他家大哥充满了崇拜。

深夜的码头也会有闹腾的时候，沉睡的村庄忽然被女人凄惨的哭声惊醒。喜欢管事的起身循声赶到码头，原是哪家夫妻吵架，婆娘欲下河寻短见，坐在码头思绪万千，多少辛酸苦难齐集，伤心痛哭一发不可收拾。悲号恸声刺破了夜幕，弥漫了村庄一方。一会儿就聚来一群人，大家围着相劝，婆娘家里人也过来了。男人一到，又是一顿臭骂：死吧，死吧，早死早好，死了干净。一拨人赶忙拉着男人说情讲理，一旁的女人哭得更凶，并试图向水里冲，又一干人迅疾闪身拦截。好不容易平息了，人们睡意全无，主角被拉回家了，劝架的却不走了，一顿龙门阵，直至三四更天才收场。

真正让人唏嘘痛惜的悲剧也曾在码头发生过。商业社陆会计的女儿十七八岁了，好端端的高中毕业在家待业，却在某一天深夜，静静地从码头下水，再也没有上来。有人说是鬼魂勾走的，也有人说是梦游症。夜里做梦，昏沉沉地就起来出门，沿街一直走到庄东码头，直接就跨到河里去。女娃儿一般不会游泳，下到河里即使醒了也无法上岸。庄上人深为同情，唯有叹息：唉！投得好人家，过得好日子，说没就没了，一枝花才开呀！

还有一件惊心动魄的往事，若干年过去，总还是有人提及。就住在码头口的李二婶，是个烈属，男人解放前就牺牲了，留下一双儿女。凭着烈属待遇和自己含辛茹苦，总算将两孩子拉扯大，儿子已经能够找对象结婚了。不知怎么回事，在一个月黑风高的晚上，李二婶和屋后的杨大媳妇吵骂开来。一个嘴凶，一个脾气急，互不相让。杨大媳妇越骂越狠：底子红怎么了？有"红本子"就是好人？照样偷吃扒拿当瘟贼。李二婶迅速反击：你说谁是瘟贼？交给我，你今天非说清楚不可。杨大媳妇并不退缩：哪个不晓得？那年生产队大南瓜哪一个偷回家的？李二婶的脸刷地红了，五六年前，两个孩子饿得恹恹的，她下地回来还真的从队里牛舍后身摘回一只大南瓜，给姐弟两美美地吃了两顿。想不到事情过去几年，杨大媳妇又抖出来戳伤疤，李二婶愣了愣神，虎一样冲来扭住杨大媳妇：罢罢罢，我是贼，我名声没了，命也不要了，就跟你拼了。杨大媳妇更不让人：拼就拼，我不过灯草一根，命不比旁人金贵。就这样，两人从家门口到码头，又从岸上缠到水里。庄上人用滚钩把她们打捞上来，两人仍然紧紧抱成一团。

生也码头，死也码头，庄上人饮食日常离不开码头，离世的人，也都是从码头上船，运到绿化地掩埋。悲也码头，喜也码头，哭别亲人的哀痛时时在码头盘旋，迎娶出嫁的喜庆也是在码头一次又一次上演。正月头上，除了拜年、玩耍，看新娘是节日里经常性的重要内容。大清早，看本庄接新娘的轿子船出发；午后，看出嫁的新娘发轿；傍晚，看娶回的新娘上岸、拜堂。鞭炮和唢呐声，引得我们东奔西走、南北穿梭。多少年来，轿子船从划桨、撑竹篙，到抽水机、挂桨船，后来又是住家船、小轮船。日子越来越好，轿子船越来越先进，喜庆礼仪也越来越隆重。

庄上那一次盛大经典的迎亲场面，我至今深深记得。分田到户不久，庄上人虽还没怎么富裕，但手里也会有点闲钱了，办大事的规格自然提升了。村民一组的杨家，1个儿子3个女儿，家里人手多、劳力强，又种棉花又长粮，还承包了绿化地长瓜，成了庄南头有名的富庶人家。儿子20岁不到就有人上门说媒，与村民3组孟家大女儿做亲。当年定亲，第二年结婚。头一回看本庄上两户人家嫁女娶亲，南码头发轿，北码头接新娘，又回南码头迎新娘。平素有些小气的杨家，迎亲搞得冒尖热烈。自"破四旧、立四新"以来，全庄第一家用花轿抬新娘，雇了2个吹手，租用了一条15吨住家船。新郎戴了插有金花的黑呢子礼帽，瘦挑个子、小白果脸，掌一副墨镜，英气逼人。我们在庄北码头看完新娘上船，鞭炮鸣放，轿子船离岸，立即转头奔向庄南码头。杨家几个帮忙的早已等在码头，炮仗已经撕开捻子，竖立一排，长鞭也剥了封皮，在地面铺开。呜哩呜喇的唢呐声由远而近，很快就看到载着花轿的轿子船。船上先点燃鞭炮，岸上立马跟上。河面和岸上鞭炮声、唢呐声、欢叫声混成一片，鞭炮燃起的烟雾笼罩着整个码头，犹如置身仙境。灯笼、火把在前，花轿紧接着抬起，人们争相掀开花轿的帘子看一眼新娘。其实，本庄的姑娘，大多都熟悉，但大家想看一看的欲望十分强烈。新娘高挑的身形，瓜子脸，皮肤白皙，本有几分妩媚。今天经过打扮，更不一般：头戴珠冠，光闪闪、亮晶晶、色彩斑斓，身穿一件古式的裙子，越发显得婀娜。花轿上岸，众人簇拥着，码头被挤得水泄不通。新娘从轿子里撒下一路硬币，跟在后面的大人小孩抢作一团，一下子跌倒一大片。花轿终于到了杨家，又是一阵鞭炮，唢呐声也更加欢快。

昔日的码头，与乡亲的生计息息相关。终老在家，得靠码头活着。出外谋生发展，从家里的码头到外面的码头，从小码头，到大码头。走的码头越多，人生越丰富，闯的码头越大，生命越精彩。无论是衣锦还乡，还是落魄而归，到家的第一站还是码头。无论多远，无论多久，码头上总会保留着游子的足迹，静静等待着落叶归根。岁月依旧、韶光不再，往日的繁华、喧嚣、兴盛业已沉寂，一切的悲伤、痛苦、怨艾随着流水东逝。而今寂寞的码头，是乡村忠实的守望者，相伴云烟过往和河水奔流，永远留驻着家乡的美好。

村庄的灯火

灯火是人们日常生活不可或缺的陪伴，也是人间俗世一个标志性的景象。每当暮色降临，喧嚣一整天的村庄渐渐沉寂，暗淡的屋舍次第透出微黄的灯光，像是用画笔漫不经心涂染的晕圈，影影绰绰散落一片，仿佛若干只疲倦的眼睛。每一处灯光里都有一幅温馨的家庭图景：一家人团坐一桌，热气腾腾的晚饭，咀嚼吞咽的声响夹杂着大人和孩子的欢声笑语；奶奶逗着孙儿学说话，媳妇搂着小婴儿哼童谣；妈妈对着灯儿穿针引线，儿子铺开课本做作业；爷爷坐在灯前搓草绳，奶奶洗碗筷抹桌子，年轻的夫妇默契配合着编织草包……

早先的乡村还没有通上电，农家照明全靠各式各样的油灯。玻璃瓶灯居多，也有铜盏灯、铁盏灯、陶瓷灯。从用途上说，有家里用的台灯，室外大场合用的汽灯，野外用的马灯，大体由灯座、灯头、灯芯、灯罩等构成，主要以煤油为燃料点着火发出光亮。蜡烛也是常见的，用石蜡浇注而成，灯芯凝结在蜡柱中心。蜡烛多用于红白喜事，焚香拜佛或敬神时，成对点好固定在案台中央，或安插在烛台两端的底座上。平常也可随用随点，蜡遇热熔化浸润灯芯，一粒火苗明灿灿的。"长明灯"则有其特定用处，哪家老人过世，穿好寿衣，头朝南脚朝北停尸堂屋东侧，用一只小瓷碗或大酒盅，盛上香油，一截棉线或棉花灯芯搁在碗口，点亮起来昼夜不熄，直至死者出殡。

常见的玻璃灯外形如细腰大肚的葫芦，上面是个形如张嘴蛤蟆的灯头，灯头一侧有个可把灯芯调进调出的旋钮，以控制灯的亮度。灯头四周有三四个"爪子"，用来卡住上口细、下口粗、中间鼓凸的玻璃罩。灯座里加满油，灯头穿好棉绳做的灯芯，待灯芯吸足了煤油，哧啦擦一根火柴，燃着的火柴点上灯芯，漆黑的屋内便立马明亮起来。灯光溢出门缝、窗户，交汇成村庄夜晚的风景，默默方便着过往的行人。即使这样一盏灯，也不是每家都有。直到20世纪70年代中后期以后，新嫁娘的陪嫁中才几乎都买上两盏，玻璃罩上套着红纸剪成的"双喜"，被小心翼翼地捧上轿子船，一路随着新娘船行至婆家，再稳稳妥妥地端进新房。新婚人家的新房里的灯光喜庆而又亮堂，那灯光挤出房间流泻着幸福和吉祥。

汽灯在乡村不太多见，看起来比较贵重，比普通煤油灯高档得多。大一点的庄上才有，但顶多也就三两台。大队晚上开大会，生产队突击开夜工，或是有些名望的人家办大事才能看到它登场。底座是气罐，上部是玻璃灯罩和灯泡，灯泡就是一只石棉纱罩，套在气罐上面的灯嘴上扣紧扎牢。也用煤油，先打足气，油在气压作用下汽化喷出，灯罩点燃后立即放射耀眼的白光，十几米范围灯火通明，老远就能看见高挑的汽灯光亮如小太阳。

好多人家是舍不得买灯的，用的大多是自制土油灯。找来废弃的药瓶或者用干的墨水瓶，瓶盖上钻一孔眼，再拿废铁皮或铝制牙膏壳卷成灯芯管，扯些旧棉花、破布絮，甚至草纸，捻揉作灯芯贯穿灯芯管，与瓶盖组装成一体，重新旋上瓶口，这灯就成了。家境较差的人家即使这种自制的土灯也仅有一盏，灶间、堂屋、房间端来端去轮着用。端移灯时轻手轻脚、憋着气息，唯恐灯火灭了又得浪费火柴重新点燃。灯头裸露在外，人脸凑近时，常常被燎着眉毛，袭着头发。一晚下来，第二天早上每个人鼻孔里黑糊糊，脸上也粘上瓦灰斑块。劣质的灯油燃着时，烟像尾巴一样拖得老长，亮度较弱。时而"噗哧"一声跳出一粒灯花，需要用针将它剥去。时间稍长灯芯头烧僵了，火苗忽然间缩小，抖索颤动着奄奄一息，得赶紧用剪刀剪去一截才可起死回生。

夜间熄灯睡觉，小孩蛮缠，一会闹肚子，一会要把尿，一次次点灯很是麻烦。睁眼一片黑，伸手在床头柜箱上摸索好一阵，好不容易抓到火柴盒，侧身再摸出一根火柴，支起身子用力划擦，"哧啦"火柴亮了，去寻灯芯头时速度快了些火却灭了，常常反复几次努力才能将灯点好。有时还会不小心碰倒灯，煤油泼出漫开满屋怪味，又需下床清理，再补添煤油。偶尔甚至会误将灯推倒落地，瓶碎灯毁，惊哭小孩，夫妻埋汰抱怨睡意全无，甚至由此引发拌嘴吵架，搞得一家子彻夜不宁。

　　火柴和煤油都是计划供应，一般人家火柴不敢乱划，煤油使用更是俭省。孩子做作业，大人做家务或者干副业才肯延长点灯时间。小孩磨蹭时间稍久一点，父母亲就会责备：没出息的，日不作，夜摸子，真是苦了灯芯费了油。晚上点灯看闲书会挨骂，有时大人直接将灯一口吹灭。精彩内容正看得起劲也只好假装睡着，等大人睡着了再悄悄点起灯，灯头捻得小小的，用书本遮住光亮偷偷继续。大人一觉睡醒倘使发现灯亮，立马下床装出要去小便的样子。估摸着大人翻身睡去，才再次全神贯注地往下翻看。

　　一个月的煤油计划早早用光，大人不住地唠叨：省点用，省点用，说了就是不听，这下可好，天天黑灯瞎火吧，再也不要费口饶舌了。小家伙有些理亏，平常听人讲过找到人可以超计划打煤油。想到自己一个要好同学的父亲在供销社当会计，于是借相互讨论算术题的机会提出请同学帮忙，同学欣然应承。回家就有了底气：给我钱，我能请我同学打到煤油。果然毫不费劲拎回满满一瓶2斤煤油，大人眉开眼笑，从此，对点灯看闲书宽松了许多。

　　豆灯一粒，洒照了千年，柔和的灯光下宁静的夜晚，亲人生动的面容，老家屋舍内外的情景浮于眼前，沉入脑海。芦笆的屋顶时常簌簌落下草屑灰尘，斑驳的土墙幻化着树虫花鸟、人物鬼怪、山峰云海，童年的灯光有着多少丰富的内容。风儿吹进屋内，灯火摇曳，明灭之间的庆幸和惊惶，灯光甫定的舒安和松缓，心随灯火而动。屋角时而有老鼠出没，窸窸窣窣、吱吱叫唤，突然滑落时"噗通"有声，初刻惊魂，闻声循灯光扫视，提起扫帚轻手轻脚猫腰走近，猛地出击，虽未正着，老鼠早已倏然逃窜，本觉悚然的情景，化为惊险刺激的趣味游戏。

　　走在黑咕隆冬的旷野，风呼呼地挟着莫名的声响，提着心，憋着气息，步伐也有些零乱。忽然看到隐隐的光亮，扯开黑沉沉的天幕，透出细细碎碎的树木、房舍，顿觉心定神安，脚步坚实沉稳。

　　村庄的灯火总在心头，这一片光亮始终陪伴我在人生路上前行，灯光里乡村旧景依稀，老家模样亲切，正是这灯光给我前行的方向、信心和希望。

村野拖渡

摄影：陆照兴

"隔河千里远""无船不成行"，这便是我们家乡生产生活交通的写照。大大小小的河沟纵横交错，将村庄和田块分割成一坨坨的垛子、墩子。它们之间有的筑坝相连，有的架桥互通，没有坝也没有桥，只有靠船了。行走在茫茫绿野，突然就到了尽头，眼前横现一道河流，一股新风扑面，满河碧波荡漾。逡巡举目，不远处似有茅屋草舍，寻路而至，果见河边柳树下一叶小舟，一位白发老翁正搂着竹篙闭目养神。察觉到有人来，老翁起身解缆抛篙停定，招呼行人上船坐稳，拨正船头，随着"哎吆子嗨"一声，竹篙入水撑足，小船轻快地滑向对岸。这就是那个年代的渡口。

渡口连通了人们的行程，是行人心中的希望和依赖。大大小小无以数计的渡口，经历了千百年的风风雨雨，成就了一代又一代人的人生旅程，也演绎了许多美丽神奇的故事。"千年修得同船渡"，许仙和白娘子同船过渡姻缘相牵，留下美丽的爱情传说。"浔阳江头夜送客，枫叶荻花秋瑟瑟"，白居易渡口送别听闻琵琶伤感流涕，咏成千古绝唱《琵琶行》。"绿阴渡口夜莺语""野渡无人舟自横"，历代诗文常常少不了描写渡口的精美佳句，若干古戏里也会以渡口为场景展开剧情。

不光是出门远行，乡亲们下地干活也少不了渡船过河。出村向南过一座大桥，顺圩堤向东，经一处坝头拐弯继续南行，又一座树木搭建的小桥，再前行百十来米，圩下便到了渡口。一条五六十米阔的大河南北贯通，天光映照下白亮白亮的，像铺展开来的一幅绸缎。沿河两岸是树木葱茏的圩堤，远远望去仿佛河流两侧翠绿的镶边。一二两个生产队的田都在大河东，人们上工、收工一律从这里过渡。由于渡船长期停靠，这里形成了一个简易的码头，岸边往内凹进一些呈括弧形状，坡面黄褐色的土比别处显得光滑。比较独特的是，这处渡口只有渡船没有船工，渡船两头系着粗大的草绳，分别拴住河两岸的木桩。人在这头拉绳将船拖到岸边，上船后立在船的那头拉绳再把船拖到对岸——可以称之为自助式的拖渡。

这拖渡不知何人发明，也不知从何时开始使用。多少个晨昏昼夜，一趟又一趟拖过来拖过去，运载着乡亲耕播收种，陪伴着农人经春历秋，饱尝寒暑辛酸，默送岁月流年。渡船为小型木船，应是专门定制，比一般的小木船大且厚实。长约5米，宽近2米，满载可乘10余人。船头与船身等宽呈方形，人们上下船比较平稳。这里不同于交通要道的渡口，早晨、上午、黄昏三个时段相对繁忙，其他时段很少有闲人过渡。一般中午收工吃饭的时候人流较涌，早上的稀粥薄汤挨不到一个时辰的活儿就已经耗光，咬咬牙、挺挺腰杆好不容易坚持到日头靠中，饿得前心贴后心身子打晃，只等队长宣布收工，立马像打了强心针鼓足力气迈向渡口。候渡时，男人们大多点上烟蹲一会，吧嗒吧嗒猛吸着，恨不得将整支或整锅烟吞进肚里；女人们争相站到水边洗手洗脚洗脸洗毛巾，或是捧几口水呼噜噜喝几口解渴；还有人干脆找一块平整处坐下歇息，甚至躺下身子哼哼着解乏享受。逢上对岸有人过来，那再好不过，一人拉住船绳，大家蜂拥着上船抢占船头、船舷、船帮可坐之处，船舱站满的时候，就有人大声叫停：满啦，满啦——不能再上了！看看船身下水太深，赶紧大叫：下去两个，快！妥了，总有一个人自告奋勇站上船另一头，马步式蹲住扭胯埋臀双手交替拖绳，使尽浑身力气把大家送过对岸。

时常会发生拖绳脱落故障，绳子久泡水中自然烂断，或是过往机帆船、轮船舵桨钩挂扯断了拖绳，也有时逢上星期天、假日半大的孩子们结伴来这里玩耍，顽皮嬉闹搞恶作剧，解开绳头甚至拿小铲锹剁断了拖绳。过河的人们到了渡口，看着漂在河中的渡船，急得直跺脚。夏天里倒不复杂，男人们都会凫水，自然有人下水游过去，捞上绳头系好结重新扣牢船头铁环或岸边绳桩，约摸半小时就能恢复通行。天冷水凉就有些麻烦，虽有人主动请缨，但下水试了一试便缩了回来。只好到附近找牛倌儿沛叔，把牛牵下河，沛叔卷了裤管手扶牛角跪站在牛背上，带上备用的拖绳吆喝着赶着牛游向渡船，在众人的注目下完成畅通渡船的重大使命。虽然无须身子下水，可是膝盖以下也还得泡在水里，沛叔耐寒的毅力赢得许多赞许。倘若沛叔在别处使牛犁田，人们只好坐守河边，等待有从这里经过的大小船只求援。

两个生产队的几位老农主动承担了渡船的维护和保养，他们每次上船过渡都会细心地检查船上各个部位，发现船舱渗水、舱板、船帮破损等，立即会想办法修整。他们为船上备好了石灰、黏土、麻丝、小榔头、蚌壳、拖绳等材料和用品，舱里有水的话，就用蚌壳刮净，然后查找进水的原因，如有船缝渗漏，就会用麻丝拌上石灰和黏土，再用小榔头捶熟，然后填塞到渗漏的船缝处，小心地压实，随时随地解决问题。杨三驼子和胡老七两位老伯，一得空闲就会带上几捆稻草到大圩上打草结绳，那活儿做得仔细又条实，打好的草绳匀称滚圆，既结实耐用又不苦手。积余备存的拖绳几乎堆满了船的前后舱，胡老七去世后年把时间，他打好的绳还没用完。每次更换拖绳的时候，人们总会念叨起他来。隔一两年，老农们还会选定大夏天农活闲的日子把渡船拖上岸，找东西垫起架高，铲去缝隙松动的泥灰，调和新的泥灰填紧嵌实，买几斤桐油将船周身涂刷一遍，晒干重新下水。

年复一年，日复一日，大多日子平静而又平常。可每年也免不了有老天作怨的时候，急风暴雨、飞雪寒霜、雷电霍闪，最凶险的是狂风恶浪。农人们回家的念头十分强烈，尤其是年轻的妈妈们，想着哇哇哭叫等着喂奶的孩子，顾不上等一等、缓一缓的劝告，冲向渡口拼命拖船渡河。大雨淋得人眼睛都无法睁开，渡船在风浪中颠簸，忽上忽下，左右摇摆，人几乎无法站立，稍不留神就被抛入白浪之中。老人们细数起来，村子里在渡河中溺水亡故的不下五六人。家中亲人们时常想起故人，经过渡口时冲着空旷的河面嚎啕悲泣，惹得乡亲们唏嘘哀叹，陪着伤痛难过一阵。要是哪一家有人收工以后迟迟不见回来，家里的老人常常会拄根拐杖到渡口，心急火燎地张望，忐忑不安地等候。

小小拖渡，陪伴了村庄几代人日出而作、日落而息，长长的拖绳连接着乡亲们的生计，牵连着这一方农人的命运，也维系着人们之间朴素的感情。渡船逐渐被一座座现代化的钢筋混凝土桥梁替代，已慢慢在我们生活中消失，但是村里经历过那个时代的人永远忘不了那处渡口和漂移在风浪中的小小拖船。曾经的村野拖渡凝结着浓浓的乡情，总会唤起人们深深的乡村记忆。

石 臼

村里人主食以大米为主，早晚大米粥，中午大米饭，好年景好家底的人家一日三餐总能凑合。在一些特别的日子，按照本地风俗，他们会用大米做出特别的食物。比如清明、七月半、腊月二十八，主妇们会做上一碗黏烧饼敬祭亡人祖宗；而春节、中秋这样的年节，各家必定吃上一顿汤圆寓示团团圆圆。当然，比较殷实的人家，平常也会吃几顿黏烧饼、汤圆等，变换主食的花样。黏烧饼、汤圆的原料实质上也是大米，但需是糯米加工成米粉才行。早先，村里人加工米粉靠的就是石臼。

石臼也叫作碓臼，由碓窝、碓椎架和扶手组成。碓窝是在一块方形的大青石中间由石匠凿出的一个圆窝，有三四十厘米深，上粗下细，非常光滑；碓椎架一头连着与碓窝配套的碓椎，一头支在一块石墩上，杠杆和石墩有隼口铆合可以形成轴心运动；碓锥固定在杠杆顶头与杠杆成垂直状，由一坨长形青石所制，也是上粗下细，下端非常光滑，整个要比碓窝小一圈，碓窝凿有若干斜凹槽，碓锥凿有若干斜凸槽，基本一一对应；扶手则是横在石墩前的一根木杠或竹杠，两头插在两侧墙壁小洞口。操作时，将淘洗晾干的糯米分次倒进碓窝，人到另一头用脚踩踏碓椎架的杠杆，碓椎那头便高高抬起，脚松开后碓椎稳准地砸向碓窝里的米，反复踩踏完成舂米过程，最后糯米全部碾压成粉。村子里的人们把这活叫作"磕粉"，相当直接而又形象。

庄上的石臼有好多处，安装在各个生产队的公用房子里，大多没有门，即便有门也从不上锁，村里人可以随时使用。第二生产队的碓臼就在知青宿舍紧隔壁，来自本县城镇的两个女知青起初以为邻着石臼隔三岔五有人过来可以壮胆，后来又很厌烦"咚咚咚"的舂米声，再后来反倒适应了这儿的热闹。逢上年节的前一天，这里最为繁忙，从早到晚，总有人排队。各家常常安排老人或打发小孩过来，把装着糯米的淘箩子、水桶、面盆、簸箕等顺次序摆放好。有人一看暂时轮不上，便回去忙别的事去，估摸时间差不多再过来。还有人守在一旁边说话边等，也有人干脆先帮着别人家搭手。其实舂米时有两个人配合最好不过，一人负责踩，一人蹲在碓窝边见缝插针翻一翻窝里的米和粉，顺着把粘在碓椎上的米和粉刮下来，再把溢出窝的米和粉扫回窝里去。踩的人可以抓住扶手，两只脚轮换着踩踏，但时间久了腿脚发酸还是挺累的。如果有人过来帮忙，你一脚我一脚地交替或是你一轮我一轮地互换，确要轻松许多。其实，同村本队的，大家通常总是互助协作地干活儿，这一点在"磕粉"的时候便有突出而又具体的体现。有时排了队的轮到了人还没到，厚道的人们也不会将他落下，依然按序帮他舂好——甚至他来取走舂好的粉的时候都不知道是谁出了这份力气。

西河傍的葛大过来磕粉的时候会把家里的小闹钟带过来，平时把握好了磕好一窝的时间，把闹钟调好，闹钟一响就起窝出粉，再倒满一窝重新开始。真个省事又有效率，等着的人还可以盯准时间，饭点上先回去，估算着啥时轮到再及时过来。几个小孩在学校没跟老师学会看钟读点，磕了几次粉，毫不费力学会了准确读出时、分和秒。而且，那时候村里难得几个人家里有钟，孩子们看到钟还是挺新鲜的，甚至感到那滴答声和闹铃声都有些神秘。

也有年轻小伙子主动要求前来磕粉，他们排了队就到隔壁知青屋里去闲聊，直到有人喊着反复催促才过来。磕好了并不急着回家，端着粉又到知青那儿一屁股不知坐到什么时候。家里人还等着做汤圆下锅，而他们倒先在知青屋里尝起了新鲜的汤圆或黏饼。奇怪的是，小伙子家里父母并不气恼，有时找过来还叮嘱儿子把粉再给俩姑娘留一些。一来二去，其中一位女知青竟成了本队一位小伙子的老婆。

石臼是农耕时代的农村生活用品，不知道传了多少代，似乎相当原始。但是，曾经石臼加工的米粉吃起来真的很香，那种香只要想起来还会在齿颊之间感觉得到。可是，这儿时的美味却难以品尝到了。

石 磨

　　石磨比石臼用途要广，可以用来磨制米粉、碎米糁子、面粉、豆浆等。一副磨有两扇，用两块有一定厚度的扁圆柱形的石头制作而成。下扇中间装有一个短的轴，上扇中间有一个相应的空套，两扇相合以后，下扇固定，上扇可以绕轴转动。两扇相对的一面，留有一个空腔，叫磨腔，腔的外周凿有一起一伏的磨齿。上扇有磨眼，磨面的时候，将谷物均匀地灌进磨眼，再流入磨腔，被磨成粉末，从两扇磨的缝隙淌到磨盘上。石磨有大有小，那种固定在磨坊的大磨，要靠水车或畜力拉转，在我们这一带极少见。常见的都是磨盘直径不超过1米的中小石磨，磨豆浆的大一些，直径六七十厘米；中等的居多，直径四五十厘米；还有一种小手磨，直径只有二三十厘米。

　　庄上的石磨比较常见，但有石磨的人家其实不多。一条巷子里三十多家住户，顶多四五家有，邻里间相互借用已经足够了。石磨大多是祖上置办的家什，现今的主人也不太知道它的来历，讲不清它使用了多少年头。有石磨的人家应当曾经都有过不错的家底，一年到头给乡邻们提供了许多方便，因而人缘也会比较好。石磨不用的时候，不是被搁置在墙角，就是拿来垫脚、抵门、压盖物品。冬天腌制咸菜，大缸填满后加压上磨盘，腌成的咸菜不会酸，烂菜皮也明显少。磨盘长期反复泡了盐卤，更加细密结实。看起来好像主人们不怎么把石磨当回事，其实他们心里都把它宝贝着哩。南舍上的席珍二爹爹时常会把他们家的石磨搬出来，认认真真地擦拭。家里还专门备了錾子、凿子等石活工具，每隔段时间，戴上老花镜就着磨盘敲敲打打，把每一道道凹槽清理一遍。然后，静静地坐在磨旁，抽几锅烟，还不时伸手慢慢地抚摸石磨，像是与石磨默默地传神会意。

　　庄上人磨得较多的是碎米糁子。每次将稻谷碾米回来，用筛子圈去稻皮、杂粒，碎米也从筛眼里漏了出来。这碎米烧饭做粥都不成用，各家的口粮本不充裕，也绝对不舍得拿它和进糠里喂猪。人们一律把碎米漂洗晾干磨制成糁子，早晚煮粥喝，作为重要的辅粮。磨糁子一般都在农闲日子或是晚上，一家老小上阵，那番情景很是温馨。冬日夜长，黑暗和寒冷包围了低矮的茅屋，油灯的火苗似乎也瑟瑟发抖，大人们在昏黄的灯光里晃来晃去，孩子们也跟屁虫一样窜来梭去。饭桌收拾干净，放上了一只竹匾，石磨被抬了过来，垫实、对眼、扣系好推杆，调试两下就正式开磨。一人推磨，一人喂料，一人接筛，其余暂坐一旁。孩子们有点新鲜而又兴奋，家里难得有这样兴师动众的大活动，堂屋里显得异乎寻常的热闹，本就天冷冻得缩手缩脚出不了门，又不愿上床钻那凉得浑身打颤的被筒，看着大人们忙活着说着话确也不错。随着米香飘溢，屋里渐渐有了热气，灯光似乎也暖和多了，推磨的已经卸去了棉衣，推杆吱扭吱扭地响着，推动磨扇发出乌鲁鲁的声音，间杂有筛子与竹匾磕碰的啪嗒啪嗒声响，构成一曲和谐的交响。推着、磨着、筛着，手上忙着，嘴也并不闲住，谈着家长里短，向小孩讲农事、家务活计和各样道理，说长工伙计的故事，唱《五更》和《王樵楼磨豆腐》，满屋子暖烘烘乐融融的气氛。小孩也不甘心干坐，忍不住抢上前来学着推磨，大人挺乐意地手把手指教，扶着带着把磨推得悠悠的，全家人跟着开心，满屋漾开了亲情和幸福。夜深灯愈明，小小茅屋里的温暖在寒夜里传出春天的气息。

石磙子

打谷场上都有石磙子，圆柱形状，长六七十厘米，粗如大号的水桶。制做石磙子的石料必定很讲究，每个石磙子看上去都是纯青的颜色，表面泛油色而且起光。周身均匀地开凿了一道道凹槽，形成了一条条棱子，一头中心嵌有铁轴，另一头中心挖开了一个鸭蛋大的圆眼。它主要被用来打谷子，也会被用于平整场地。

稻子收割上场，石磙子就会拉过来派上用场。水稻连秆成捆，解开匀铺在打谷场上。牛倌儿牵来老牛，先将木头轴框安到石磙子上，再拿绳子扣牢连接好木架，木架背到牛背上。"驾，驾，驾——，嗷吆嚎——"，牛倌儿扬鞭一阵吆喝，牛便使劲迈开腿，拖动石磙子在铺好的稻秆上打转碾压。几圈转下来，牛倌儿抽几把稻秆看看稻穗头有没脱尽，直到稻米与秸秆分离干净，将牛拉到空地卸下石磙子。随后，人们用叉子翻拣移走稻草，金黄的稻谷便呈现在眼前，晒上两三个大太阳，拿木锨扬去草屑、灰尘，就可以入仓了。

秋天，秧池里补种的晚稻登场，量不大所以不需要用牛，人工就能够在石磙子上脱粒了。两个劳力上前一齐推着滚动石磙子，转向时在石滚子下面垫一把草就势拨转，三两下就停放到位，再找几块砖垫挡固定好石磙子，就算搞定妥当。解开稻捆，分成几把，双手虎口相对握住稻秆根部，弓步扭腰，甩开力气将稻穗向石磙子上摔打，稻谷纷纷脱落散飞一地。同样的操作，还可以用来脱黄豆和芝麻等谷物。

石磙子和大力士的称号有着密切联系，村里人历来以玩石磙子来评价男人的力气，有人家把男孩的小名就叫作石磙子。石磙子在使用过程中有时会意外滑脱，从场头滚进河里去，在大家眼睁睁看着这一切满脸无奈的时候，有人挺身而出下水打捞。虽然难度大，但几经努力，在众人配合下，最终成功地将石磙子弄上岸来。有这种能耐的人，一个生产队也就三两个，他们展示的果敢和力量，获得一片赞许和普遍认可。劳动的间隙，逞强好胜的男劳力常常鼓噪怂恿玩石磙子赌力气。一群人兴头十足地围到场上，一番鼓动推选，几个比拼的站上前来。有人抓根草掐成几段，给选手们抓阄，约定以抓到稻草的长短为序顺次登场。有人上去一把就将石磙子竖立起来，紧接着两臂展开抱搂住石磙吸气起身，却在快离地的当口松了力气，怏怏地退到一旁。有一人出马，一手抓住石磙子顶头的铁轴，一手拦腰托住，发一声喊"起"，果然起身托定石磙子站直身子，现场迅即响起掌声、喝彩声。挑战的人早已按捺不住，跳将上来，运力沉气，也将石磙子抱起站立，并不理会人们的欢呼叫好，咬咬牙，试图往上举，不想力道一岔，"哎呦"一声石磙子离手落地，人闪身让开，歪在一旁直喊"吆啊——腰"。逞雄不成，落得伤力，失了大力士头衔不说，腰疼成了一辈子的患根。

  石磙子实在寻常，除了收获季节或是人们用得着它的时候，才会想起它的存在。平常日子，它被默默地闲置在打谷场一角，风吹雨打、日晒雨淋，无声无息。可是，每一个石磙子都曾经历沧桑，见阅世事，验证过许多强壮的庄稼汉子。村里的老人们永远不会忘了这个忠实的伙伴。

学　堂

　　公社的中心小学就设在村庄中央的孙氏大院，大人称之为学堂。学校是新式叫法，学堂似乎更显出庄重和威严。这里原是庄上大地主孙家的老宅，算得上村庄规模最大、最气派的建筑。青砖黛瓦，雕梁画栋，前后两进，大门朝南，进门一条青砖步道从前排穿廊贯通前院和后院。前排正屋6间以穿廊为轴东西对称，屋顶连脊，前面走廊串通，西侧两间厢房，东边一扇圆门内套一小院，另有相对两进小屋各3间。后排一溜普通瓦房10多间，西侧3间厢房，中间步道将院子一分为二，西南角有一处圆形花坛。院墙三面包围，清一色的青砖，下半部实墙、上半部窗格式的女墙。大约20世纪50年代初期，从地主财产归公开始这里就一直作为村里的学堂，不仅房屋规整满足办学条件，更难得这里恰恰处于全庄中心位置。到70年代初期，这里已是标准的完小，从幼儿班到五年级单轨每班一个教室，属全公社最全规制、最高水准的小学。当时虽然各村都按上面要求办学，但大多只有1—3年级，4—5年级就需要到就近大村并班。许多都是复式教学班，因为师资不够或场地限制，几个不同年级的学生同在一个教室，一部分学生上课，另一部分学生自修或课外活动。

　　孩子们对于学堂内心比较复杂，似乎很向往，却又有些惧怕。想象那么多孩子一起玩耍必定开心，又会联想老师的严厉管教会特别的拘束。大一点的孩子在家里被家长要求做这样那样的家务，逃避的最充分理由就是上学，可一坐进课堂就盼望着下课。他们常常面对做作业与做家务的苦恼，总是以做作业为名拖延家务，到老师检查作业的时候又总是推说家务多耽搁了做作业。其实，每一家的长辈，都是既重视孩子上学，又指望孩子从小勤快能帮着做点家务。一般人家尤其看重男孩上学读书，只有家境稍好或是家长有点见识的才同样认真对待女孩读书的事。乡下流行一首儿歌"牵么郎，拗么郎，送我家宝宝上学堂，一包果子一包糖"。乡村自古以来重教尊师，对于小孩入学特别郑重。量两尺布，缝一只新书包，买一把糖果，父亲把孩子专门带到学校，面见老师行礼拜托，并给同班的孩子们分发糖果。讲究的人家还专门包一些粽子，寓意金榜高中。

  早期的学堂，白天小孩上学，晚上还开办成人扫盲班。白天书声琅琅，晚上灯火通明，是庄上人气最旺、最为热闹的场所，也是相对独立有些特别的小小世界。进进出出的老师们衣着举止与本庄的农民迥然不同，男老师干净整洁的中山装，上衣袋时常插一两支钢笔，走起路来步伐均匀，绝不会像成天下地干活的学生家长，老远就听得见脚步声咚咚的。女老师大多穿对襟塑料纽扣上衣，除了几位年轻的梳着辫子，一律都是短发齐耳那种发型，细声细气，外界场合不带一点粗俗话语。而庄上稍有点年纪的村妇通常都是类似于裙装斜襟，布头盘做的搭扣，讲话像机关枪一样，声音震得人耳膜颤动。十几位老师，只有三五位本地的，大多来自县城和本县以外的地方，远有句容来的蒋老师、淮安来的秦老师、仪征来的钟老师、泰州来的薛老师，本县城里来的王校长、杨老师、庞老师、顾老师等，还有一位瘦瘦的、戴眼镜的、很是威严的吴老师，好像就没有人知道他来自何方。他们大多租住学校近旁的农户家中，也有几户就住在学校院内。庞老师一家子5口住在前院西厢房，顾老师夫妻俩住东套院南面的小屋，王校长夫妇和一双儿女住后院西厢房，单身的吴老师住后排最东一间。即使星期天或假日，校园内并不显得空荡，几家住户俨然成了这里的主人，他们共同管护着整个院落。

  所有的学生均为本庄小孩，每个班上也有为数不等的城镇居民的孩子，他们都是随来这里工作的父母居住在庄上。从衣着、面色乃至书包和文具等，能看得出他们跟农户小孩间的差别。他们脸上白嫩滋润、清清爽爽，身上的衣服整齐服帖，擤鼻涕会掏出手绢擦上一擦，书包里都有好看的文具盒，盒里不止一支铅笔，甚至还有橡皮头铅笔。不像农家小孩那样脸上有时沾点草屑或是拖着鼻涕，衣服打着许多补丁，皱巴巴的，大多没有文具盒，一支寸把长的铅笔、一小块橡皮直接揣在书包一角。然而，一到课间时候，孩子们搅在一起推搡打闹、飞奔雀跃,很难辨识得清。上课时,老师要求同学们双手后背、身体挺直,课堂里一片安静。老师转身板书的当口,就有同学拿身子挤同桌的同学,悄声咕哝:你占到我这边了。被挤的回敬:我没有,桌上的界线在这里。还有的同学将笔尖支到课桌抵住前排同学后背,小声警告:别再往后靠了,戳疼别怪我。老师突然回转身,拿眼扫了一遍:刚才哪位同学讲话了,站起来!教室里空气凝固了一般寂静,立马全部绷直了身子。老师的眼睛真的太厉害了,稍稍一点动静总能随时察觉。正尽情讲课,猛地停住:一组第三排左边的同学请起来回答,我刚才讲到哪儿了?同学们的眼光霎时集中到窗口一位同学身上,窗台上刚刚还叽叽喳喳和这位同学互动的麻雀也被惊得拍拍翅膀飞走了。

课堂上越是受约束,调皮的孩子们课余越发疯玩。上课时,老想着前院东面那棵老槐树上的钟,巴望着值班的老师正站在树下准备敲响。"当——当——当——"钟声刚停,老师才转过身去,家住学校屋后的两三个孩子居然翻窗出去,从家里舀一勺水喝两口,洒向趴在窗口观望的同学。直到上课铃声响起,这才跃窗进教室。教室走廊的檐顶处总会有小雀儿安家做窝,在地面疯够了的顽皮蛋,心思瞄向了鸟窝,喊上个头高一点的伙伴合作打高肩,一人蹲下,一人脱鞋站到他肩上,慢慢扶墙起身,举手够着梁架,双手抱住向上一窜,两腿已勾挂上去,紧接着腾出手来伸进鸟窝中。不知啥时,校长已静静地站在近旁,围观的同学收住了说笑不敢吭声。上面的那位同学全然不知:啊哦——有喜有喜,蛋蛋,还有肉乖乖。他小心取出两粒蛋,回手伸向下面:接住接住。感觉不大对头:哎哎?哪来这么肥这么厚的大手?有同学忍不住哧地从鼻孔挤出笑来。扭头见校长就在身下,一张大巴掌就势攥住他的小胳膊,轻轻一拉张开双臂接住:哪个班的?刚刚神气活现的劲儿像皮球一样泄了。那一边,一个鬼坏的男孩趁身边同学不注意,摘下他帽子甩向一帮女同学人堆里,女孩们像受惊的兔子似的蹦起来四散而逃。

表面看上去严肃、冷峻的老师们,骨子里都是妈妈的心肠。杨老师每周都安排一个下午第三节课给大家讲故事,董存瑞、杨根思、黄继光、邱少云等英雄都存进了幼小的心灵深处。钟老师常把孩子们带回家里，给孩子们看《高玉宝》《红岩》《红旗漫卷》《艳阳天》等图书。蒋老师总给家里贫困的同学买笔、本子、橡皮，有时还为没吃早饭的同学买几个馒头、烧饼。薛老师看到有同学纽扣掉落、衣服破了，取来针线细心地替他缝补。

　　日复一日，老师们侍弄苗木一样精心培育一茬又一茬孩子；一年又一年，孩子们像树苗一样渐渐长高，一批又一批移植出去。直到有一天，老大院消失了，学校搬迁了，原来的老师一个个离开了。新的学校展现新的风貌，新的老师，新的学生，一轮轮循环往复。小小学堂，承载着全庄农户对美好未来的期盼，也逐渐演化着村庄遗风旧俗；它是老师人生的舞台，也是农家子弟启蒙开化的起点。面朝黄土背朝天的千辛万苦，缺衣少食的贫困交迫，目不识丁的木讷愚钝，统统一去不返。多少人坐家安享富足舒坦的小康生活，多少人走出乡村成就梦想，多少人离乡离土创业发展，无不得益于这小小的学堂。铃声、书声，童年的影子、老师的音容，沉淀在村庄的每一个角落。

商 店

"乖小伙,去打点酱油回来。"父亲一声召唤,小家伙便兴冲冲地走近前来,接过两毛钱,提上瓶子,一溜小跑奔向商店。虽然左弯右拐,小家伙轻熟得很,不一会径自迈进店门。在柜台前举着个瓶子:程爹爹,打1斤酱油。正为另一位顾客结账找钱的程爹爹连忙应声:就来,就来,小宝宝,莫着急啊。接了瓶子,程爹爹念叨着:酱油1斤,大端子两下。同时取出注口和竹筒端子,满满两下小心灌装进瓶子里。堵上软木塞,试了一试这才放心交到小家伙手里。又从抽屉翻出一分硬币:1斤酱油1毛9,找零1分,拿好,慢走。小家伙连连摇头:不找钱,不找钱。程爹爹笑了:哦,宝宝不能白跑一趟,辛苦了要有享头。棒棒糖,还是小方糖?拿了一块棒棒糖,小家伙含在嘴里乐悠悠地回了家。

庄上的商店在哪儿,那可是妇孺皆知。供销合作社的大门市服务对象是全公社社员群众,而庄上各家各户的日常用品主要靠商店供应。当初商店选址首先应该考虑的交通便利,就在学堂东北侧十字街口吊脚楼旁。门朝北的3间老瓦屋,门两边墙上鲜红色的油漆刷着八个毛体大字:发展经济,保障供给。门框上方4格玻璃窗,每格一个黄色宋体字:国营商店。入得门来,东边里间为货仓,外两间连通,内里从东栈墙向西再折向北顶前墙是一道"L"形封闭柜台,有两处活页式柜台板,掀起下面各一扇栅栏,柜员可由此进出。柜台外自然形成一块长方形门厅,繁忙时可容纳十来人。屋顶一块玻璃天窗,晴日白天一束阳光投进店内,虽然正门朝北却不觉得背阴。日子久了,程爹爹能从光影投照的位置估算出一天的辰光。

小小商店,几乎应有尽有。除了田里种的,吃的、用的大多离不开商店,生火的火柴,点灯需要的火油,洗衣用的肥皂,烧菜调味的盐、酱、醋、水大椒,还有烟、酒、针、线、纸张、笔墨等琳琅满目。柜台里靠墙整排的货架,柜台下面也码放着若干货物。东西多,却不杂乱。毕竟公家的地方,不像平常住户家里不怎么讲究,所有物品整齐有序,柜台、货架一尘不染,地面始终干干净净。空气里有一种特有的会让人想深吸几口的味道,是店里的酱、烟草、纸张、雪花膏等混合而成。程爹爹也是公家人,衣着整洁,肤白面净,圆头滑脑,没一根发丝,也看不见一点胡茬,双手指甲总是修得光溜溜的。和县城里人一样说话音尾上扬,不高不低、不紧不慢、不愠不火。来了顾客,不必看货架上有什么,开一声口,程爹爹立马像变戏法一样取出来。

国营商店必定货真价实、服务热情、买卖公平、童叟无欺。针头线脑,大街上的糖担子上也能买到,庄上的妇女总觉得在商店买的才尽可以放心。到店里买松紧带、头绳、秧绳,程爹爹在刻着尺寸的柜台上,一边量一边唱数,带回家拿尺子复量,绝对足尺足寸。售卖计划物品,每家每户都有底册,户主、人口、月份、标准等都有详细记载,程爹爹随时翻册子查看,确认后才放心供给,然后认认真真在表格空白做好填注。火油、肥皂之类物品计划供应总难足够家用,有人认为和程爹爹交情不错想超一点计划,总会被婉言拒绝。有人家按计划可买两块半肥皂,便忍不住开口:咱俩也多年老交情了,就卖我3块算了。程爹爹一脸和气:老交情我是晓得的,但是这半块肥皂给了你,人家少半块不答应,你让我怎样子交代呢。边说边拿一根棉线含在嘴里,抓起整块肥皂,比划着用线拦腰箍勒住,手、口同时用力,齐刷刷地将肥皂一分为二。

商店的大门始终为百姓打开着,不管风霜雨雪,无论寒暑。晚上,各家各户闭门关灯,商店门口总有一片灯光洒照街面,循着光亮便看到柜台里程爹爹那亮晃晃的头。每从暗处走来,这一片微黄的、暖暖的光照,让人心里觉得一阵轻松和宽慰。这盏灯也的确比平常人家的灯亮度高一些,同样那种高脚玻璃罩灯,程爹爹一得空就会除下罩子用软纸或棉布头擦拭,擦一阵就到嘴边哈一口气再擦,又对着光线看看,直到晶亮剔透。他还拿出雪白的纸片,剪成中间圆孔的圆形套盖在灯罩上,把灯芯也调到最佳大小,一盏灯照得见满屋边边角角,柔和而又温馨。商店的服务是全天候的,程爹爹正常二十四小时守在店里，一日三餐都是老伴提只小竹篮，用毛巾捂着，迈着一双小脚一步一颤送到店里。入夜，关门休息，商店的灯也不会熄灭，程爹爹只是把灯芯捻小下去，一旦有人敲门想买东西，他会立马捻亮灯起身开门。他的家离商店仅有二三百米，除了年三十晚上和大年初一，人们几乎没见他回过一次家。

　　人们行走在商店附近的街上，遇上突如其来的一场雨，若是离家有点远，选择到商店躲雨最为稳妥。绝对不会碰上铁将军把门，店堂里干净、舒适，程爹爹满面春风，会拿出仅有的两张凳子热情地招呼看坐。感兴趣听收音机，他马上扭几下旋钮放大音量。抽烟的湿了火柴，他立马递过来干爽的火柴帮助点着。想买烟抽，钱不够也不要紧，程嗲会把一盒烟拆开来卖：噢，身上只带了一角钱啊，吃"经济"还是"青松"？那位连连摇手：不吃不吃，吃了就咳。程爹爹明白了：晓得晓得，要提高档次了，"勇士""玫瑰""华新""大运河"？程爹爹一口气报出低中高几个品牌。对方稍稍犹豫了一下："大运河"要三角多了？程爹爹赶忙应声：不碍事，想尝尝"大运河"我拆开来拿几支。拆好取出5支，找一只空烟壳装好：一包三角二，5支八分，一角钱还余二分。紧接着取出塑料袋，小心装好那包开启过的香烟，认真地用牛皮筋把袋口扎得严严实实。

　　国营商店在人们不知不觉中退出了历史舞台，程爹爹终于回家和子孙们同住，每天捧一壶茶或坐在自家院内，或踱步在大街，笑吟吟地不停地与行人打招呼。通庄人都认得程爹爹，一家子两三代人都叫他程爹爹。毕竟那一段时光里，商店关乎每个人的生活，每一家的日子都和商店有着十分密切的关联。

大饼店

摄影：陆照兴

　　庄东的大码头岸边，一座普通住宅改造成的门面，朝南是整排的闼子门。天色微明，四下里鸡啼声此起彼伏，值守的店员连忙起身——卸下门闼子，生起火炉子。打烧饼的王大河、炸油条的余金堂，一边走一边扣着纽扣，前脚后脚就到了店里。揭开头天晚上捂好的面酵，"噗通、噗通"地和面、揉面。炉烟混着晨雾缭绕升腾，炉火与朝晖相映，一片酱红暖暖地洒在门前。

　　庄上人陆续起床，大饼店附近的人家开了门就闻见烧饼香，"啪嗒、啪嗒"，王大河的擀面轴发出清脆而有节奏的响声，余金堂也正威武地清嗓子"呃哼、呃哼，哼——！"，村庄的清晨就这样渐渐明朗起来。三三两两地有人上码头淘米、拎水、洗衣服，来去大多要在大饼店门口停一停。

　　"老王早啊！老余啊——早！"

　　老余立刻笑嘻嘻地回话："噢，早、早，一样的，都早。"王大河手里并不停下，只把脸转过来，笑着略微点了下头。老王、老余，还有这家店的郭经理、学徒小裴，不仅在庄上，全公社各大队的人都比较熟。可熟归熟，绝对没有人会想套近乎吃一只白大饼。大家都知道这店是公家的，属公社商业合作社管理，王大河他们几个是拿工资的工作人员，连他们自个儿吃一只饼都需记账从工资里扣钱的：一只饼，一两粮票加上四分钱。

偌大一个庄上，能经常吃上黄烧饼的人并不多。公社机关、各所站、社办厂、供销社等拿工资的家庭，早餐通常是薄溜溜的粥就一只烧饼，有的甚至不用吃粥，单单边吃饼边喝茶，十分的悠然自在。农户家庭是很少买饼吃的，条件好一点的人家将买烧饼当作享头哄惯孩子："乖乖的听话哟，表现好的话，奖赏你买黄烧饼吃。"吓唬孩子又这样讲"别再哭了，再哭我看看，不听话请你吃'大翘饼'"，说的同时扬两下巴掌，极有震慑力。多数人家一日三餐正常开锅就不错了，吃烧饼是一种奢侈，是高级享受。多少人家孩子，天天打大饼店门前过，闻着香，看着馋，就是难得尝上一粒芝麻屑子。残疾复员军人杨国珍是大饼店的老主顾，隔三差五就见他捧个茶杯坐在店堂里郭经理的桌旁，捉一只冒着热气的大饼，专心致志地往嘴里塞，不住地翕动双唇露出亮闪闪的金牙。看见他的小侄儿正和一帮小伙伴在店门口张望，撕了小半块喊道："二伙，来。"小侄儿欣喜地蹦进去，接住一小块饼捏牢，举得高高的，小伙伴们眼巴巴望着，连连地咽口水。

许多人家的孩子都是趁着"月子礼"的机会才吃上黄烧饼。母亲生小弟弟或小妹妹，舅母、姨娘、姑妈等亲戚必定带上礼物来"看月子"。这"月子礼"通常为二十只黄烧饼、一包红糖、二斤馓子和猪肉等。亲戚一到，野在外面的孩子旋风般奔回家。眼神一下子就捉住了桌上草绳码扎叠成一摞的烧饼，大人当场会解开取一只递给孩子。小家伙一只手拿着朝嘴边送，另一只手拢着贴近烧饼下端，接住掉落的细屑和芝麻。若是母亲到亲戚家送"月子礼"，也会选在星期天，孩子跟着一起，照样可以痛快地品尝黄烧饼。

其实，大饼店是庄上人们惯常的称法，闼子门上方标写着"国营食品"四个红漆大字，虽然有些剥脱，却也相当分明。店里的产品也不只仅有烧饼，也有油条、馓子、脆饼，冬天里也做京果作年货供应。不知什么原因，人们就把这店叫做大饼店，提到大饼，就说到王大河，"王大河的黄烧饼"几乎家喻户晓。

王大河身高个大，长得白净，膀子超长，天生就有做烧饼的优越条件。早晨上学的时候，总有孩子经过大饼店时停下发呆，最喜欢看的，就是王大河贴烧饼。大饼店最里边偏东是一张书桌，脖子长长的郭经理端坐着，慢条斯理抽烟喝茶，有一搭没一搭地收款、算账、发筹子。外口东侧架一口油锅，再向内搭了1米多长的案台，个子矮矮的余金堂就在案板和油锅之间团团转着炸油条、馓子，时不时歇下，捧起白瓷茶壶斯斯文文地啜上几口茶。王大河这边架势要大得多，门口是一座高1米多、口径近1米的圆柱形大炉，往里两段案板有3米来长。小裴在靠里案板上和面，王大河在靠近大炉这边操作。王大河把和好的面搬过来，"噗通"一声用力掼在案板上，双手按着搓揉一阵，又把面揉成圆条状，拿刀飞快地切成块。再用滚轴一块块压成面皮，匀称地排满案板，面皮里包进油酥、椒盐、红糖或葱花，滚压成饼，连轴拎起顺势甩下，一只只饼奇迹般地大小一致，排得整整齐齐。接下来，王大河拔出油罐中像毛笔一样的端子，一口气连贯地在每块饼上涂上一圈。放下端子，捧起盛有芝麻的小畚箕，抓一把芝麻晃了几晃，每只饼上都粘了一层疏密均匀的芝麻。看看炉膛的火还没上来，王大河抓起芭蕉扇，对着炉底部的风口哗啦啦猛一阵扇，乘隙端起大茶缸咕噜噜灌上几口，放下茶缸拍两下巴掌，双手各抓一只面饼，在掌心颠翻两下，拉开马步，伸进火红的炉膛，将面饼一只只贴进炉内壁。转过身又继续揉面，待炉里飘出饼香味儿，又赶紧拿火钳将烤熟的烧饼一只只夹出放到备好的竹筛里。一连串动作娴熟、麻利，如行云流水，似龙蛇游走。

过了早市，王大河便停火封炉，稍坐歇一会，主动到老余这里帮忙拉面做馓子。有了老王帮忙，老余常乘机抽烟聊天："我说郭经理呀，咱们这先进，我就服我们王大河。"

郭经理埋头拨着算盘："你这老余，不是我说，你就得多学学人家王大河。"

"谁说不是呢?咱商业系统什么时候评劳模,你郭经理就得为我们王大河争一个名额,我们大家都向他学习。"

"老余你扯哪啦?劳模是干出来的,可不是嘴皮子能磨到的。"

"咦,郭经理你这话不太妥,咱们谁没有干,在你领导下,我们不都一直好好在干吗?哎,王大河,你也说说。"

王大河并不吭声,笑眯眯地拉出一把馓子,慢慢滑进油锅。

郭经理不再说话,老余闷闷地回到油锅旁。他知道,他这位伙计老王从来都是只顾干活不怎么说话。偶尔闲时央老余:"老余,唱一段听听?"老余原本就是剧团下放的,毫不推辞,张口就来:"朝霞映在阳澄湖上……""好!好!"老王听了大巴掌拍得"啪啪"响。郭经理一旁插上来:"大河啊,你就知道叫好,这不是郭建光,就是杨子荣,都唱烂了。啥时也换换,要我说,老余这模样,换唱个胡传魁、座山雕倒蛮合适。"

老余听了不痛快,又不好发作。攀住老王说话:"我们可都是劳苦人民阶级弟兄啊!你我同病相怜哟。"老王问:"什么病?"老余着急:"老王你真的没想过呀?你养了5个丫头,我家里4个丫头,我们都没有革命接班人啊,这不就是咱俩的一样的心病?"

"丫头怎的啦?你有病,我可没病。"老王忙活去了,晾着老余,不再搭理。

晚上,供销社河边广场上放电影,庄上人看到王大河也在,肩上骑着五丫头,右手抱着四丫头,左手还牵着三丫头。有人戏谑道:"王大河啊,你这吨位够大,一身压着三千金呀。"老王笑笑:"前面还有哩。"循着望过去,不远处一张长条凳上坐着他老婆和二丫头、大丫头。

"哈哈,还真是的,一个不少。"

"王大河人太好,不光烧饼打得好,个个丫头都当宝。"

王大河是名人,不停地有人同他打招呼说笑话,他一点头幅度挺大,晃得肩上的五丫头生怕摔下来。电影放了一半多的时候,王大河不顾几个丫头万般不情愿，急急地就往家走。有人说："忙啥呢？越往后才更好看哩。"

"不能再看了，明早还得打烧饼哩，可不能耽误。"王大河牵着四丫头大步向前。

温馨的泥土乡路

作者自摄

　　庄稼人喜欢自称"泥腿子",确实比较形象。下地干活直接和泥土打交道,平常来往行走也多是乡间泥土路。除了庄中心有几段砖铺的街巷,庄前四周、田间野外蜿蜒伸展的全是纯天然的土路。长长短短、宽宽窄窄、曲曲折折的路,密布交织成网,连接大大小小的村庄和田块。庄里人和泥土十分亲近,光脚板踏在土路上极为舒坦,走累了一屁股坐在路边光地上感觉美滋滋的,大热天路旁找一片荫凉躺在地面上快活不亚于神仙。

　　村庄这一方土质为黏土,土色因干湿度和土层不同而变化,干燥的路面浅黄泛白,浅层潮土富含腐殖质看上去褐青偏黑,深层的土又变得褐黄,更深处土里则夹杂有贝螺壳。晴天里路面泥土板结硬实,平时行人少的路段相对平整,人走得多了,反倒有点坑洼起伏。刚学走路的娃儿,常常不小心被绊倒。打酱油、买酱瓣的孩童,提了瓶或捧只碗一路开心地回家,稍不留神一个"狗吃屎",瓶不碎、碗不破,爬起来拖鼻涕落眼泪哭着继续走,倘是摔坏了瓶或碗,恐被大人训斥,则瘫坐路上直哭,直等家人寻来这才起身。俗语说:打了春,赤脚奔。农家的孩子极喜欢光脚丫,立春后阳光暖暖的,晒得背脊发热,忍不住脱鞋感受路面凉凉的舒服,常被妈妈揪住打得屁股通红,乖乖地把鞋穿上。也有死犟不听话的,结果不知不觉间发热咳嗽,蔫蔫地由大人抱去医院打针吃药。端午过后,大人对孩子们赤脚便不再管束,他们可劲儿在泥地路上开溜追跑。然而,泥疙瘩撞伤脚趾,小瓦片或刺槐扎破脚板的事儿常常发生,痛得直哆嗦,眼泪直打转,揉揉捏捏,找来树叶、草叶或者布头包一包,很快又欢颜嬉笑、蹦蹦跳跳。

　　下雨过后,路面的土被泡得松软稀烂,行人来回踩踏,越发变得泥泞黏糊。行走路上,深一脚,浅一脚,一步步地挪,走不多远半身都是泥浆点点。夏秋里,大人小孩一般都是赤脚,卷起裤管,回了家用水冲一冲再穿鞋。冬春天逢下雨,出行须穿上球鞋、胶鞋。不出庄,球鞋只能马马虎虎对付,一双低帮胶鞋也不能保证完全解决问题。到舍上或是下地、走亲戚,非得靠一双高帮雨靴,因为路上到处烂泥水塘常常没过脚踝,有时半条小腿都会陷在泥里。高帮雨靴并不是家家都有,更很少人家老老小小人各一双。常常要出门办事得向邻居借用高帮雨靴,用完刷洗干净还人家。小孩上学穿妈妈的雨靴,尽管妈妈的脚小靴子也小,可孩子穿上去仍然空洞洞的,前脚跨出,抬收后脚,搞不好后脚拔出雨靴却粘在原处,能稳住不摔倒就算不错了。反身捡了雨靴,倚一处墙或一棵树,拽一把草擦擦脚,重新穿上前行。年前一场雪,封冻了路面,早晚间布鞋可以在冻结的路面行走,一到中午,冻层融化,路面淤烂又得换穿球鞋、胶鞋。如此日复一日,路面经月不干,春节过后天渐暖才恢复如常。

　　乡村的路大多沿河或穿越田间,一段段连接回环,许多路段与圩堤相连。下了圩堤转小路,一路进庄出庄,再上圩堤。圩堤是解放后大兴水利,农民在政府组织下修筑的防洪设施,几十里、上百里曼延,纵横交错围合,圩顶自然成为独特的乡间大道。圩堤两侧绿树连绵,树下野草、野花丛生;圩外河水相依顺着圩堤奔流不息，圩内大片农田满眼碧绿。漫步于圩堤，一路风景如诗如画，高天流云、水波潋滟，花香蝶舞、鸟唱虫鸣，阳光透过茂密的树叶洒下一地细碎的光影，风儿摇动枝叶沙沙作响。这般美好情景，路程再远也不觉得疲劳和倦怠。

田头是弯弯的小路，隔一段会出现一处灌溉机塘，必得慢下来小心绕过去。田间有机耕道，两旁水渠流水潺潺，时而有青蛙跳到脚前。田间以田埂分隔，下地干活便经由田埂行走。田埂是最狭窄的小路，缠满了各种杂草，清早草叶上沾满晶莹的露珠，会打湿行人的裤脚。忽然间会有蛇窜出，"刺啦啦"小草直晃，眼见它扭动身子，昂头吐着信子，扫着尾巴片刻在地里消失，惊得行路的腿颤心跳，脊梁骨发凉。田野里的路绕来绕去，对面见人，走近前却要兜上一大圈儿。转过来一望无际的绿毡，转过去一条清清的溪流，看似无路却处处是路。庄稼人懒人不懒地，见缝插针，栽油菜、下蚕豆、点黄豆、播芝麻，密匝匝地遮掩了渠道路面、圩头田埂，外人一到田头如同面对绿色的汪洋大海，脚不知往那儿迈。而日日在这土里刨食的人们，闭上眼睛也清楚哪条路在哪儿拐，哪一处有缺口要跨。大队和公社的干部，最能服人的就是无需人引导能走遍管辖范围每个地块。

乡村的路四通八达，村搭村，乡连乡，一路到县城，直通北京天安门。路迢迢，水纵横，桥接路通，渡过路延。千百年，几辈辈，风雨阳光人生路，一路坎坷，一路风景；一路艰难，一路见识；一路花草芬芳，一路泥土馨香。

打谷场

　　每个生产队都有打谷场，就在田间临河边平整出一块地，分四片拼排相连，中间浅浅的排水沟间隔。每片长十来丈，宽六七丈，平展而又开阔。平常的日子，打谷场上一片寂然，石磙子静卧一旁，树桩架构的看棚闲置于一角，两侧边是大大小小、高高低低的草堆，紧邻着的仓库、牛舍倚着几棵高大浓密的老榆树，间或传出老牛的响鼻和叫声，平添几分宁静。

　　立夏时节，万物繁茂，麦穗见长。队里请几名老农清场，预备麦子登场。翻腾占在场边的草堆，铲除野菜、杂草，用耙子将土层扒翻一遍，浇一遍透水，晾得半干不黏时，牵出老牛，架枷拖上石磙子，细细压实碾平，晒干后如桌面一样光溜。稍一停当，菜籽就被运来场上摊晒，乌亮的菜籽才装袋，满载大麦把的船就陆续靠在了场头河边。

　　打谷场一下子热闹起来，四下里来来回回忙碌的人。身高个大的男子立于船舱垒得高高的麦把堆上，持一柄叉子，"噗"地插到一捆麦把上，发力挑起，借势甩向场头。那里早有人等着，左右手各拎起一个麦把快步迈向场上的麦把堆，递给守在那儿堆积麦把的汉子，迅速放置码好。麦把堆成山一样，无遮无拦的旷场上就有了一片荫凉，人们团坐过来，背倚麦堆稍做歇息。端上从家里带来的粥盆，舀几勺稀薄的米粥、糁儿粥，就几口暗红的老咸菜，呼噜噜地喝，权当充饥解渴。

　　"嗨吆，嗨吆，嗨呀来子吆——"几个壮实的大汉七手八脚，乱杠抬着专用脱粒的"铁老虎"，一步步移了过来。矮子机工一旁指挥，估测好位置，喝叫着众人一齐小心地放下，取来铁桩选几个点，扬起铁锤"当当当"——固定妥当。这当口已有人抬来了柴油机，矮子机工拿皮带比划柴油机与"铁老虎"的距离，使唤着两个大力士调整电动机方位。"好了，好了，不要再动了。"又把皮带的一头卡进柴油机转轴的凹槽，让人稍稍抬起柴油机一头，将皮带另一头卡进"铁老虎"转轴,再拿几根铁桩限牢柴油机。一切准备妥当,队长将现场人员进行分工,机前七八人,机后六七人,各有任务、各负其责,一条龙流水协作。矮子机工右手握紧柴油机摇柄,左手按下油门,站定马步,蹲下身子,屏住呼吸,拼命使劲摇转起来。"呼哧呼哧",柴油机烟囱像吐气一样发出声响,随后又"笃、笃、笃"断断续续地响一阵,矮子机工"嗨、嗨"发声加力,终于,柴油机"突突突"欢快地响了起来。

众人即刻进入紧张状态,拖把的忙不迭从麦把堆拽下麦把,运送到解麦把捆的手边,解开的麦把又递交到喂机口。负责喂机的绝对是个重要角色,麦子脱粒的干净程度和进度都与他手上的轻重缓急和均衡相关联,而且稍不注意会有被"铁老虎"里的滚轮轧伤的危险。"铁老虎"后身的喂机口像一只口门朝外而且微微向上斜着的畚箕,一位精干敏捷的汉子接过解了捆的麦把,抖落一下麦秆儿便散铺开来,双手调控着推两把,眨眼间"轰轰"两声,麦粒、草就脱分开来,随手又一捆麦把紧接着喂了进去。就这般"呜呜——轰、轰,呜呜——轰、轰"机器均衡地轰鸣,全场人忙成一团。机前的几位戴着斗篷,又用毛巾或方巾围挡住脸部,手提叉子将机口轧轰出来的麦草飞快地扒拉开来,下一位再接力翻动麦草传给再下一位。经三四人交替处理,夹在草里的麦粒基本分离干净,机前也腾出了新的空间,源源不断地又有麦粒和麦草从机口吐出。不一会儿,麦粒已在机前累积厚厚一层,立马有人推起翻耙抢插间隙将麦粒推走,又一人紧跟挥动扫帚集聚麦粒,还有推翻耙的再上来补推。飞溅的麦粒打得人一个个浑身生疼,却无人缩头停顿,如此循环往复,麦把堆渐渐变成了麦堆和草垛。

农时紧,最怕天阴作怪,人们不敢将麦把堆在场上隔宿,常常日夜连番脱粒。晚间,借着月光,点几盏马灯高高挑起,微弱的光亮里,一干人继续紧张有序地在场上穿梭。星月交辉,天色清朗,远处的田地、河沟和草木消融于夜色中如弥漫的烟霭,场上的几盏马灯仅将"铁老虎"周边染了一团昏黄,周边灰茫茫一片,机器的嘶吼夹杂着人们的大呼小叫像水波激起的浪花在夜潮里翻滚扩散。队长瞄了瞄时间,将两三名显得有点力薄的妇女撤出来到牛舍烧夜顿子。牛舍里有土坯垒的大灶,两口超大的铁锅刚好分别煮饭、炖肉,洗水哗哩哗啦,锅勺叮叮当当,刀板噗笃噗笃,灶膛里火呼呼地噼啪作响,你一言我一语的说笑声中热气升腾、香味扑鼻。随着最后一个麦把"轰、轰"两声,场上的机器"突突突"空转一阵熄了火。人们三三两两集到牛舍美美地享用夜餐,大口扒饭,大块嚼肉,香喷喷、油滋滋,疲劳一扫而光,满肚子舒服畅快。女人们匆匆地吃一点,赶忙着上锅再盛上一碗锅巴饭,连汤带水捞几片肉,急急地回家给孩子煞馋解饥。

深更半夜的牙祭,诱发着孩子们对打谷场的向往。收获季节,打谷场的人气旺,孩子也喜欢去凑热闹,粘父母的孩子跟在大人屁股后边无比幸福。玩倦了就地安睡在麦堆旁或草垛夹档,父亲的草帽遮盖住头脸,母亲的上衣裹住身子,任凭机器和人声喧哗,睡得自在而又踏实。听说要开夜工脱麦子,有的就赖在场上不肯回家,坐等吃肉饭。每年就那么几次夜工,也就三两回夜顿子,孩子们却琢磨出规律,只要大人集中到打谷场开夜工,就少不了一顿美餐。

开阔平坦、爽脚干净的打谷场,也是孩子们心中的欢乐世界。孩子们的活动空间伴着一天天的成长延展,从院落到街巷,再到村头,然后就是打谷场和无边的田野。打谷场是最适合疯玩撒野的地方,奔跑、翻跟头、跨连叉、跳皮筋、斗瘸子、躲猫猫、放风筝,玩的项目和花样特多。白天,晴日高照,头顶瓦蓝的天空,放眼四周广袤的绿野,空旷的打谷场如浮在碧波之中的岛屿,场边堆满的草垛似连绵起伏的峰峦。生长在里下河平原的孩子对山和海有天生的新奇感,而打谷场上的景象正应了他们充满想象的童心。更为理想的是打谷场纯土质平整地面,光脚丫子踩着很是舒服,也不必担心跌倒会破皮伤骨,可以尽情尽兴地追逐嬉戏、蹦跳打闹。

同样玩躲猫猫,在庄上玩玩就有些索然无味,到了场上玩起来就十分的刺激有趣。草垛是绝好的藏身之处,钻在某个角落很难找得到。七八个孩子分成两组,各派代表石头、剪子、布比划,赢的一组躲藏,输的一组去找,被找着的互换一下角色,找不着的继续。满场上找几个人真的不容易,耗费时间，常常以找人的放弃而重新进入下一轮。于是，有人提议限定躲藏的范围，只能躲到场的某一侧某一段之间，找人的立马信心大增。可是尽管范围缩小，躲藏的技巧也大大提升。草垛由于主人家经常性集中一处拔取炊用，形成了草洞，正是藏身好去处。机灵的孩子却不会单单找个草洞蹲到里面，会在草洞里再扒开一个洞，又用草将洞口遮掩起来。还有的小孩随机躺在一处不起眼的草垛角落，拖来好多的草盖住身子，看起来好像主人家在草垛旁铺晒的草。也有的会爬上草垛顶，简单拿些草伪装一下，眼睛滴溜溜瞟着小伙伴围着草垛左瞧右看转来转去。更有促狭的小毛孩蹿上场头河边停放的水泥农船上，躲进船拱里面，复将盖子盖好，留一道缝听动静。当然，小伙伴们对躲到船上算不算数，自会有一番争论。一旦有大人到场上，发现草扯得到处都是，有的草垛几乎坍塌，冲着孩子们光火：麻不煞的，管你哪个天王老子家的，抓住你非把细腿子掰断再说。孩子们面面相觑，哗地作鸟兽散。

晚季稻收好已是深秋，安静下来的打谷场一片萧索。凉凉的风里，单衣显薄，人冷不丁会打个寒颤。"吱吱呀呀"的桨声里，一艘小木船荡到了场头。一位精瘦的汉子停桨取篙斜插入水，小船稳稳地固定下来。那人紧接着脱衣下河，一个猛子没了。片刻浮上来，手里抓两把黑乎乎的河泥，在水里拨弄两下现出几颗稻穗，朝船头放好。深吸两口气，再一次潜进水里。每季若干船稻把运来场头，河里总会散落不少稻穗。于是，附近口粮紧缺的渔民，就会在稻谷收获结束后，到每一处场头摸稻穗。粮食的珍贵，生活的艰辛，令人悱恻心酸、寒栗切肤。

打谷场是村庄画卷的一枚枚图章，印证着庄稼人的勤勉和辛劳，伴随着乡村四季岁月流转，经见多少农家丰歉荒茂的甜与酸，记录着一代代孩童成长的苦与乐，也曾经是几辈庄户人走不出的世界。

排涝站

村庄被河包围，顺河道延展的是连绵不绝的圩堤，间隔两三千米必有一处排涝站。两间青砖小瓦房凌空建在河口之上，紧邻着一座小桥，桥下是控制圩内外河道的闸口。全公社最大的一座排涝站，就在庄西南圩堤拐角处，风风雨雨几十年，像一位忠诚的卫兵挺立哨位，守护一方安宁。

里下河平原地势低，平均海拔在2.5米以下，每临夏日汛期，连续两天滂沱大雨，水位陡涨，低洼田块渐没水中，庄稼岌岌可危。1.8米是全县的水位警戒线，一到这时刻，上面一声指令下达，排涝站立即闸门打开，机器嗡嗡地响起，水轮转动，圩内的河水便浩浩汤汤翻流进外河，一夜过后，内河水降，万顷禾苗碧翠一片。

养兵千日，用兵一时。排涝站开启使用并不多，通常总是闲置于荒野，似乎淡出人们的视野。星期天和节假日里，孩子们三五成群地疯玩，庄上玩腻了，对野外充满了好奇。胆小的跟着胆大的，过桥出庄，圩堤上狂奔，圩坡边跌爬，远离了犬吠鸡鸣，耳不闻猪哼猫叫。蓝天，绿树，青青小草，娇艳的各色小花；小虫儿低吟，鸟儿喳喳地扑棱着翅膀忽高忽低盘旋。小伙伴们顿觉心身轻松，脚步也更加欢快。远远地就看到了排涝站，这座骑在河口上的房屋顿时吸引了大伙的目光。近前细瞧，甚感稀奇：两间房悬在水面，外侧围一圈砖墙栏杆，一面砖墙就砌在连通圩堤的一座水泥桥上；房子和桥下都是空的，房子下面居然有水，一根立柱似的"铁家伙"从房屋底部伸入水里，近水处连着一只带有叶片的大大的铁转轮，最里边是一块厚厚的木板挡在圩里口；往外呈喇叭形，地势渐高，桥里侧也有一道厚木板隔断，还有一座水泥墩，一根横铁杠；由里向外水渐浅渐无，直通大河口；一旦水位上涨，撤去两块厚木板这下面就是一条贯通的河道。

这里真是天赐的难得的玩耍处所，里口小河弯弯流向绿野深处，外口大河波光粼粼环抱村庄，桥上能过，桥下也通。桥下通道底部全是石块铺成，坡面也是石块驳岸，这对见惯了泥土路、土坯房的小伙伴而言，感觉别样新鲜。站在桥上翻过围墙，下到水泥墩跳下去，可以在浅水处捉青蛙，贴着网格一样的斜坡，爬过闸板可以从桥下走到大河滩。河滩边有许多碎瓦片、小石子，正适合于打水花儿。整个庄上找不到这样一处濒临水边、宽敞平坦的河滩，打水花的角度恰到好处，更何况随手捡得的瓦片、石子，又相当称手。捏住小瓦片，站立，拉开步子，比划两下，射出瓦片，只见得小瓦片"噗、噗、噗"贴着水面跳动，溅起一溜水花。在这里玩打水花儿，几乎每个人都能有超常的发挥，成绩出奇地好，甩手下去，石块滑行，最多能激起十几朵水花，形成一道美丽的浪花弧线。片刻间的精美闪现，产生的快感却回味无穷。

　　这里的河坡更适合攀爬，坡面长度超过圩坡两三倍，坡壁都是石块组合，石缝间混凝土勾连，像一张大网铺在斜坡上。小伙伴们喜欢像一群蜘蛛一样，在这网格状的斜坡上纵横行走，追逐嬉戏。蹭破了衣衫，磕伤了膝头，磨损了手皮，滑倒摔跤，都全然不顾，在所不惜。玩打仗冲锋，模拟追击特务，比赛爬行速度和距离，表演悬崖峭壁的惊险动作等，充满了新奇和刺激。然而，一旦有谁推动闸板、撬动转轮，或是想从窗户进入值班室和机房，总会突然间冒出管理人员断喝叫停。原来，这里设有两处管理防线：排涝站里河口近旁一座茅草房住着胖乎乎的红爹爹，睡觉醒来或是上街办事回来，发现小家伙们疯得过分，定会过来干涉阻止。两间瓦房，一间是机房，还有一间是值机室，值机人很是神秘，突然间就会出现在眼前呵斥：危险！不能动，快停下，赶紧离开！红爹爹倒是熟悉，本村的，孤身一人，独居茅棚。那值机的，却没人认得，眼睛凹陷，下巴尖突，毛发竖挺，语气低沉，感觉阴阴的。无人知道他从哪里来，也不知道他啥时候离开了这个地方。据说来自东北，属于"黑五类"分子，在这排涝站守了好多年，独来独往，如幽灵一般。

　　其实，最精彩的莫过于观看排涝盛况。每到汛期前夕，排涝站必会开启试车，一得到消息，大伙儿奔走相告，飞也似的前往观看。远远听得机器隆隆作响，站在庄南大桥上就见河水滔滔奔涌。临近，机器嗡嗡地吼叫，河水沸腾翻滚。看里河口，漩涡涌动，波纹如花朵一般，水下有一股力量拽着，拼命拖拉撕扯。透过桥栏往下看，只见水轮转动，激流澎湃，迅猛而来的水流哗哗撞击护坡和闸门，"哗啦啦"溅起水花和泡沫，奔涌向圩外大河。浩浩如千军万马，起伏跌宕似飞瀑腾云，水雾茫茫若鼎镬开汤，惊涛拍岸，势如破竹，大有江河直下、地动山摇的冲天气势。水性好的少年勇敢地跳进浪涛之中，逆流搏浪，顺水飘游，在浪花中感受酣畅淋漓，在急流里释放英雄豪气。

　　排涝站，何止是座普通的农田设施，它是村庄里的人们最先直接感受到的现代化设备，是庄稼人旱涝保收的守护神，更让走不出小村庄的孩子们体会到江海横流的壮观奇景。

第二辑　疏影

作者自摄

油菜花开

摄影：陆照兴

家乡春色美，最俏不过油菜花。过了春节，几阵悠悠的风一吹，两场绵绵的雨一淋，漫野遍地的油菜开始起薹，竞相吐露花骨朵。柳条绿、小草青，鸟儿飞、虫儿鸣，春天的序幕拉开，春的氛围渲染得浓浓烈烈的时分，油菜花恰到好处地闪亮登场。不经意间，绿丛中像星星初现似的冒出一两朵金黄耀眼的油菜花，紧接着一朵又一朵赶趟儿渐次开放。霎时，犹如星光满天、星汉灿烂，满眼都是夺目的、金灿灿的油菜花。田间地头、河畔圩边、村头舍旁、房前屋后，一片片、一块块、一绺绺，大地涂满了金黄，气势磅礴、恢宏壮观，乡间的一切全都成了油菜花的陪衬。蓝天白云、绿树碧水，徐徐春风里青苗荡漾、黄花浩瀚，如此壮景，怎不叫人心醉神驰？

油菜花开的日子是一年中最美的时节，也是我们儿时最开心快乐的时光。亮晃晃的油菜花，惹得我们眼馋心热，一个个甩去棉袄、卸下棉裤、蹬掉棉鞋，轻盈地走出户外，扎进金色的花海里。玩打仗、抓特务、捉迷藏，我们欢快地在花丛里追逐嬉闹。疲累了，索性钻进菜花深处拨开一块空隙躺下，眯起眼睛，嗅着花香，尽情地享受大自然的美妙。口干了，随手掰一段菜薹，掀剥去皮，嚼上几口，嫩脆舒爽。女孩儿争先恐后地掐来大把菜花，一束束举在手里、插到小辫梢上、装进碗盆瓶罐，将自己扮靓，把美丽的春色融进生活的每一个角落。最有趣的莫过于逮乌蜂了。明媚的阳光下，金色的花海上面氤氲着若有若无的雾气，成群的小蜂呜呜有声地围着菜花盘旋。我们欢蹦着驱赶乌蜂，追随它到田间土缝，到农舍墙角。专注地守在乌蜂出没的洞口，用小手捂，用瓶口套。忙活了半天，总算抓了三两只。小心地朝装有乌蜂的瓶中塞进菜花，拧紧瓶盖，再在瓶盖上戳几眼小孔，为小乌蜂安一个温暖的家。隔上几日，打开瓶看看，心爱的小乌蜂即便没死也已奄奄一息，难免还有些伤心难过。一转身，又忙碌在菜花田边跳着叫着追捉乌蜂，乐此不疲。黄黄的花粉、花瓣沾得满脸浑身都是，反倒成了乌蜂飞逐的目标。

　　月光下的油菜花海披着朦胧，宁静恬美。不如白天那般黄亮明丽，却更显出鲜润柔和。清风袭来，馨香诱人。春风沉醉的夜晚，少男少女们自然不会荒废这美好的花季和春潮翻涌的黄花胜境。花好月圆，良辰美景，美丽的花海孕育了无数甜蜜的乡村爱情。形形色色的菜花田里的浪漫故事，成了人们茶余饭后丰富生动的话题。

　　如今，家乡把油菜花做成了旅游品牌。菜花盛开之际回到老家县城，饭店爆满，每每订不着座；旅馆客满，满街找不着一处歇宿的客房。惊奇的市民兴奋地大叫：疯了，疯啦！全是看菜花的，上海、北京的人大老远都赶过来了。徜徉在大街上，看华灯初上，望人潮车流，听喧闹声声，我仿佛又走进泱泱的菜花海洋，身心陶醉，惬意渗透每一个毛孔。

　　哟，家乡的油菜花，历经寒霜磨砺，集天地之气，聚日月之精，汲河泽之韵。精彩绽放，轰轰烈烈。铺天盖地，浩浩荡荡。旺旺如火，灿灿若霞。明艳亮丽，金碧辉煌。生长在油菜花开的地方，我由衷地感到幸福和欢畅！

乡间野草

作者自摄

柳树先绿，还是小草先青？看起来简单的问题，却总也弄不明白。即使将每一个春天像电影似的回放，也未必搞得清楚。路上的行人不再缩着脖子、笼着袖子，低头便看见地上爬出了嫩绿的小草。路边、墙角、圩堤、河坡、田埂，远远地泛出青晕。没几时日，村庄、田野，数不清的小草高高低低、密密麻麻铺展开来。有的支起茎秆儿袅袅娜娜地在风中摇摆，有的匍匐在地面像飘落地面的小小云朵，有的伸出纤细的藤萝探头探脑如害羞的小孩半羞半娇。大片绿油油的麦田之间，小草显得微薄、零碎，然而，正是它们覆盖了边边角角的裸露的黄土，勾描出河沿、圩埂、天际柔美的曲线，与村庄、河流、树木、庄稼、蓝天白云融合成美丽的水乡。

一方水土养一方人，不同的地域环境，也必然生长不一样的植物，村庄的小草也应是独特的。满地疯长的延爬草，生生不息。说不出它的准确名称，庄上人对它的叫法也不尽相同，有人称盐巴草，又有人叫作延爬藤，不一而足。这种草生命力极强，紧贴地面生长，主茎边长边分叉，叉又分叉，每节分叉处都生出根须扎进土里，像在地面布网，又好似在大地上织绣图案。根茎在成长的过程中由白变绿，颜色由浅变深，有的会逐渐转为红色。叶片如兰，一簇簇挤集在每节分叉口，任凭风吹雨打，依然碧翠如常。入冬，百草枯萎，寒霜侵袭，冰雪覆盖，延爬草枯而不死、冻而不僵，它的根仍然存活在土壤深处，孕育着新的生机和希望。

马兰头，是人们每年春天都当做时鲜菜的草，年年吃，年年生，房前屋后、田头圩边，随处可见。一点点从土里冒出来，慢慢展露出翠绿的叶子，清明前便可铲挖采集，择洗干净，下锅清炒，或是开水焯过凉拌，据说有明目功效。好多草可以开花，刺儿菜看起来不太舒服，叶子边缘满是毛刺，张牙舞爪的样子，结出的果子也布满斑纹，却能绽放浅紫色的花，一根根花蕊聚成拇指粗的花盆状，雍容华贵，像秋菊一般淡定从容。蚂蚁菜茎肥叶厚，红根绿叶平躺地面恣意延展，细小的花朵黄灿灿，晶亮晶亮如散落的星星。婆婆丁开出的花，毛绒绒的一团，风一吹，亮闪闪的毛絮随风飘扬，漫天起舞。最为常见的狗尾巴草，瘦瘦的茎秆，叶子窄而细长，疏而不密，顶端一支草穗，如花不是花，似果不是果，像微缩的芦花，如小小的尾巴，青白色籽粒缀成圆锥，裹着一圈细柔的毛。阳光照射、河水衬映，毛茸茸的青中泛白，白中透青，在日光里炫着好看的色彩，秀出不一样的风景。

都说百无一用莫如草，又谁知遍地野草样样宝。可观赏、可食用，还可用做药疗治病疾。公社卫生院大门内左手就是中药房，柜台里的墙上布满了一个个小抽屉，每个抽屉上贴有各种中药的名字。掌事的姚爹爹身形高大，后背微佝，下巴一撮山羊胡须，寡言少语，性极温和。有人抓药，他细细阅看处方单，小心将单子平展在柜台，拿一枚印章压好。又将预先裁好、理得方正平整的纸片，一一摊铺柜面，这才取上仅一尺来长的戥子秤，照着单子抓药、称重，倒到铺开的纸片上。再认真核对一番，便一摊摊收拢叠成四四方方的纸包，取出纸绳捆成一串，写好服用方法夹好，反复交代叮嘱，才算完事。姚爹爹常常就近采来药草，晾晒在中药房的门口。旁边还搁着小铡刀、铁杵、药钵、碾子等加工中药的器具，一帮小朋友们总喜欢围在药房门口把玩这些玩意，把晒着的草填进铡刀铡成小段，抓到药钵里用铁杵捣碎，再倒入碾子里，用双脚盘着推压。姚爹爹不恼也不责斥，只在一旁不停地关照莫要伤了手脚，还教小朋友们辨识药草，鼓励小朋友采拾来换零钱买糖吃。

农户家庭副业受到限制的年代,养猪并未被禁止,几乎家家户户都养一两头猪。猪主要靠吃草存活养大,拾猪草成为每个家庭最基本的家务活,也是每个农家孩子最早的劳动体验。起初,觉得新鲜,大人领着下地,陡然感到天地辽阔,村庄只是一团隐隐约约的影子。阳光朗照,清风习习,麦浪滚滚,河面水光粼粼,青青小草旺盛繁茂,风过处嫩叶掀动忽闪着油油的亮色。大人一一介绍指认各式小草,灰灰菜、牛舌头、菟苗、荞荞、六大碗、灯芯草等,名字新奇有趣,形状各异。有的可以作为猪草,有的不可以,甚至还有草具有毒性。几十种草,令人眼花缭乱,哪里一下就记得住。总之,跟着大人挥动小铲锹,呼呼地齐根铲,下力气剎,很快装满篮子,开开心心回家。

往后,邻里几家小孩经常凑一起三五成群到野外拾草。出了村口,将篮子、草绳网包、小铲锹儿丢一旁,可劲儿撒欢。到草丛中追捉蝴蝶,掐几支野花装扮臭美,捏住婆婆丁的朵儿吹飞毛絮,折两支狗尾巴卷套起来"拉二胡",摘几粒荞荞子剥开作"叫叫"。女孩儿铲几棵连根草,玩起"踢毽子",一个个轮流上阵,"一、二、三"围着数数比赛,不时响起银铃般的欢笑。男孩们四下里搜寻"刺果子",拿它作子弹相互投射打仗。这是一种草结的果儿,长满毛刺,圆溜溜、青滴滴,跟平常玩的玻璃球差不多大小,钉到衣服上掉不下来,掉到头发里很难取,俗称"死不丢"。倘若哪个坏鬼把果子塞到你浓密的头发里,再用手揉上一揉,那必得请旁人小心为你去除。急不得,慢慢儿来,缠断不少头发不算,还会淌几滴眼泪。要么就是扔铲锹赌输赢,几个聚一堆,轮着将铲锹往地上扔,比铲锹落地姿式,立着赢趴着,趴着赢躺着,最终按输赢次数,输家要将拾来的草向赢家进贡,输一次就让对方抓走一把草。晚上回家,那输得多的小家伙篮子里的草所剩无几,悄悄直接倒进猪圈。父母查问便回说:今儿个拾的全是嫩草,猪仔很喜欢吃,几下就吃得差不多了。不信,你去看看。

野草是田园的风景,也是乡村的符号,它相伴庄户人生生世世。一岁一枯荣,沐浴阳光雨露,历经风霜雨雪,生命短暂,循环往复,不停地演绎着乡村人简单而丰富的人生。

水乡的树

里下河水乡的主色调是绿色,这一带水美地肥,随处生长着各式各样的花草树木,装点着美丽的绿色平原。远望村庄,绿树掩映,翠薇笼罩,水边、天际形成两道雅韵别致的轮廓线。灰的屋顶、黑的檐口、褐的土墙,隐在大片绿丛中,极富朦胧感和水墨画意。

作者自摄

村庄的树种大多是本土常见的杂树,楝树、杨树、刺槐、榆树、桑树,也有大叶杨、泡桐、水杉等一些引进品种。春荣、夏茂、秋黄、冬枯,岁月就在树木的枯荣之间流转。冬日里,树叶枯萎脱落得一干二净,人们的视野通透旷远。各式各样的树,犹如脱去了衣衫一样裸着光溜溜的身子,展示着浑身的筋骨,迎着寒风呜呜有声。枝枝丫丫旁逸斜出,粗如胳膊遒劲有力,瘦如柴棒精悍俊朗,树干挺立仿佛撑着一把只剩骨架的伞。河水倒映,水里的树影随着波纹弯弯曲曲地游走,像无数条水蛇不停地扭动身姿。小鸟停立枝间,不经意间会被当作抱守枝头的一片残叶。大大小小、高矮不一的树,形成浅淡的灰褐色块,与房屋、街巷构成协调、和谐的图景,渲染着冬的宁静和舒雅。

草长莺飞,万物复苏。树叶儿悄悄绽满枝条,鹅黄的嫩芽渐次转绿,碧翠欲滴,油绿润心。晴空里,像逗留在村庄上的云朵。水面上,似围上了一圈绿莹莹的裙边。美丽的风景令孩子们情绪饱满、兴致盎然，绿树翠叶召唤着好奇顽皮的童心。

爬树，是男孩们炫比本事的常规项目。伸展臂膀搂抱树身，两只小脚丫夹住树干，手脚协同用力，脚向上蹬，臂弯往上窜，"腾、腾、腾"几下就上到树丫处，吊牢一根粗实合手的树枝，一个翻身就骑了上去。居高临下望着树下的小伙伴，好不得意。大队支书的惯宝儿子乐红最擅爬树，大人说他"属猫的"，身手灵活敏捷，"哧溜哧溜"两下就上了树。在外闯了祸，回家挨母亲责罚，转身就跑。母亲紧跟着追，他几番躲闪，选定一棵高高的大树，"呼哧呼哧"就爬上去，站到很高很高的树杈上，向树下正累得喘气的母亲吐舌头。很快吸引一堆人看热闹，母亲仰着头瞪眼咬牙，人们纷纷劝慰："算了算了，这么高，万一摔下来可了不得。""让孩子好好下来，就别再计较了。"母亲无奈由愤怒变为央求："小祖宗，你给我下来回家，我不打你。"

折几根柳条，依照脑瓜子大小圈成圆框，再摘取楝树、槐树、桑树等各样树叶，插满柳框，一顶绿色野战伪装草帽就成了。戴到头上，英气逼人，绝不逊色于电影里的小兵张嘎。跑到河边，从水中的倒影自我欣赏，越看越觉得自己就是个神气的小英雄。五六个小朋友，清一色草帽，排成队甩开膀子走，还真有点雄赳赳、气昂昂的感觉。这自己亲手做的草帽特别心爱，疯玩够了也舍不得扔去。晚上带回家，小心藏在墙角。第二天醒来，眼屎一擦就去找那草帽——居然不见了。问母亲，母亲回道：就那树枝、树叶呀，被我扫地倒猪圈里了。跑到猪圈旁一瞧，呆头猪正埋头啃着草帽上的树叶，柳条也都散了架……气得直哭鼻子。

村庄的树给孩子们带来的乐趣，远远不止这些。楝树、槐树的叶子左右错开分布在一根长十几到二十几厘米的茎两侧，女孩们喜欢掰来玩算命的游戏。算家里几口人，几男几女，取一根树叶，按单数左右间隔掐除叶片，边掐边问相关问题，最后剩下的叶片数就是家里人口数，然后再看左边几片、右边几片就分别是男的几个和女的几个。算得准与不准不得而知，但每根树叶顶端都有一片叶，有时计数，有时不计数；有时说成男数，有时说成女数。

女孩们热衷于此，不厌其烦。楝树的花紫中带白，花蕊深紫色，不是那么热烈奔放，也并不清冷孤寂。摘来用草芯穿在一起，做成一根根彩色的小棒棒，纯粹是绝妙的手工艺术品。槐树的花白里透点鹅黄，蒂部泛着淡青，指甲大小，形状如钟，一串串集攒着，清丽素雅，幽幽散香。扯来一把，直接入口，甜丝丝的。可以加入粥锅熬出香甜的槐花粥，也可以拌鸡蛋炒一道佳肴。爱美的女子，常用槐花在水里浸泡，等到花的汁液融进水里有点黏稠，便成了梳头油。抹涂到木梳上打理头发，立马油光乌亮，香气可人。桑树可以赐给孩子们原生态美食，桑葚果在当地通常被称做枣儿，每当成熟的季节，每一棵桑树都少不了被常常光顾，那甜甜酸酸有一点点涩涩的味儿叫人永远忘不了。围着大树玩老鹰抓小鸡，揪住柳条或榆树枝荡秋千，爬到树上掏鸟窝。夏天游泳从水里爬上树，又从树上跳进河里；用竹竿套着塑料袋或粘上面筋，巡走树丛中捕知了。秋天里摘来楝树果当子弹，相互投掷攻击。孩子们伴着树成长，和树一起慢慢长大。

长大的树可以派上更多用场，家里的桌子、板凳、箱子、柜子，河上的木桥、水里的木船、田里的水车等等，都是砍伐了树，晾透晒干请木匠打制而成。老树伐了，来春又会栽上新树。青了黄，黄了又青。庄上的树总是生机勃勃，苍翠茂盛，绿了村庄，绿了原野，绿了河流，也充实了庄户人的生活和梦想。

流淌在心田的河

摄影：陆照兴

　　庄子是水里"长"出来的，村上一代代的人也都是在水中"泡"大的。水绕着庄子转，庄子在水里漂，迢迢清水道道弯，百折千回无尽头。村庄有多少条河，没有人知道。出脚就是河，一路行走一路河，路沿着河道延展，河依着路游走。大河连小河，小河通夹沟，夹沟接田渠，小河、沟渠汇入大河，汪汪盈盈、波光摇曳一路奔流东去。

　　庄前两条大河纵横交会，东大河从庄东侧纵向贯穿而过，洋汊河由西向东在庄西北岔开两支，一支右拐顺着庄西向南然后转头朝东，在庄东南角与东大河十字交叉；一支偏北穿过庄后身，到庄东北角汇入东大河。村庄就处于洋汊河岔口和东大河围合之中，河道环绕，真如浮在泱泱碧水之中。洋汊河也许正因为河道在此分岔而得名，东大河只是取其地理位置通常习惯的叫法，很多年来也没有人去考究它是不是还应有一个具体的名字。邻村一位老者从一本陈旧的方志资料里看到，这条东大河明朝地图就有标注：兰溪。名字相当雅致。琢磨一番，不由叫好叫绝。你看，沿河浅水处，漾着一团团、一簇簇黛青的水草，连绵不绝，异常茂盛肥美。透过清澈的河水，水草正如兰草一样，错落有致，参差不齐，浓淡相宜，一条条水草叶若隐若现、时隐时现，有的旁逸随波轻摇，有的集成一束侧立水底，有的蓬松开平铺水面，一趟趟鱼儿戏游其间。近岸瞧看，乘舟赏玩，呈现眼前的随处都是一幅水中兰草图。

大河两侧伸出若干枝枝蔓蔓，密布的小河像毛细血管似的交织成网。小河大多无名，具体的方位也只有长期在这一方劳作的人们才搞得清楚。能叫得出名字的小河，都有些渊源和说法。黄田沟，河沟附近的田块原先归属一户黄姓人家，所以提到黄家田就晓得黄田沟。窑塘，那里有一处废窑址，周围水面或许为当年烧窑取土开挖而成。渭水河，传说姜太公垂钓所在，虽然荒诞，这河的名字却与流经陕西的渭水完全一致。

庄上人口繁衍生息，渐渐跨河出庄在周边扩展，形成一个个舍子。这些小舍子一般都是四面环水的垛子，以桥或坝连通。小舍上居住几户到一二十户人家，几乎家家都挨着河边。小河清清，无风时平展如镜，映照着云空岸影；微风起，波纹如縠，轻轻扩散，线条柔美。水面划过的小鸟，甩动尾巴的小鱼，张开翅膀的白鹅，莲叶间粉红的花朵，随波逐流的浮萍等，一切都是那么新鲜。对于孩子们而言，小河是一面镜，照见五颜六色的梦幻；小河是一扇窗，展现大自然神奇的画面。尽管大人们考虑安全反复叮嘱不得到河边玩耍，天性亲水的孩子们将大人的话全抛到脑后，出脚就到河边，单独时心里还有点害怕，三五结伴就忘乎所以了。

站在岸边溜瓦片，简单而有趣，男孩们百玩不厌。选一块轻薄称手的瓦片，比划两下，瞄好角度将瓦片投射出去，瓦片擦着水面向前跳跃，"噗、噗、噗"溅起一路水花，引得小伙伴一阵欢呼。一会儿，又聚到码头边，将折好的纸船放进水里，用小手戽水推动小船前行，双手在水里推起波浪欣赏自己的作品劈波斩浪的雄姿。看水边游来游去的小鱼小虾，便取来毛巾，两人合作，拎住四角抄入水里提起，水漏见底，果然有小虾米蹦跶，还有葵花米大的小鱼躺在毛巾中央翻眼睛。有浮萍漂移过来，女孩立马兴奋，抢到码头顶端去抓，够不着，央求大家帮忙。几个一起相互拉着手，最前面的女孩整个身子前倾：拉紧点，再拉紧点。从岸边到码头，孩子们侧身蹲着连成了一串：快点，快点，力气快不够了。终于，那女孩"哇"地开心地叫起来：好咯，好咯，抓到了。大家又一起发力，把女孩拉回站好，这才松下一口气，有人直接瘫坐到地上：没得命、没得命，力气都使尽了。很快又围住女孩，争相扯浮萍叶来玩。正在不亦乐乎的当儿，忽然传来哪家大人的呵斥：一个个胆大没魂，快点回家来。大家一下全蔫了，内中一个立即被揪着耳朵拧了回去。

　　大人的担心自有道理，河多水多，水有其利也有其害，水养一方人，水也可成灾为祸。庄上投河自尽、失足溺亡的事并不鲜见，孩子小的辰光，家人最怕的就是水患，稍有差池就有闪失。桂香的宝贝女儿粉兰，嘴乖而又勤快，十分讨喜。某一天午后，捧了碗筷到河边洗，一只碗滑脱，伸手去够，脚没站稳歪在水里，一挣扎便滚下河去。等到来人，看到手舞，很快没了头顶，头发隐隐下沉。碗还在水上漂着，人却不见了踪影。桂香闻讯赶来，呼天抢地，几次欲冲进水里，旁人拖住，瘫坐在水边呆呆看人们手忙脚乱地打捞。迷信说法，早夭的小孩是"讨债鬼"，河里淹死的在阴曹要遭罚受罪，提一只没底的竹篮摸河螺，直到装满一篮过关。可怜"小鬼"无论捡拾多少都从无底的篮子里漏光，活活受罪总也没有尽头。唯一的抵罪办法就是找一个替身，去拖一活人下水，便由这个替死鬼接着受罚。为了给女儿"祈祷赎罪"，桂香在她"六七"这天隆重地放了一场"河灯"。晚间，天地混沌一片，河面和村庄漆黑一团。间或几声人语引人驻足，河边某一处骤然出现一点光亮，荷花瓣形状的白纸，里面燃着一支白烛，随风悠悠地漂移。紧接着，两盏、三盏，一盏又一盏白色的荷花瓣灯游走出来，星星点点在河面撒开。"我的苦命的乖乖啊——"一声悲鸣透空而出，哭声里，河灯烛芯的火苗在风中颤栗。

　　"亲乖乖，肉乖乖——你到哪去啦？妈妈等你回家呀——"黑森森的天幕下，就这一片微弱惨白的烛光，忽明忽暗，半明半暗，白亮如冰，漆黑如墨，伴着桂香嘶哑凄厉的哭声，观者皆感阴冷发怵，无不垂泪。

大人都指望自家孩子早早地学会游泳，这样他们整天悬着的心就会放松一些。一到夏天，四五岁的小孩就被抱到河边，捧一把水拍拍孩子的胸，念念有词：拍拍心嘞，不惹"惊"呃。又捧一把水拍拍孩子的腿：拍拍腿呢，会凫水呀。然后双手托起宝宝浮于水上，教他学划水蹬腿。一般情况下，小孩要到七八岁以上才会游泳，五六岁能游起来的也有，但不多。真正学会游泳，并非完全靠大人教，大多是自个儿在水里玩会的。只要下得了水，像鸭子一样，在水里窝窝团团，自然而然就能够凫水。夏天里，大人下地干活去了，孩子们天天瞅准机会下河。家门口找一处码头，蹲在码头近旁坐着双脚拨水，慢慢身子下水，抱着码头树桩，悬起在水里抬腿拍打水花。渐渐能扶着家里拿来的水桶、洗脚桶、澡桶，离了码头踩水。码头挤满了，胆大点的沿着河边，手扒着河泥，脚打着水花，爬游几十米外。忽然有一天，大人惊喜地发现孩子已经能够游泳了。带上孩子，先站至齐腰深处让他往河边游，再到齐颈脖深处继续游。歇一歇，又带孩子一起往河心游，一遍遍练习，孩子终于能够独自在河两岸来回游。

学会游泳的孩子，好比长满羽毛的小鸟，活动的空间再不限于家门口和码头。从小河到大河，从庄子里到野外，几个小顽皮一起一天到晚泡在水里，玩得开心自在。游走庄前舍后摸螺蛳、捉河蚌、掏青虾、逮虎头呆子，回家炖烧河鲜美味；游过小河钻进别的生产队高粱地里掰秸秆，剥去表皮大嚼，享受甜津津地滋味；趟过大河，溜进邻村西瓜田里偷摘西瓜，用小拳头捶开，手抓红瓤大块朵颐。生活充满了快感和乐趣，每每在春秋冬季里总向往夏天，向往澄明清爽的河水，那河心深处的清凉，喝一口通达全身的甘醇舒爽，想象起来那般美好，真的回味无穷。

似水流年，流年似水。村庄的大河、小河年复一年，不舍昼夜，流动着光阴，浮动着乡情乡音，在阳光下忽闪着零零碎碎的影像，流进人们的心田。

印象中堡湖

作者自摄

　　家乡的河无数条，像大树的根牵牵扯扯、丫丫叉叉。小河的水流进大河，大河的水奔向大海。河水从哪儿来，我们谁也说不清。直到有一天，祖母带我到她的娘家走亲戚，我第一次见到了湖，那么汪汪的一片，看不到边际。我们从家门口码头上船，顺着大河往西约莫10来里，不知不觉中就进入了湖里。我才发现我们家那儿的河原来就连着这湖，天真的我以为我们的大河水就来自这片湖。

　　依偎着祖母坐在船舱，仰看天空白云飘飘如浪潮涌动，极目前方碧波万顷水天茫茫。从祖母断断续续的叙说中，我知道这就是蜈蚣湖，因为湖的东北岸就是中堡庄，有人又称它中堡湖，而中堡本地人却习惯叫作前湖。中堡庄北又连着大纵湖，那便是中堡人所说的后湖。

　　传说从前有个穷孩子叫中堡子，与瞎眼羸弱的老娘相依为命。中堡子一年到头辛苦做活奉养老娘,够一个人的吃食都首先留给娘吃饱,余下的自己才应付着充饥,善良孝道远近闻名。有一天,一位白胡子老人出现在他面前,跟他讲:这块地方即将有灭世之灾,可怜你一片孝心,天不该灭你们母子。你只等看到大街上石狮红眼,立即带你母亲逃命去吧。于是,中堡子日日挂记母亲安危,每天干完活都专门去石狮前看一看。路人多次看到中堡子的怪异行为不由问他原由,他只好以实相告。人们都感到好笑,认为他实在傻得可爱,不该轻信毫无根据的预言。有好事者拿朱笔点红石狮的眼睛,拉来中堡子观看。中堡子二话不说,飞奔回家背了老娘就跑。果真应验,中堡子前面跑,后面立马地陷并卷入洪水之中。为了娘亲活命,中堡子慌不择路拼命狂奔,实在跑不动了,腿发软一个趔趄倒在地上。这时奇异的事情发生了,就在中堡子跌倒的这块地方塌陷停止了,洪水腾空跃过,很快四处村庄、田地、树木皆成汪洋,只有中堡子母子俩脚下一块陆地。这块陆地若干年以后成为村庄,庄前后都是一望无际、波光粼粼的湖荡,人们给这村庄取名为中堡庄。

"金沙沟,银时堡,中堡的银子动担挑","满湖的鱼虾,陆家甸的瓜,中庄的醉蟹冠天下",丰富的湖产,使得周边的乡村盛名远播。每天大早,一批批渔船从中堡湖四散到方圆几十里的乡村集镇,一筐又一筐鲲鲢鲤鲫、银鱼白虾,一桶又一桶鲹条蚬子、螺蛳河蚌搬上码头,热闹了集市,填满了人们的菜篮子,滋润了成千上万人口的小日子。一年四季,湖水浇灌、湖边生长的大蒜、韭菜、茼蒿、芋头、茨菇、荸荠等各样新鲜的蔬菜源源不断。炎热的夏日,既消暑又解渴还能解馋的水瓜、香瓜、西瓜都来自湖畔的陆家甸、朱野麻、沙湾、崔垛等村子,陆家甸的瓜水色好,最是脆嫩诱人。秋天一到,湖里的菱、藕应时上市,当街支起一口大锅,生的、熟的任你挑选。生菱鲜藕脆甜可口,熟菱粉糯透香,煮得热乎乎的藕,咬一口扯开藕丝像银线一样,看得小孩口水直流也像吊着的一根藕丝。多少年来,清涟涟的湖水,活鲜鲜的湖产,膏泽了一方沃土,养育了一代又一代乡民。

行走在湖中,空旷、开阔的水天世界,给我一种前所未有的新奇感觉。

看惯了房屋田舍、树木花草、大小河流、小桥土坝，却不知道离家这么近处，竟有如此完全不一样的景象。眼前晃动着万千浪波，看似奔流远去，又如从四面向我乘坐的小船围涌而来。风呼呼有声，夹杂着水汽，裹着淡淡的腥味儿，撩动衣衫发梢，摩挲着胳膊脸庞，刮得人晕晕乎乎辨不清东西南北。四望水天交融，天际湖边浑然一体，如烟气弥漫，似雾霭笼罩，犹如一道毛玻璃屏障将我们与世隔绝。

近前，水面漾动着翠绿的水草和青黛色的藻类植物，时见三两成群的小鱼穿梭其间。不远处又忽现水鸟成趟浮游，一会儿探头扑翅身子几乎腾空，尾巴在水面擦开长长的波纹，一会儿蓦地钻进水里悄然在几米外露头出水。抬头可见鱼鹰在空中盘旋，冷不丁一个俯冲划上一道弧线从水面掠过，优雅而又流畅。远处船帆点点，帆片如一支羽毛插在湖面，船只像飘着的一枚树叶。不经意间船前旁侧会有几处浅滩在波浪中时隐时现，滩上一丛丛芦苇挺立风中，像纤夫一样弓背绷紧了身子，苇叶哗啦啦直响，淡青、浅紫、灰白各色芦花摇头晃脑，叫人忍不住生发停靠过去小憩一会的念头。

傍晚时分，远远看见了村庄。夕阳西下，房舍屋顶霞光万道通明透亮，余晖中的湖面流火涌金。一艘艘矮棚木船从我们船旁轻盈地滑过，操着双桨的渔姑灵活地打转停缓，渔夫任由船儿晃悠却稳立船头，执一根竹篙追着水里奋力游潜的鸬鹚，一只只挑起，取下衔在口中撅动尾巴的鱼，再将它送回船上，十多只鸬鹚齐刷刷地一字排开，蹲立在一根横支着的木杆上。晚霞中，明艳的天空，染上酱色的村庄、金光闪烁的湖水，披上玫瑰红的小船、渔人、鸬鹚等等，构成了一幅美丽动人的图画。

村庄的桥

摄影：陆照兴

  天穹像一只巨大的锅倒扣在村庄上，站在高处极目四望，越过茅草屋顶，远处绿树、田野与天地相接，大大小小的河流把村庄分割成零零落落的几块垛子，如同浮在水面的荷叶。垛子之间相连通的便是桥，木桥、砖桥、水泥桥各异，平桥、拱桥、单孔、多孔不一，长短高低、大小宽窄不等。没有江南的桥那样柔美，也没有北方的桥那般气势雄伟。房舍、树木、澄空、碧水之间，一道轻盈的弧线，上面晃动着来往行人的身影，显得疏淡而又静谧。

  水乡的村庄都是依河傍水，周边水网密布，水路靠舟行，陆上有路必有桥，有桥才有路。庄户人日出而作日落而息，往返村舍和田间，出庄就得过桥。从这一个庄到那一个庄，必得经过几座桥。外出打拼，背井离乡，须走过一桥又一桥。走江湖、见世面的人，常常自诩的一句话就是：我走过的桥比你走的路还多。古人惯常以造桥筑路为最大的善举，民间流传好多造桥的故事，褒扬为造桥做过贡献的人们的德行。有个村庄出过一个悍匪，将别的庄上砖块、木料掠至本庄铺路架桥，尽管恶名在外，但本庄人一直念着他的好。几代人过去，老老小小还晓得某段路、某座桥是某某人怎样怎样建成的。

村庄出入口共三桥一坝：南头水泥平桥一座，西头砖桥一座，东头水泥栏杆桥一座，北头一处圩坝。圩坝和桥的作用完全一样，因为建桥需花费钱财，所以人们凭力气取土筑坝，图的是经济实惠，只是要考虑周全水口问题。砖桥年代最久，主体也是坝，为了河水流畅和舟船通行，坝中间留了六七米的缺口，砖桥就砌建其上。砖桥在乡间不太多见，横跨东西，东面是老庄台，西面一叶垛子，清亮的小河，两岸绿树连绵，向南蜿蜒伸展不见尽头，桥北侧20来米又汇入开阔的河湾，风景有些别致。庄东的大桥颇具气势，当称庄上第一桥，桥面四块水泥板，两侧齐刷刷的水泥栏杆，两头向中间拱起，长达四五十米。庄南头那座桥也被称为大桥，却比较普通平常。跨度不算小，河面也有四十来米，只有三块水泥板，没有栏杆，看上去单薄、轻盈，走到桥心脚步重一点能觉得到桥身震动。

出庄下地干活，不是交通要道的大河，主要靠渡船通行。田间小河沟大多为各式各样的简易小桥，有树桩、竹木拼接搭建的，有一块水泥板搁在河面的，还有就一根水泥桩横着的。乡下人走惯了，木桥上晃晃悠悠就过去了，再窄的桥面也行如平地。偶有城里人下农村，见到这样的桥立马双腿发抖，好不容易鼓足勇气，刚上了桥浑身哆嗦，恨不得趴在桥面上，脚也迈不动，能够战战兢兢、跌跌撞撞通过的只是少数。

庄南头的大桥是最繁忙的通道，也是最热闹的市口。桥北就是菜市场，紧连着就是信用社，拐向东几十米坐落着全公社最大的门市——供销社生活资料门市部。桥南东西分布着3个生产队的打谷场，再向东两个垛子有二十多家住户，顺桥向南百余米是公社卫生院，沿河南边圩堤往西有农机站、农修厂、铁木社和机米厂。公社管辖的村庄，百分之八十以上都在南部地区，人们来公社办事都得经过南大桥。白天里，桥上人来人往、川流不息。

小孩们也凑热闹，从不惧怕桥上危险，上桥跑来溜去，坐卧桥上发呆。河面开阔，桥中央风力大，孩子们最喜欢到桥上玩风车、吹肥皂泡泡、舞飞蒲公英的毛絮。找来一张稍厚点的纸，折角剪裁，卷起收拢就成了风车叶，戳开小孔，穿上火柴棒，垫好硬纸片，插进一截芦柴的空管口。手执芦柴另一端，迎着风就会看到风车叶旋转起来。立在桥中央，一阵阵风习习而来，风车叶转速加快呼呼有声，如果涂上颜色，会转成红的、绿的、蓝的彩色晕圈，美极乐极。调制一小瓶洋碱水，折一段麦秆管，伸进瓶里搅一搅，另一头放到嘴里缓缓地吹，一只泡、两只泡、三只泡，一串串的泡儿就从麦秆管里飘出来，圆润透明的泡泡闪着七彩光亮在天空和水面之间轻轻地荡着，十分绮丽。还有，捏一只蒲公英的绒球，在空中上下左右地舞动，银亮的毛絮像雪花一样漫天飞扬，风起时忽上忽下，可不像肥皂泡那样一会儿就灭去，悠悠地在空中、在水面，像伞兵降落，渐渐飞得老远老远、老高老高。

　　夏日里，南大桥的人气更旺。上午，北桥口的菜市拥着熙熙攘攘的人群，叫卖、讨价还价、熟人见面打招呼、看闲聊天等等嘈杂喧闹。桥下码头边挤满了大大小小的船只，渔船、菜船、瓜船、蟹渣船、糖船、铜匠船、箍桶船、锔碗船等黑压压一片，有的船都排到了河心。午饭后，这里又成了孩子们的游乐天地，桥上看的，水里游的，桥墩子上坐的，顺着桥桩爬的，大半庄的大小孩们都聚到了这里。会游泳的在水里，不会游泳的在桥上，哥哥下河，弟弟妹妹们守着哥哥的裤头和汗衫在桥上看热闹。游水、踩水、跳水、扎猛子、拍水花、打水仗，玩得开心痛快。玩累了，就近抱住桥桩歇息，爬到最中间两处桥墩上坐倚着养神。最刺激的是跳水，先是从桥墩上往水里跳，有直立着跳，还有合手前伸鱼跃头部先入水倒穿。不够过瘾的又爬上岸，走到桥中央腾空而下，"扑通"一声，水花翻滚，好一刻才见小脑袋冒出来。气息长的小家伙，跳下去很久不见露头，就在你担心焦急时，他从老远的地方骄傲地挥手大叫。也有敢在桥上玩倒穿的，有这本事的没几个，为此他们不仅赢得喝彩，还被拥戴为孩子王。

　　晚间，桥上满满的乘凉的人。窄窄的桥面铺满了草席、芦席、凉席、塑料布，桥边人家一家子都来了桥上，有的还端了粥盆、碗筷、咸菜盆，就席当桌，吹着凉风，畅快地享受晚餐。人们躺着、坐着，扑打着蒲扇闲扯慢聊。行人须侧着身子，小心翼翼移步通行，嘴里还要不停地打着招呼：让一让，借过、借过，得罪、得罪。甫定稍安，讲故事、说书、唱小曲等便陆续开始。还有老人引着孩童数星星、看月亮、望北斗、观银河，讲牛郎织女、王母娘娘的传说。夜阑人静，天上月色溶溶、星光闪闪，水里同样的月光、一样的星星，卧坐桥上，仿佛置身浩瀚天宇，半梦半醒中，心旌扶摇，灵魂虚幻，完全沉入"飘飘何所似，天地一沙鸥"的情境之中。

村庄的人们感恩于桥，倍加爱护给自己带来生产生活方便的桥。桥板间缝隙松动，马上会有人自告奋勇修补；每逢大雪过后，桥上不见半点积雪，是谁打扫无从知晓。倘有过往船只擦碰桥桩，目击者高呼喝斥喊人拦停行船，仔细检查有无受损，如有受损定然要索赔维修。曾经有大型挂浆机船撞桥后逃逸，庄上两位60多岁的老汉追着船跑出两三里路，终在邻村桥口截住谈妥修桥事宜。

桥是村庄的功臣，默默奉献，无怨无悔；桥是庄里人的朋友，那样熟悉、那样亲切、那样忠诚；桥是孩子们欢乐的小小舞台，社会知识的课堂，人生涉世的重要起点。桥依着水，水自流；水依着桥，桥自横。村庄的桥，留在了几代人的脑海深处，潜入了多少游子的思乡梦中。

水乡农船

"在娘家青枝绿叶,到婆家面黄肌瘦,不提起倒也罢了,提起来泪水汪汪。"这是乡村里一个老掉牙的谜语,小孩初听时觉得新鲜,大多也猜不上来,大人一点破,联系惯常见的撑船活

摄影:陆照兴

儿,自然得出谜底——竹篙。这谜语确实形象生动,让你感觉到青青翠竹遭砍伐、转运,几经周折,被水乡的庄稼汉子扛回家作撑船用。里下河的乡村万千河道水迢迢,生产生活离不开船来船往。行船以竹篙见多,亦常有桨、橹,还有帆、纤绳和渡口自助过渡的拖绳。

早先,乡间以木船居多,大都比较小巧。最小的"鸭溜子"极轻盈,一般用于养鸭看护吆赶鸭群。船上最多容纳一大一小两人,使船的平衡力相当好,稍有差池船身歪斜船上人便栽倒水里。老把式撑起"鸭溜子"稳稳当当,且颇具观赏性。提一竿瘦瘦的竹篙,拔起船桩甩到船头,一脚跨上船,另一脚发力踹一下河岸,船轻悠悠地滑离河边,人整个身子顺势一蹿就上了船。稍定,挥篙下水轻轻一点,小船如弯弯月牙儿漂在水面,擦碎起伏的波纹,"嗖嗖"地往前。那般柔顺,那样的流畅,舒缓而又飘逸。若到夕阳西下,霞晖满天,远树、房舍、岸堤、河水,尽染金色,一叶扁舟徜徉水云间,鸭群嘎嘎,点点散落开阔的河面,撑船人舞动竹篙,忽左忽右,时而拍击起浪花,"嗷呵——呵——嘘——"的吆喝声在空中回荡,让人自然联想到板桥的《道

情》佳句:"扁舟来往无牵绊,沙鸥点点清波远……高歌一曲斜阳晚,一霎时波摇金影……"

比较大些的木船,可以生产、生活两用。下田耕种,来往载人载物,送肥料、运粮草、装农具、搭乘劳力,无所不用。出庄办事、走亲戚,也全靠它。支起双桨,一路"吱吱呀呀"水退船进、云飘树走,到地儿码头、河浜随处停靠,系牢拴紧,上得岸去。事毕随回随走,不紧不慢、不慌不忙。外婆、姨娘、姑妈、表叔诸等亲戚,分居东西南北,或远或近,总有水路连通。一根篙子两把桨,一条木船走各庄。冷天里,船舱铺上干草,带两条被子,老人、小孩可坐可躺,睡上一觉,不知不觉便看得见有亲人立于河口等待迎接。夏日天热,携雨伞、斗篷遮阳,一路玩水看景,听浪击船底"笃笃"有声,渐渐心懒神倦,远见亲戚家所在村庄的轮廓,立马精神为之一振。

再大一些的木船,多为渔民或生意人的坐家船。船舱上搭了篷子,风雨无碍。船头有简易炉灶,堆放不少柴火物件。船舱有单扇或双扇小门进出,门上方篷顶可以推拉移动,前舱为厅,后舱为室。桌凳、锅碗、箱柜、衣被等必备家什一应俱全。船尾篷身挑高且通透,留有足够空间方便人摇橹行船。橹的效用比桨强大,古有"一橹三桨"的说法,摇动起来像鱼儿摆尾般连续划水,推动船前行,省力气而且速度更快。橹的形状似鱼尾,上部橹柄细窄适于摇橹人扶握,向下橹板渐宽,使橹的技巧比操桨、撑竹篙复杂一些。橹上半中心部位有一孔窝,卡进船尾专门安装的粗粗的铆钉上,柄顶头穿洞扣绳连着船后舱定好位的铁环,支好的橹经预留的橹檐伸入水中。摇橹时,一手抓住橹绳,一手扶握橹柄,侧身顺着支点摇摆,前俯后仰并同时原地踏步,全靠手脚灵活协调。路程远的话,可换人摇,也可两人同时摇。二人摇橹讲究配合默契,否则,帮忙等同添乱。岸上看摇橹船,摇橹的如跳舞一样,轻盈的脚步,身子钟摆似的晃荡,没有竹篙那样反复出水入水,"扑通、扑通"发出节奏均匀的声响,也没有木桨不停地击水,"哗啦哗啦"溅起水花。船悄无声息地穿行,像一条游走的大鱼,尾后漾出一串串漩涡。

运货的大船不常见,行船的场景很是壮观。起航或靠岸时,用竹篙撑,船身两侧有二三十厘米的边沿，两侧各一人或几人齐声喊"一、二、三，走！"同时下篙，一起发力，弯腰沉胯，从船头向船尾退步。一趟下来提篙走到船头，继续下一趟，不停地来回穿梭。七手八脚，动作齐整，竹篙下水远近角度大体一致，看起来比较热闹。有风的日子，船离岸调正方向，又有几人协同竖架桅杆，呼啦啦升起布帆。帆如巨翼，阳光下白亮耀眼，风劲帆鼓，船呼呼向前。蓝天碧水，白帆乌篷，鸟儿飞旋，铃声叮当，船渐行渐远，高悬的帆久久留在人们视线之中。无风的日子，可以看到船夫拉纤的情景。两岸对应各几人，有时是清一色的精壮汉子，有时有老有小、有高有矮，背着绳套，拉着纤绳，弯腰俯身朝前，双脚用力蹬地一步一步缓缓迈进，船在身后远远地，在纤绳拉动下迎风破浪前行。纤夫上身赤膊，肩胛突出，肋骨毕露，颈部青筋显凸，喊着号子鼓劲加油：哎呀子来哟——哎呀子呜啊——，加把劲啊，嗨哟！快向前啊，嗨哟！前头过了磨子口啊，嗨哟！一脚就到八尺沟啊，嗨哟！硬起腰杆再加油啊，嗨哟！赶到北芙蓉喝老酒啊，嗨哟、嗨哟、嗨子个呜！两岸应和，号声连天，随风飘荡，在水云间悠悠回响。

　　水泥船一经出现，没多时日就盛行于各大小生产队。小划子、半吨、一吨、三吨、五吨、七吨，大大小小吨位应有尽有，而且行船还有了机器动力。最初是抽水机一机两用，柴油机连通水泵，水泵出水口接上几节 30 来厘米口径的空心大铁管，柴油机发动带动水泵抽水，水柱就从铁管喷出。铁管一节节连接，长长的像高射炮，架到田头可以灌溉庄稼。卸下几节铁管，接上一段弯管，管口朝下，泵出的水冲到河里便推动机船行走。别看这抽水机船有点笨重，可在当时却是很先进的设备。大队干部到公社开会，河边停了一溜抽水机船，十分气派，上下船的人都是乡村里有头有脸的人物。庄上闲人围到河边看热闹，瞅瞅机器，摸摸水管，蹲到水管上坐坐，把头探到管口研究研究。会议结束，机船陆续摇响发动，管里的水柱冲得河水翻滚，一朵朵水花溅绽开来，干部们或站或坐，风撩起头发，手上夹的香烟头红彤彤地闪亮，相互客套着高声打招呼。直到最后一条机船拐弯看不见，河边的人们才兴犹未尽地散去。

挂浆船要强于抽水机船若干，船尾安定台架，固定好柴油机和铁制桨舵。机器开响，皮带传动挂在水里的螺旋桨，螺旋桨的波轮叶片连续运转形成推进船身的动力，机工端坐着掌舵调整方向，轻便而又快捷。分田到户以后，不少农户家庭也置办了挂浆船，农闲出庄搞货运、做小生意，靠它致富发家。不久，更多的乡里人投资十几、二十几甚至几十上百吨的大型挂浆船，跨江出省跑运输，一批批落脚大城市混成了城里人。

水乡的农船，既是农家的好帮手，也是许多人家安身立命的命根子。经风雨，历寒暑，闯风浪，走四方，歇了竹篙停了桨，收了纤绳弃了摇橹，越走越远，愈行愈广，时来运转，苦尽甘来。船儿伴随了农家的酸甜苦辣，见证了村庄的发展变迁，也载来了好日子，盛满了幸福和吉祥。

乡情悠悠风车转

在悠远的年代，村庄之外的蓝天碧野之间，散布着一处处风车。远远地跃入人眼帘的是像船帆一样的白色篷布，轻盈而灵动，反射着太阳光亮，晃动着水流波纹。风无声无息，帆篷鼓起，车轮旋转，吱溜溜连轴传动，清清河水哗啦啦顺木槽倒流入田。水润稻禾，青葱碧翠越发挺拔精壮。

风车作为传统农业灌溉用的大型农具，守望农田数千年，农户代代相传、年年相伴。农业合作化前，庄上各户单干，多半人家仅有人工踏车，只有简易的架子、扶手、踏枕、踏轴、转轮、槽筒，随时船载装运，就地安装。无论有风无风，一两人，三四人，搭住扶手，踩动踏轴上的木栓和木拐，转轮便拉动槽桶里由穿着小木板的木链条组成的穰子，槽桶里的木链就带着刮水的梆板向上运动，经过水钵后再从槽桶的上部翻转下去。如此循环往复，车口里就有了流淌不息的河水。踏车是颇费力气的苦活，效率也不高，夫妻俩早出晚归只能浇灌三四亩地。而滚筒车、风车、洋风车、锥子车等则是以风力为主，一些大户、中户人家才有。滚筒车人力、畜力两用，圆形多为八合篷，也有六合篷，篷一般用丈蒲编织，高2米多，宽60多厘米，常年挂着，不落不收，新篷草绿色，渐而为枯黄色。风吹篷转拉动水车，可以大水漫灌，也可以经车口里水沟往圩子内深处田里送水。没有风的时候，将牛牵来，拖动滚筒作业，滚筒车安装占地面积较大，管的田亩也较多，不是每个村庄都有。拥有风车的人家就相当不错了，人们评价那户人家比较殷实，通常夸赞说：这人家有风车圩子呀！里下河村庄的田块都是以河沟分割成片，沿外河筑圩挡水防涝，这每片地块就被称为一个圩子，面积数十亩到上百亩不等。一个圩子若干亩田，再有风车管整个圩子灌溉，这自然令人羡慕不已。比较普遍实用的要数洋风车，正常可管30多亩田灌溉之用，村庄三分之一的中等户人家都有。

洋风车是在传统风车基础上改良而成，由过去的全木质构造升级为木、铁结合，许多部件以铁制作，更加简易、方便和牢固。人们习惯对比较先进一点的事物名称冠上"洋"字，因此称之为"洋车"。洋风车有六合篷，一根横平的天轴中部套一个六眼小木钵即天钵，六根竹篙栽进天钵眼孔并以铁丝固定，竹篙顶头扎粗铁丝每根相连箍围成一圈，每根篙子再挂扯上粗白布做的篷，形成一片圆形大风轮。天轴两端嵌有铁芯并伸突在外，左右两侧两根圆木支起"人"字架，"人"字架上各镶一块钻了眼的小硬木，天轴的铁芯刚好穿进眼中架起。"人"字架可以根据风向移动，保证风力角度最佳。天轴下面是站轴，由两张木凳紧紧夹住，站轴又连接跨轴，跨轴则与水车相连，三根轴端头均以齿轮交错衔接。风轮转，天轴则转，天轴联动站轴转，站轴带动跨轴转，跨轴拖动水车转，河水就从河沟源源不断上岸入田。风水流年转不停，风车在民间被赋予吉祥之意，一辈辈庄稼人与风车有着无法言表的笃深情感。

洋风车车水动力源于风轮转动和三轴交互传动，但汲水却离不开水车。水车是一段长长的木制U形槽筒，一端搁在岸上，另一端伸在河里。水中有树木桩搭好的叉马，槽筒接水端用活扣固定在上面。槽筒顶端有水钵，底部设有躺篾，一溜排齐整整的刮板像叶片一样，凭借一根根枙木串成链条，状如龙骨，连接岸上的旱钵和水边的水钵。风力带动时，刮板跟着转轮紧贴槽筒底部翻动，顺势将河水随槽筒向上运送，汩汩清流注入河岸边塘口，又经田间水沟流进农田深处。

风车虽然无需人力，却必须有人管理。上篷、落篷，降槽、升槽，拨叉、移向等，运作管理和日常维护少不了人工照应。平常的日子，交待10来岁的男孩：今儿去田里管一下风车。男孩天生对风车感兴趣，风轮吱呀呀地转，轮轴咕嘟嘟地响，清水哗啦啦地流，守候着出水口捉小鱼小虾，到水塘里逮青蛙、捉蝌蚪，躺在洋车篷下望天看云、闭目养神，满满的逍遥自在。不过工作任务也还是有一些的，大人临出门讲得清清楚楚。譬如，水槽出水少了要降槽，水槽过满旱钵吃劲要升槽。小家伙将这活儿也当作游戏来玩，光脚丫跨站上槽筒边，蹲下身子一点点地往前爬，到槽筒接河水的那头，两腿分立于叉马间，松开绳扣调整水槽深浅，再顺槽筒爬上岸来。如果发现风轮运转异常，或慢或快，时疾时缓，则需立马掇移"人"字架，调整风轮方向，直至转速平稳。风力过大，转速太快，易损坏水车部件，又需停车减篷。减篷也有讲究，不可只减一只篷，那样会致使风轮不能匀速运转，必须同时落下对角的两只篷。田里浇灌润透，还得停车落篷。小家伙持一竿叉钩，一手拽住篷边，一手举竿钩开篷布搭扣，一张张收好篷布，卷起捆扎，肩背着一路欢快回家。

遇上大风、旋风，平日觉着挺有情趣的风车会变得面目狰狞。风轮呼呼地疯转，轴齿咯吱吱作响，立轴剧烈晃动，水车的刮板也因为快速运转"扑啦啦"地撞击着槽筒。如不迅即停车，极有可能断篙损轴、崩毁水车。田野里上演着一场人、风、车的大战，风凌空而下掠过田野大有排山倒海之势，风轮长臂挥舞，帆篷"噗噗"有声，大有与风决一死战的气概。管车的人冷静地辨明风向，小心翼翼地掇叉移向，或抄起叉钩直接到篷下伺机落篷，整个过程全凭机智果敢。有鲁莽者，仗着自己身强力壮，试图直接以手相博，瞅准时机抓住篷布一角逼停强行卸篷。这是人力与风力的较量，有时人不敌风，就被悬空吊起，高空摔下非死即伤。

风车主体以木结构为主，所用木材也比较讲究，关键部位都是桑木、榆木等细密、较有韧性的材质，风车好用、管用、耐用，均出自木匠手艺。乡村里木匠并不少见，但能做风车的却寥寥无几。做风车不仅要木工基础扎实，更要精明灵窍，擅长画图计算。一套水车部件从上到下环环相连，从头到脚分几段，处处榫卯、轴轮咬合、眼眼相对，尤须首尾呼应。单是水钵、旱钵和天钵，四周皆是眼，怎样对眼且分布均匀，实属不易。邻庄有个倪木匠，最擅做风车，名倾一方，虽已过世几十年，人们仍以倪木匠的儿子、倪木匠的孙子、倪木匠家的后生称呼他的子孙。

顺风顺水是乡村农户子孙万代的愿望，农家生活里常常讲究风水，这都与风车有着密切的关联。风车，是千年来亿万农户寄以深情的耕种伙伴，曾是多少农家几辈人的梦想，又是多少农户传世接代的珍贵宝物。风车转，水花涌，泥土酣畅，庄稼欢吟，管车老农捧喝一口清亮的河水，胡茬上挂满晶莹的珠花，满脸皱纹如菊花一般舒展。风轮、天轴、站轴、跨轴、旱钵、水钵、刮板与流水汇成动人的曲调，美妙的欢歌在农人心田里升腾盘旋。这是最具乡村风情的农耕图景，也是记忆中最珍贵的独特风光。

耕　牛

作者自摄

　　牛在乡间绝对算得上是庞然大物，走在路上"的笃、的笃"每一声都使人觉得有震动感，偶尔"哞——"的一声长叫传出老远，具有相当的穿透力。这样身材硕大、蛮力超强的牲畜，在农家老老小小眼里却特别温顺而又亲和，成百上千年来，祖祖辈辈都视它为亲密的伙伴、忠实的朋友、勤勉的助手。

　　"禾到大暑日夜黄"，赤日炎炎下，双季早稻穗头陆续转黄，社员们挥汗抢收抢割。成熟的稻子一片片倒在镰刀下，成捆上了船，又运到了打谷场，满场散铺厚厚一层。队里的牛便披挂上阵，拖着石磙子在铺开的稻子上一遍遍转圈儿，碾压着让稻谷、稻草分离。这时刻，牛是全场的主角，埋着头，迈开蹄，步伐沉稳坚定，"呼哧呼哧"喘息着，时而叼起稻草津津有味地大嚼。牛倌儿手执牛鞭，轻轻扬着喊起打牛号子：哎呀来子个呣啊，咿呀来子个呣——，哎嗨哎吆哎呀那个呣噢，哎嗨哎吆哎呀那个呣噢——，哦——呣！眼见牛稍有走偏，牛倌儿"啪"在空中打个响鞭，扯拉缰绳喝道：又卖呆，讨打！牛晃一下脑袋调正方向，撅着屁股继续下力气前行。趁牛歇息的空儿，社员们将稻草全部翻弄一遍。牛又被赶来再次上阵，显然比前番轻松若干，速度也加快不少，甚至扬蹄小跑奔起，吃了一鞭才息了兴头。牛倌儿拾起一把稻草，抖落两下仔细看，不见一粒稻谷，这才拉牛下场。

　　卸了石磙的牛顿感自在，立于场边摆头摇尾，轮换着抬蹄放松。牛倌儿抱来一堆新鲜的嫩草，牛立马两眼放光，埋下头伸出长舌卷起草专注地细嚼慢咽。牛倌儿温和地守在一旁：好好吃，不着慌，吃饱了哦。一边驱赶着叮在它身上的牛虻等蚊虫，一边为它这里挠挠那处抓抓，亲得像照顾年幼的孩子。瞧见几只牛虻落在牛肚子上贪婪地吸血，牛倌儿瞪圆了眼睛抢起巴掌拍得一手血红：瘟虫，要死，非得把你灭光！享用完美餐，牛又被牵到河里去泡澡清凉，然后下到场头西侧的牛汪塘里。每到酷热的夏天，牛汪塘就是生产队里几头耕牛的过夜之处。

　　牛汪塘是社员们专为耕牛开挖的，仅有几个平方米大小，有一处窄窄的豁口与河连通，塘里的水可与河水循环。经过白天长时间的沉淀，塘里的水呈浅褐色清澈见底，可看到水下深深的淤泥和几摊牛粪。牛进了塘里，腿就陷入淤泥之中，稍一挪动身子咕咕地水泡直冒。两三头牛挤在一起搅合，塘中乌黑的淤泥泛起，水浑浊得像黑糊糊，溢出草和泥混合的味儿。看上去脏兮兮的牛汪塘，牛蜷在里面却似乎很舒服，每有蚊虫叮咬，它整个身子没入水里，只露出半头，眼睛一张一合，鼻孔一阵阵往外喷气，尾巴上下左右地摇得十分自如。比起在牛舍遭受蚊虫轮番侵袭，闷热难耐，牛汪塘倒真是它们夏夜理想的居所。

　　孩子们与牛都挺亲近的，喜欢围在牛汪塘和它逗趣。拔来青草投到塘里，想看看它们争抢吞食的样儿，可老牛并不太搭理，青草落在嘴边才叼过来，离身子稍远些便懒得问津。根本不像鸡、狗之类见到食物，扑腾或飞奔来抢成一团。他们试图变法子激怒它,捡来泥块砸到它们头、脸、背脊、屁股上,折了树枝、竹枝抽打它们,捉几只青蛙用绳子栓了,放到它眼前和背上蹦跶,老牛除了甩甩头、摆摆尾,并不怎么理会。又用绳子将它们的尾巴扣在一起,把紧靠着的牛角缠住,果然相互发力顶杠,可一旦绳子断脱,很快归复平静。村里人常以牛喻人:你就是个死了性子的老牛,火烧屁股都急不起来。

除了打场、耕田、耙田,更多的日子里牛很是悠闲。冬天整日窝在牛舍,牛倌儿殷勤地喂草喂水、给饲料、清理粪便伺候着,夜里一盏马灯长明,随时起身察看料理。春来百草旺青,牛倌儿一得空就将牛牵出来吃草放风。经过一冬的静休和三春头上嫩草的滋养,牛膘肥体壮。头、背、屁股连成一道柔缓的曲线,腹部饱圆的弧形,褐的、白的、黑的皮平滑油润,长长的毛均匀柔软而又服帖,大眼炯炯有神,嘴唇潮润,四腿壮实、肌肉暴突,蹄壳光滑坚硬。看到牛在圩堤、河边吃草,小孩都会围过去,亲切地这里摸摸那里抓抓。尽管大人经常训斥说:不用功读书,没出息将来就只有"捧牛屁股"。可是,大多男孩偏就喜欢放牛,总会央求牛倌儿把牛交给他们。而老牛既不怕生也不欺生,无论哪个牵着都比较驯服。小孩儿抓牢缰绳,学着牛倌儿的样子使唤呵斥,调头、转身、跑起、停步,很快就能掌控自如。渐渐便翻身骑到牛背上,让牛驮着漫步逍遥。也有个子小力气薄的孩子怎么也爬不上牛背,就会学牛倌儿的招数,帮老牛挠痒痒,口里唤着让牛蹲伏下来。有时,两三个孩子一起骑在牛背上,威风凛凛,一路大呼小叫模仿电影里骑兵冲锋的情景。还有胆子大本事好的皮王,直接躺在牛背上睡觉,任由牛在沟渠、田边闲庭信步,十分潇洒惬意。

牛通人性,又具灵性。孩子们耳熟能详的牛郎织女的故事里,牵红线连姻缘,助牛郎上天促成鹊桥会,都是那头善良、忠诚的老牛。牛突然的烦躁不安,或有些异常的状况,往往都是祸灾事变的征兆。老且羸弱的牛,时常流泪,有时夜里呜呜的像是在哭,仿佛预料到自己已不中用,将临大限之期。庄上的牛不仅耕田犁地,也会救人性命。夏秋丰水季节,庄团转前后难免有小孩溺水事件发生,人们将溺水者救出水,一边仓促施救,一边叫人去把牛牵过来。溺水的孩子横趴着搁在牛背上,牛倌儿赶着往公社卫生院方向走。随着一路颠簸,孩子腹中的水从嘴里排出,常常无需再到卫生院抢救,就能活转过来。这功劳都被记在牛身上,孩子的家人便将这牛敬为神灵。

被称为"铁牛"的拖拉机"突突突"响起在乡村,跑到了地头田间,可耕田的活儿还少不了老牛。麦子离田,地里需全部耕翻一遍。拖拉机耕田进度快,但田埂边角总也"啃"不干净,需要牛过来补耕拾掇。牛拉上犁前头走,牛倌儿扶正犁头跟在后,扬起鞭子:嗷呺——呃来来——嘘——嘘——。号子响彻田野,牛全身伸展开来,犄角朝天,躬背蹬蹄,犁头插在土里被牛拉着前移滑行,黄黑两色的土垡随之翻起滚落一侧。耕好的田晒几个太阳,土垡酥松,抽水机打上水一浸泡土块便瘫散在水里。淹没水中高低不平的泥块需耙压平整方可备用插秧,耙田的活儿牛更是大派用场。常用的木耙为长条形木块,长三米许,宽一尺余,厚两寸左右,装有环形铁扣系上麻绳与牛羁相连。牛背着牛羁拖着木耙,蹚着齐腿弯的水一步一挪向前,牛倌儿站立于木耙上牵好缰绳挥牛鞭吆赶。看起来牛耙田要比耕田更为吃劲,但耙田的效率明显高得多。田块呈方形,牛几个来回就能耙好一大片。

茫茫的水田间,天地苍莽,一牛、一人、一耙,一方悠悠的时空,几千年的乡村图景在这里定格。风浩荡、水汪汪,老牛"哞哞"的长吟与牛倌儿高亢的号子盘旋回响。那般恬淡、悠然、旷达,令人难以忘怀。

第三辑　琐忆

摄影：陆照兴

桑葚熟了

桑葚是老天给予我们的恩赐。我们孩提时代没有"哇哈哈",没有"康师傅",也没有"旺仔"。我们在小人书、图画本上,看到过橘子、苹果、香蕉的模样,却大多没有品尝过它的滋味,唯有许多天然的吃物为我们解馋。桑葚是我们重要的美食之一,每当它成熟的季节,我们就有了一段开胃开心的美好日子。

桑葚是桑树结的果实,早先我们叫作枣儿。桑树是我们家乡一带常见的本土树种,村头河边、旷野坼旁,都可以见到它的身影。树身一般并不高大,弯多直少,有句俗语说:桑树扁担,就弯儿转。树干相比其他树种还算光滑,有细细密密的麻点但不那么显眼,手摸上去有点粗糙感。绿色的叶子圆圆的带个尖儿,像心形,又有些像夏天时农家常用的芭蕉扇的形状,叶面较阔,较大的可以盖过我们的巴掌,上面网一样布满了经络。都说春华秋实,可桑树春天吐芽,很快绿叶满枝,立夏以后就开始结果实了。在树叶和枝杈结合处,它们像乳头一样鼓起突出,慢慢有指尖那样大小,起初是青色,渐渐长大变红,真正成熟时应是紫黑色。枣肉是些跟鱼籽差不多大小的颗粒,密密地围着中间一根绿茎,类似大人小拇指头的模样,有点像微缩版的葡萄。

风吹阳光照,雨润露珠养,桑葚一天天长大成熟。我们早已脱去了棉装,浑身轻松,心情开朗,只等享用这酸酸甜甜的美味。清晨,澄空碧透,染着朝霞余晖的阳光洒照得大地一片通明,鸟儿三五成群一会儿忽左忽右、忽上忽下自由自在地飞翔,一会儿停立树杈、电线、房顶屋角欢快地吟唱。吃罢早饭,我们立马提上书包蹦出家门。上学途中的几处桑树,地点自是了然于胸,每一棵的模样儿都记得清楚,哪棵树上的枣儿大、哪棵树上的枣儿甜更不在话下。邻居家的桑树,一般不经过许可是不好光顾的,我们只能选择路边、河浜没有明确主人的桑树。可以直接在树底下捡拾,这些从树上直接脱落的枣儿都是已经熟透的，小伙伴们不在乎脏不脏，即使有泥灰、草屑，小手擦擦抹抹，捏住根茎，含在嘴里咬住，拽住茎一拉，枣肉尽落口中，舌头顶住上颚一抿，汁液甜中带点酸的味儿迅即美得口张眼眯。地上捡完吃尽，才吊起胃口，远不够味儿。于是，有力气大的伙伴抱着桑树使劲摇动，树上的枣儿像雨一样纷纷落地。估摸着早读课时间快到，匆匆吃上几颗，又着忙抢拾一些捧在手中，飞奔而去。第二天大早，自然又有成熟的枣儿等着我们。

也有很让我们扫兴的时候，明明前一天看准了的，北坝头河湾子那棵树上几处枣儿红得快乌了，只消等一天摇一摇就能尝上美味，哪晓得到头来居然被别人抢了个先。小伙伴们气得直跺脚，四下里寻看，河湾东傍的独间小茅屋前，胖乎乎的红鼻子老光棍荣三正捧了只搪瓷缸，津津有味地吃着什么。近前一瞧，还真是的，小半缸子又大又乌的枣儿，馋得我们口水都下来了。见了我们，荣三还躲闪着用手捂住了手里的瓷缸。我们真的又气又急，杨小五趁他不备，一脚踹翻了他的凳子。在他低头看凳子的当儿，牛哥转到身后啪地刮了他一个脑勺子。荣三大怒，窜到屋门口，拿起一根竹竿嗷嗷叫着朝我们挥舞过来。大家哗地一散而开，一边奔跑一边开骂：红鼻子，死胖子，邋遢子，家里养虫子，一世光棍子。

总算到了星期天，我们几个约了一起到野外去吃枣子。搁下老师布置的家庭作业，抛开妈妈交待的家务活，带上竹竿、绳子、麻篮，就像游击队员执行特殊任务，齐刷刷地在南桥口集合，直奔河东的南大圩。上渡船过河的时候，有人情不自禁地哼起歌儿：雄赳赳，气昂昂，跨过鸭绿江——渡口离村庄两三百米，站在船上回望村庄，那大大小小的房屋仿佛也装载在一条巨大的船上，他们连成一片不规则的轮廓，在水面之上、天际之下形成一道美丽的剪影。站立船头，风从河面习习而来，抚摸我们的脸庞，吹动我们的衣衫，蓝天碧水，波光粼粼，沿岸绿树成行蜿蜒伸展直至白云深处。船未停定，我们接二连三跳跃上岸，鸟儿出笼般争先恐后冲向熟悉的目标。

黄田沟圩口那棵大桑树是我们的第一选择，它虽长在圩边，却树身斜伸，树枝旁逸，一多半歪在河面上。这棵树上的枣儿采摘是有难度的，但它甜美的口味也是大家一致公认的，我们无法抗拒它的诱惑。先在圩坎上用竹竿打，扑簌簌一阵掉下不少，可是有一部分直接掉进河里去了。小伙伴们又拿出绳子，先扣到竹竿上，再套住树枝头儿往跟前拉，到够得着时，由两个人拉住，其他人取来麻篮赶紧摘。一不小心树枝反弹出去，搞得人仰马翻，跌成一团。"哞——"，一旁专心吃草的老牛也被惊得叫唤起来。小伙伴忽然有了新主意，过去将拴在树上的牛解开牵了过来，骑上去又拉一个伙伴上去，吆喝着赶牛下水站到树下，两人帮扶着一人慢慢站起身，果然接到了结满乌枣的树枝，大伙儿不由叫好欢呼。好表现的国伙也想露一手，朝掌心啐了一口，手抱树干，两脚夹住树蹭蹭蹭地爬了上去。他找好一处枝丫坐好，随手拖住一根枝杈儿，张口直接就着吃，好不快活。猛吃了半天，他才看到我们眼巴巴地站在那咽口水。他懒洋洋地摘了一把扔给我们，故意砸到我们身上、脸上，好不讨厌；心里想骂又不敢出声，生怕惹恼了他不给我们枣儿吃。国伙好不得意，双手挥舞并晃动身子：小的们，吃饱了吗？俺老孙再给你来大大的乌枣。俺的枣又甜又香啊，吃了不害疮啊——话音未了，"唉吆喂——没得命"，"扑通"，众人一惊，只见国伙已从树上坠入河里。爬起来顾不上浑身湿透，举着膀子直喊：洋辣子，嗯哇——疼煞人了。"哈哈哈哈——"，小伙伴们望着国伙的囧样，笑得前仰后合，开心快乐在河水里荡漾，在晴空中飞扬。

　　吃枣儿的年代已经久远，枣儿的味道还在，时光滤去了酸，留下的只是醇美的甜。好想回到那桑葚熟了的时候……

蚕豆花儿开

当油菜花开得热火朝天的时候，蚕豆茎秆的绿叶间也悄悄露出花瓣儿。里下河农村几乎很少见连片整块地种植蚕豆，大多沿田埂、地头、沟渠三两排顺边儿延展着，花儿像星星一样夹杂在绿叶间。花瓣主体呈白色，衬着紫罗兰色、黑色的斑晕，像是在宣纸上涂染洇散开来的颜料，或深或浅，形状也不太一致。迎风开放的蚕豆花，远看似一群群张开翅膀的蝴蝶，静静地伫立在茎叶绿丛里。蚕豆花的色调偏冷，不成规模，也没有旺盛的气势，却有一种淡雅、脱俗的感觉，不由让人心生敬意。

春末，蚕豆花儿渐渐谢去，像小指尖样的豆角接二连三从残花和茎叶里冒了出来。麦收前后，豆角也已经饱满。成熟的豆角椭长型两头尖，青绿的壳面上附着轻霜似的绒毛，形状类似于一叶小舟，因而，农村也通俗地称之为"船豆"。豆角剥开里面确如小船的船舱分为两格或三四格，每格里躺着一粒豆米，中间仓里的最大，向两头的渐小。豆米扁扁的椭圆形，颜色随着嫩老的程度变化，越嫩的越是鲜绿，老的绿色变浅甚至有点泛白。根蒂部看上去像一截短短的缝线合口，掀开细小的蒂结可以褪掉一层豆皮，豆瓣儿如翠玉一般喜人。

顽皮的孩子们垂涎这碧绿鲜嫩的果实，在课余假日结伴到田野尝鲜。走在田埂上瞅准两旁绿油油、肥嘟嘟的豆角，巡望四周没有大人注意，连扯带抹，一边剥开豆壳就着将豆米啃进嘴里，一边忙不迭把摘下的豆角塞进衣袋。顺着田埂走进麦田深处。密匝匝地麦子正好藏得住小小的身材，小家伙们猫腰钻进里边，忘乎所以地大块朵颐，甜甜的、有些青涩，脆嫩可口，解馋，解渴，还挺充饥。过足了馋瘾，机灵的小家伙们会到河边捧几口水漱一下口，然后大摇大摆往家回。遇上田里干活的大人，总会有人故意盘问：细麻腿子，下田偷吃"船豆"的吧？小家伙一个个走上前，朝问话的回道：不曾，不曾。

又张开着口道：你看，你看，没有啊。大人们又笑闹着要检查裤兜，小家伙们"呼"的一下撒腿就跑，远远地回头示威：老子就偷吃了，咋的？

"四夏"大忙，学校放假。收菜籽、割大麦、栽棉花，生产队劳力紧张，队长不由想到让队里的半大孩子们下田摘蚕豆，既保证主要农活不受影响，也为社员们辛苦干活回家吃上新鲜的中饭菜。十几个孩子踊跃加入，雀儿似的飞到田里，哗啦啦分散到各个地块。手提篮子、木桶、洋面袋子、麻篮等家伙，往来穿梭。不需平时那样的躲躲藏藏，可以堂而皇之地采摘，从从容容地剥出豆米塞进嘴里，有滋有味地细嚼慢咽。摘满一篮送回地头称一称斤两，记账按10斤1分工核算工分。临近中午，摘好的蚕豆堆成一堆，队长指派两名老农掌秤，将数百斤蚕豆按人口分到各家。随后，孩子们跟着自家大人带上分得的蚕豆一道回家，虽然因为贪吃蚕豆采摘收获不如别人，核计的工分也明显少，一家子照样开开心心。况且，手上一篮青滴滴的蚕豆，咋说也是孩子的劳动果实。午饭桌上会有一碗鲜香无比的水咸菜烧蚕豆米，想想也叫人美滋滋的。

青青的秧苗绿遍田野，蚕豆早已花萎叶枯，茎、叶、豆角都变成黑色。人们把它拔了铺晒到打谷场，干透了又拿到石磙子上摔打脱出干蹦蹦的蚕豆。干蚕豆贮入家里坛坛罐罐，随时可以取出食用。蚕豆从嫩到老、从潮到干，都是农家的美食。老豆角未完全晒干时，那豆米炒了吃绝对别有风味，粗俗说法叫"放屁豆"。席二叔家人口多，院子宽敞，邻里串门都喜欢聚在他家。晚上无事，大家团着没完没了地神侃，李家的三牛子端只洋铁畚箕进门：生火，生火，今天请大家尝尝"放屁豆"。众人立马来神：好的呀，快点啊，今儿个真有了口福啦。火旺锅热，蚕豆下锅，小火慢熏，沙拉沙拉炒一阵，"噗嗤、噗嗤"，锅内的蚕豆开始不住地冒热气，即刻满屋喷香。执铲的三牛子忍不住捏两颗品尝，烫得舌头直打转，嘶了两口气连声说：啊呀，香，真香，好吃，太好吃。很快热热的出锅，老的、小的纷纷上前抓来分享。软软的豆皮，糯烂的豆肉，别有一番风味。这三牛子日后竟成了席二叔的小女婿，兴许正是当年的"放屁豆"赢得老丈人欢心，也俘获了小姑娘的芳心。

盛夏时节，大人下地干活天黑才得归家，烧晚饭的差事自然落在家中稍大一点的孩子身上。中午的剩饭加水烧开，这便是晚上的烫饭粥。最好的粥菜，当然是炒蚕豆。取一些干蚕豆用淘箩到河里略微漂洗一下，生火下锅，边烧边炒。姊妹弟兄多的，老大专炒，老二专烧，大火小火，全听负责炒的指令。也有单独一人又烧火又炒，灶后锅前忙得颠颠的，续好草引着火，用火剪夹住架支起来，赶忙蹿到锅前拿铲子翻炒一阵，又连忙钻进灶后填草。不一会儿，蚕豆噼噼啪啪炸响，起先断断续续，紧跟着响成一片，随后零零星星，听不见响声的时候就可以熄火停烧了。抄两铲子盛起留作零嘴，舀两瓢水倒进热锅，"嗤啦啦"水汽漫开，"咕噜噜"听得见锅内蚕豆吸水的声响，水没过蚕豆，合上锅盖稍闷片刻便能起锅。趁热拌点盐、撒几滴香油、拍两三瓣蒜头加入，再用筷子搂拨搅和，一碗香味扑鼻、让人望而生津的烹蚕豆即大功告成。晚上，全家围坐桌旁，就着咸蚕豆喝两碗薄溜溜的烫饭粥，对味合口，舒服畅快，生活的美好，尽在其中。

入冬，平时省留着的蚕豆又可作为种子。小铲锹插进土里歪出一道缝口，丢几粒蚕豆，拨两拨填上土。无需施肥，也不用浇水，不经意间，叶芽儿就会从土里钻出来。来春，又见蚕豆花开，彩蝶蹁跹。群芳争艳的春天里，它只是默默地陪衬，静幽幽的隐在油菜花的海洋和广袤无边的绿野。沉静、低调、内敛，展现着紫罗兰、白和黑的柔和素雅，孕育着新的生命。人间有味是清欢，蚕豆味儿，正是农家平常生活的真味。

多彩的夏日夜晚

小时候很喜欢夏天,除了可以在雨中戏耍,下河里嬉闹,更为开心的是晚上可以借乘凉的名义出门,穿梭于家门口几个乘凉点放任自由,最有趣的是听大人说稀奇、讲故事,还有乡民们精彩的说唱……夏日的夜晚,充满神秘和诱惑,内容丰富而精彩;黑森森的夜色中有一扇窗,窗外是五光十色的人间万象;灰蒙蒙的云天里有一道门,门里有光怪陆离的大千世界。

作者自摄

还在咿呀学语时,我就被母亲和祖母抱到院子里,一张小桌子,可以躺,也可以站。月儿清清亮亮,星光点点灿灿,风有一阵没一阵,蝉嘶虫鸣,蛙声鼓噪,不绝于耳。祖母的蒲扇不紧不慢,围着我上下左右扇动。数星星、看月亮、唱儿歌、诵童谣,在母亲和祖母的怀里,我第一次领略到世界的奇妙。祖母说,遥远的月亮里,住着一个老人,他整天在锯着那棵树,却总也锯不断。因为,树上有只鸟,一会儿就偷吃老人挂在树杈上的饭食,老人驱赶鸟儿的当口,锯开的树已长好如初。这老人是何等的好笑,那鸟儿是多么的逗趣,这棵树又是怎样的神奇!这个经典的故事,流传了一代又一代,被讲述了一遍又一遍,正是这个故事开启了我懵懂的童年。

能走会蹦以后，我们活动的天地就超出自家的院落。丢下晚饭碗，立即呼朋引伴到屋外疯玩。月亮出来了，就在屋顶上，离我们是那样近，就像一只大而明亮的蛋黄，不像太阳那样刺眼。不知是谁发现，月亮是会跟人走路的，你走，它也走，你停，它也停。小伙伴们不厌其烦地争相体验月亮跟路的感觉。一溜小跑，回头一看，月亮真的就在头顶，跑出老远，它依然还在你身旁。我们觉着特别新奇，情不自禁哼起童谣：凉月子巴巴，告诉爹爹，爹爹种菜，告诉老太，老太不在家，送你个大糍粑……稚嫩的童声在晚风中飘荡，渐渐消融在如水的月光里。

隔壁二叔公家的大院子紧邻河浜，一到夏天，他们家就在码头岸边正对河口搭上敞篷，白天在敞篷下吃饭、歇息，晚间也在那儿乘凉。屋后的张伯、群叔，左邻的昌爹爹、牛哥，都是这儿的常客。我几乎每晚都往他家跑，常常捧着饭碗就过去，有凳子就坐坐，没凳子便或蹲或站，直到他家里人陆续回屋睡觉才懒懒地回家。二叔公长了一绺山羊胡子，那胡子里藏满了趣闻和故事。筷子一搁，话匣子就开，社会新闻、古今人物、民间传说，无奇不有。队里的杨洪春怎样节俭抠门，庄上的孙连祥曾经如何富有，北头的王友章多么力大无穷，刘家舍的邻居吵架上吊寻死，夏家庄的干部脱麦轧断了膀子，李家垛的中年黑汉子娶了小十几岁的美白大姑娘。吹着习习凉风，嗅着幽幽的栀子花香，坐在这农家小院感知外面世界的新奇，早已把蚊虫的干扰抛到一边。扯罢当今又说前朝，杨家将忠良勇烈、岳飞精忠报国、诸葛亮神机妙算、包公神明断案等等，滔滔不绝、引人入胜。

说着说着，二叔公突然打住，捧起茶壶咕噜噜喝上几口，润透了嗓子，这才继续往下说。过一刻又拿起旱烟袋，慢条斯理地填满烟丝，划上火柴点起来，烟锅在灰暗的夜色里很有节奏地一闪一闪，映照出他深栗色的面颊，周围一片沉静，只听得吧嗒吧嗒的抽烟声响。像是故意吊人胃口，感觉过了好一阵子，二叔公总算过足了烟瘾，磕掉烟灰，吹了吹烟管，抬了头问：说到哪了？旁边人应声提醒，催促着期待下面的内容。有的段子其他人也比较熟悉，版本却有所出入，常常发生争议，乃至各执一词吵起来，落得不欢而散。我内心对那打岔的人有些愤然，恨他害得我们一大伙儿扫兴。次日晚上，人们又一如往常团坐着开始等待新的内容，昨日的不快早已消散殆尽。

我们居住的那一片处于庄子的南舍，最为集中的乘凉地点是通往庄中心必经的坝头。坝头是圩子的一段，北侧是外河，水面宽阔；南侧是内河，正是从二叔公家院子拐弯过来。夕阳的余晖还没隐去，就有人从家里搬凳子、拿席子占地，靠近坝头的几户人家端来粥盆、碗筷和咸菜钵子，边乘凉边吃晚饭。天刚擦黑，大人、小孩便陆陆续续地过来，大人们有一搭没一搭地聊天，孩子们聚到一块玩耍。眼前的景象渐渐模糊，远远看去天和地的边界已不那么明显，树木和房屋只是黑乎乎的轮廓，有人家窗户透出微微的昏黄的灯光，时而有萤火虫飞来飞去，点点光亮飘忽不定，如梦似幻。星光渐渐明亮，银河像一条淡淡的灰白光带纵向斜在头顶，河面上铺展着一簇簇水草和菱叶，在天空的辉映下，零碎的水面晃动着星星，翘起的叶片泛着油亮，稀稀散散的几枝尖瓣菱花，优雅地挺着身姿，仿佛驻足凝眸的观光游客。河坎边柳树条轻轻拂动，悠悠的风伴着蝉声送来阵阵凉爽，一切都好像在酝酿着一幕大戏的开演。

"吱呀——"，一声悠扬的二胡乍起，引得众人侧耳注目。文二哥提着二胡很快进入状态，闭目颔首沉浸于乐曲的意境之中。一会是《社员都是向阳花》，继而又是《逛新城》，应大家要求又来了一曲《洪湖水浪打浪》。这边才打住，奎叔的《扬鞭催马送公粮》又欢快地飘了过来，大家虽不大懂得欣赏，却都听得舒心悦耳。有人觉得还不过瘾，提议巧英姑娘、桂英二妈和昌爹爹亮嗓开唱。"哎呀来——"，巧英姑娘张口就来最拿手的栽秧号子。桂英二妈和昌爹爹是庄上出名的老歌手，用今天时髦话讲，属腕儿级人物。他们的《十不全》《孟姜女送寒衣》《手扶栏干叹十声》等，全是经典保留曲目。"正月里来是新春，家家户户点红灯，别人家夫妻团圆聚，孟姜女丈夫筑长城……"桂英二妈轻轻悠悠吟唱，婉转、柔滑、清润、绵长，悲切、凄然、怨艾、怅惘，大家屏了呼吸，大气不喘，拍打蚊虫的扇子也漾着停在半空，水里小鱼藏到了菱叶间，树上的蝉躲进了丫杈里，万籁俱寂，唯有这歌声在夜幕里穿行游走。

　　月上柳梢头，星空越发澄明旷阔。人们已然有些倦意，有人陆续回家，有的小孩歪倒在大人怀里，也有人躺在席子上发出微微的鼾声。"回来啦！"一声招呼打破暂时的沉静，只见三五人拥着胡老伯一路过来，立即有人腾出居中的位置，迎请胡老伯坐下。胡老伯长得精瘦细小，稀疏的黑白相间的头发，左眼细眯，右眼半开露出有点浑浊的眼白，脸颊尖削，嘴巴微微前凸，说话间两片薄唇很有节奏地一张一合。他早年在上海营生，不知怎的学会了说书的技艺，据说老婆就是喜欢听他说书才嫁了他。解放后，胡老伯回了老家，被大队安排在饮食店做白案，每晚和好面、拌好酵才收工回家。为听他说几段书，常有人到店里相陪着等他。一落座，早有人奉上茶壶、递上香烟。胡老伯清了清嗓子，稍作停顿，三言两语提炼了一下上回书的内容，如他所讲的书中战将那样，抖了抖精神，披挂上阵，开启了新的精彩。

　　胡老伯说书强过二叔公讲故事不知多少倍，二叔公北说海南说江，东一榔头西一棒，自然让我们听得津津有味；胡老伯整本连贯地说大书，才入佳境又有悬念，曲径通幽柳暗花明，绝对叫人着迷。方世玉、封神榜、隋唐英雄、水浒、三国……一出一出、一本一本，集天地乾坤之大观，聚人间善恶之万象，演说文韬武略，叙述野史逸闻，称颂英雄豪杰，讲说忠奸美丑。胡老伯一开腔如同开闸放水奔流而下，舒缓如小河潺潺，急促似暴雨倾注，激扬如浪潮汹涌，声情并茂，栩栩如生，惟妙惟肖。文人雅士，吟诗作对，才情毕现，妙趣横生；英雄好汉，舞刀弄枪，豪气冲天，威风八面；谋士智囊，能掐会算，料事如神，运筹帷幄；神鬼魔道，呼风唤雨，法力无边，奇诡怪异。花前月下，两情相悦，缠绵悱恻；茶楼酒肆，把盏言欢，志趣相投；山水之间，乐而忘返，风景怡人；深宫后院，勾心斗角，祸福无常；疆场之上，飞沙走石，刀光剑影。时而嬉笑逗乐，满场人开心舒怀；时而如泣如诉，众人悲切神伤。"咣咣咣""嚯嚯嚯""咚咚咚"，如闻其声；"哈哈哈""呀呀呀""哇哇哇"，如临其境。表人物，身材、面容、气色、神态、衣饰、装扮，寥寥数语，活灵活现；话场面，节气、天候、地貌、人马、装备、氛围，一气呵成，生动逼真。夜阑人静、村野空寂，鸟儿睡了，虫儿眠了，小草已倦怠，树上的枝叶也懒得动弹，只有我们还在坝上，侧头斜脑围着胡老伯聚精会神聆听。胡老伯端坐正色，声朗音清，一串串语词演化为跳动的精灵在眼前翻转飘旋，看不见的舞台上变幻万千气象，各式人物粉墨登场。我们在这演讲的情镜里恍若隔世，陶醉于绿林豪杰的侠肝义胆，沉浸于将遇良才的百回酣战，一切仿佛梦中，唯愿不再醒来。

　　似水流年，岁月如常，四季轮回，周而复始，乡村已渐行渐远，胡老伯、二叔公、桂英二妈、昌爹爹等乡邻们都相继作古，乡民们生活方式和习惯也随着电视、手机、空调的普及和不断升级发生较大变化。忙于生计，昔日的小伙伴们长大后纷纷走南闯北，栖身于大大小小的城市。家乡的夏日夜晚依然有三三两两的老人到户外乘凉，但场景已今非昔比，更没有往日的氛围和况味。曾经的乡村夏日夜晚的各样景象，呈现原生态的水乡生活，像一幅幅水彩画，色彩斑斓，气韵流动，质朴自然，超凡脱俗，在我记忆深处永久珍藏。

"肉大碗"

在大米饭都不一定能顿顿管饱那年岁，吃上一顿"肉大碗"对于庄上人来说，极具诱惑，是难以企及的奢望。这与平常日子里偶尔搞点荤腥打打牙祭可不是一回事，都得碰上男婚女嫁、砌屋上梁、贺周做寿等正经大事，亲戚登门随礼，才会摆上这"肉大碗"。

也有人把"肉大碗"说成"六大碗"，其实，庄上人习惯将正规的酒席称之为"肉大碗"，酒席上必定有"肉"，而且，这"肉"属主菜、大菜；"六大碗"则是从菜的数量而言，也并不就只是六道菜，乃概言菜之多，一道又一道，实质上也是指酒席，不摆上满满一桌大碗菜肴，就不像酒席的样儿。

吃"肉大碗"，少不了"红烧肉"和"肉坨子"这两道菜。"红烧肉"是大菜，"肉坨子"是硬菜，没有这两道菜肯定不能算是"肉大碗"，这酒席绝对撑不了场面。俗话说"无鱼不成席"，然而少了"红烧肉"和"肉坨子"，那酒席就够不上规格，简直不成体统，得罪了"舅老爷"，会当场掀翻酒桌子。

办大事，肉的用量很大。通常，按照主家择定的吉日，舅、姑、姨等一干长辈、老表们提前一天到来，正日又一整天，第三天中午吃罢"散席酒"，宾客才陆续回去。有时，路远难得走动的亲戚还会留上几日。也有的主家办完事，弟兄姊妹轮着再请亲戚分别过上一天，即所谓的"接延"。几天酒席顿顿有肉，吃早茶也少不了肉坨子粉丝，没个几十甚至上百斤肉还真的挂相。买肉的话开销比较大，况且还要凭计划供应。所以，大多人家为了办大事，早已养好一头肥猪，提前找杀猪匠"脱白"，有红有白的盛满一澡桶。

"红烧肉"随取随用，"肉坨子"却得提前做好。自家人手不够，请上邻居帮忙，挑肥瘦相间的肉条切成小块，借两三张大砧板，一人两把刀，几人一同双手轮番起落剁斩，"噼哩噗噜"拉开阵势，只见那薄刀上下翻飞，白肉、红肉混杂，砧板面上铺了厚厚一层。有人打门前经过，只听这动静，就知道这家要忙大事了。这边，小肉块被剁成了肉糜；那一边，已烧好一锅糯米饭。晾好了的糯米饭，与肉糜拌在一起，由一名稍通厨艺的大婶操作，加入葱姜末、鸡蛋清、酱油、盐、酒等佐料，用力旋搅，直至肉、米饭、调料充分匀净和成一体。待一大锅菜油烧热，将肉糜团成小元宵状，放进预备好的水淀粉里蘸一下，投入滚开的油锅。不一会儿香味塞满了厨房，漫出院子，传遍半个街巷。放学的孩子闻香而归，抓起热烫烫的现炸肉坨子，急不可耐地张口就咬，烫得"嚯嚯"直叫唤，吹两口又咬，嘴里"咝咝"地却忍禁不住，一口下去再抓起一个。

　　到亲戚家出人情，一般都会带上小孩，有时乃至全家总动员。平常日子过于清苦，乘着亲戚家办大事，大人尽可能也让孩子吃上几顿"肉大碗"。虽然酒席上不一定安排孩子就座，但自会有外婆、舅母、姑妈、姨娘之类女长辈关照，在厨房忙里腾空盛碗饭，上面堆满"红烧肉"和"肉坨子"，这实实在在的"肉大碗"吃得小家伙嘴上油嘟嘟的。遇有本庄队上人家大事正席请庄客，关系较好的，也会带上孩子一同赴宴。席间，把小孩抱坐在大腿上，自己吃酒的同时，穿插夹菜给孩子吃。带了孩子的大人也很自觉，上到"红烧肉""肉坨子"自己会留意少吃一些，从自己的"份儿"里匀给小的吃。也会有热心的桌客，推说自己嫌肥、怕腻、胃口不好等，有意多夹几筷子菜帮着照应小孩，让这爷俩吃得自在一点。

　　十来岁的孩子，大人就不便带着出席了。遇有哪家做事，"跑忙的"上门约庄客，为了让正长身体的孩子多点油水，就推说自己另有事没空，到时让儿子代替前去。而后，认真地交待儿子参加酒席的一应规矩。先是座位，哪里是上岗子，哪里是下岗子，上岗子主人家都有特别的安排，下岗子也有讲究，还有斟酒的位置有的主人家也有人选，其他位置可以随便坐。但这还要看人家堂屋放了几桌，不同的摆放，座位大小也相应变化。再是礼数，要晓得尊称长辈，少插言、不乱说话，咳嗽时注意避开一旁等等。最紧要的，反复叮嘱："红烧肉"上桌，切莫先动筷子，老规矩要等主人出面打好招呼，再燃放一挂小鞭炮，这才可以开吃。吃肉时不要满碗里挑，只在靠近自个儿的碗边搛；吃肉坨子，主家是按每人 3 个上碗，最多只能吃 3 个，切切不可吃超了，馋死了也得忍住、熬住。

正因为难得吃一回"肉大碗"，所以有人吃了"肉大碗"免不了会炫耀一番。吃了酒，满面红光，嘴唇油亮，倒背着手踱着方步，一摇一摆。有人的地方，特意停步搭话："都在这做什哩呀？吃了么？"微微的酒气熏人。"啊吆吆，这看上去刚吃了'肉大碗'么？"抬了抬下巴："嗯啦，才在西头老孙家。不错，不错，'肉坨子'里糯米饭不多。"还有没吃"肉大碗"也装相的，炖咸菜放了点油，热乎乎的饭吃得头脸发汗，脸色竟也微红，吃完并不擦嘴，唇边留着些油光，径往街口而去。路边折一段扫帚枝儿，边走边剔牙，见了人，介有其事地吐出塞牙的内容。"吆吆吆，今儿又吃了'肉大碗'？"路人明知故问。"哪块呢？小咪咪，咪了两口罢了。"他也故作谦虚。又有人高声道："大队干部常常有人请，看你三天两天'肉大碗'，你倒快赶上大队书记啦。"久而久之，这人便得了个绰号叫"二书记"。

"肉大碗"真的叫人羡慕，一年到头累苦累活，一日三餐清汤寡水，肚里无油，嘴中无味，梦里有时都梦着吃"肉大碗"。关于"肉大碗"那些事儿实在无法言尽，其中滋味比"红烧肉"和"肉坨子"更为丰富、绵久。

长长久久的"面条"

清晨的阳光给村庄铺上一层玫红,庄前的"丁头府"草屋隐在缕缕炊烟和腾腾热气之中,一团团烟气映着霞光,像天上飘落的云彩。草屋的锅灶间里,一锅水正烧开,嘟噜噜冒着雾气,陆四伯揭了锅盖,从桌上的筛子里抓两把面条投进锅里,拨动筷子不停地翻搅。少倾,嘱老伴停烧熄火,合上锅盖。灶台上已备好两只大碗,碗底暗红的酱油里浮着黄灿灿的菜油星儿。稍过片刻,再打开锅盖,一阵热气过后,看得见面条已漾起在汤中。陆四伯张开筷子夹起面条盛入碗里,又撒上现切的青白夹杂的细碎蒜末,拌上几拌,面条呈酱红色很是诱人。手捧热乎乎面碗,嗅着浓浓的香味,陆四伯用筷子挑起一绺面条,轻轻提起,举在嘴边,鼓腮吹着微晃两下,呼噜噜塞进口里,美滋滋地咀嚼吞咽,直吃得满脸红扑扑的,额头的青筋随着吸、吞、嚼、咽像蚯蚓一样蠕动。邻居见他吃得如此之香,不由满口生津:嘿,这面条挺有味的嘛?陆四伯正埋头吸面顾不上回话,"唔唔唔"地点头回应,囫囵着咽下嘴里的面条这才开口:嗯哪,这年头不靠两顿面,三春头也接不上啊。弄顿把面尝尝还真的带劲,这"拉纤"拉得蛮有意思。

庄上人以大米为主食,面条也相当普遍和常见。面条虽只是辅食,却对人们吃饱肚皮有着不可估量的贡献,同时也间或调换口味,改善着日常饮食。而且,在许多场合,面条的特殊作用是大米所无法替代的。

里下河农村通常一年三茬庄稼,夏秋两季稻,冬春大小麦。稻、麦收获按计划售交公粮,余粮分作各家各户的口粮。麦子分到各户也就几十斤到百来斤,稻谷倒能分得大几百斤。稻谷在本庄就可机轧加工成大米作家常主食,麦子零零星星到粮站兑换成干面粉或挂面,备留补充主食不足、以备不时之需。每临春节前夕,家里还有剩余麦子的人家,申请生产队安排挂桨船,载着一船老老小小和装有麦子的笆斗、麻袋、蛇皮袋,到县城的麦粉厂去兑回干面粉和挂面，过节自有用处。

挂面储存时间较长，取用方便，口味却远不如水面。庄上人家更喜欢用干面粉自己制做水面，现做现吃。逢阴雨、下雪天，庄上几处作坊就会聚了人来搅面、舂粉、磨糁子。庄南头大河边几棵老榆树掩着四间茅草屋，沿河边向里分别是一间牛屋舍、两间作坊、一间房间。夏天里，牛基本不进牛屋舍，通常白天赶到田里，晚上拴在老榆树树干上，淹在河里面。冬天时，老牛才呆在屋舍。虽说牛舍连着作坊，让人感觉邋遢，可兼顾管理作坊的牛倌儿七伯非常勤快，每天将屋内外打扫得干净清爽，打开大门随时为人们提供方便。作坊进门右侧就是一台搅面机，偏里摆着磨盘台、梁上吊着推磨架，最里的墙边支着一副对臼，这里白天和晚上陆陆续续有人进出，有时一屋子忙活的人，独居这里的七伯倒也难得寂寞。

搅面的第一步是和面，作坊里有专门的大瓦盆，放进干面粉，门口码头上打来一桶清水，往盆里倒进少许，洗好手，挽上袖子，双手将干面粉与水调和。把握着干湿度，小心地分几次续水、添加干面，再掺入适量稀释的石碱，充分拌和，直至粘粘的软硬适度、均匀。拿自带的洋铁畚箕把和好的面粉装进面棍上面的漏斗，用力摇转手柄，手柄传动齿轮连动面棍，面粉经两个钢质面棍挤压，出来就成了面皮，像一卷布匹一样堆在了机台上。如此反复三遍以上，面皮光滑、薄润柔韧。搅面机的面棍在后身，前身就是轧面刀头，压好的面皮直接拉过来，搭在支杆上，把前端塞进两个刀头之间，同样可劲儿摇转手柄，轮轴带动面皮移动，经刀口切割，面条像胡须一般在机头慢慢垂下，等在那儿的人一把一把扯下，均匀地摊晾在竹匾、筛子、簸箕等器具之中。

在家里也可以做手工面，把和好的面揉成团，揪一块拍成饼状铺在桌面上，用擀面棍或是酒瓶、量米的圆竹筒、洗衣棒等推压，面团变成了一张张薄薄面皮，再用刀切出粗细匀称的面条。这样做出来的面条，煮透了吃，很有劲道，也别有风味。小孩子称之为"大面"，隔些日子还有些念想，想起那搓揉面皮的体验和吃面咬嚼的感觉，会忍不住跟妈妈讲："我们家哪天再做一顿'擀大面'吧。"

　　面条不仅仅是人们的辅食，还有着某些特定用途。人逢生日，早餐必得吃面条，乡村方言里"面"与"命"同音，面条取谐音"命"之义。生日乃人的寿辰，以长长的面条意指长寿、长命百岁。庄里人礼尚往来，尤其春节期间走亲戚，新春头上不作兴空手，带两把面条，用红纸条码好，亦算是随礼。乡间人戏言：二斤烂面混三天。带了一点面条，亲戚好吃好喝款待，可以住上两三天才回家。家里办正经大事，嫡系亲戚上门，除了要出人情，还必须送盒担。这盒担有鱼、肉、糕、馍等，必不可少了面条，也是红纸条把好，叫作"面头"。有人家男方到女方娶亲，带着礼盒吹吹打打热火朝天，受礼清点时发现少了一把"面头"，丈母娘立马气愤，老丈人当场发火，一派喜庆当即凝固。男方主事的赶紧打圆场，一边向女方打招呼、赔不是，一边安排人火速去补上"面头"。

　　面条虽只是辅食，却随时可见、无所不在，不仅仅充饥饱腹，也可算美味小吃。一碗酱油红汤面，有着经典而好听的名字叫"阳春面"；庄上人喜欢汤汤水水，下面条要求汤多一点，习惯称为"飘汤面"；因为面汤的不同，又叫作"清汤面""鸡汤面""骨头汤面"，等等；面条中加料，材料的丰富，又生出若干叫法，"青菜面""鸡蛋面""肉丝面""牛肉面"，等等，不一而足。面条在人们生活中不可或缺，伴着人的一生，伴着祖祖辈辈，真的是长长久久，万世永续。

巴　年

作者自摄

　　曾经的年代，乡下的孩子大多渴望、期盼、等待着过年。他们的眼里，那几天过的就是天堂里的日子。不必说远离课堂，逍遥自在、身心轻松；也不必说摆脱家务，白天疯玩，晚上早早美美地睡觉；更不必说犯了小错，没有责罚，没有皮肉之苦。单是穿新衣、吃美食，想想也乐滋滋、妙不可言。

　　节到中秋年过半，从吃月饼开始，我们就数着日子盼过年了。稻子收获上场，老牛哼哧哼哧拖着石磙子碾压，社员们几十把叉子翻舞便将稻、草分离，晒干、扬净的稻谷运几船交公粮，剩下的生产队分给各家各户。于是，我睡的西房间就多了一人高的箦子。用芦柴编的约六七寸宽的箦子，一卷卷的平时藏在墙角，这刻派上用场。父亲把它取来，在地上围成一圈，扛来一笆斗稻谷倒在这圈箷子中，快满的时候，又放一道箷子，这样箷子随着稻谷层层往上加，直至一人多高。望着高高的稻箷子，我就好像尝到了年夜饭桌上香喷喷的白米饭，嘴里口水一下子漫了开来。那年代，平常日子胡萝卜饭、山芋饭、青菜饭、粯子饭、野菜饭吃得人满鼻子满眼，一年难得有几天吃上真正的白米饭，一到过年，几乎家家都是白米饭。

种好了麦子就开始入冬，趁着农活不太忙，母亲便张罗着做过年的准备。她端出针线匾，翻找出一摊破碎布片，小心翼翼地理好铺平。卸下门板，拿来面糊将布片布头分几层拼凑粘贴在门板上，放到院子里晾晒。那布片布头从门板上剥下来，成了硬邦邦的袼褙，母亲用鞋样在上面反复比划，最终拿来剪刀，依照一个个鞋样，剪出全家几口人的鞋型。

接下来的日子，母亲不是捻线，就是纳鞋底。偶尔串门，或是队里开会，她总是带上线坨、夹着鞋底过去，和邻居拉家常忙着，坐在会场的一角依然忙着。不经意间，板贴贴的鞋底就成了，针线脚密密麻麻、整整齐齐，看起来舒舒服服，摸上去绷硬绷硬。每双新鞋都是过年开始穿上的，蹬在脚上暖洋洋的，人显得更精神，走起路来劲抖抖的。我还特地奔到奶奶家，翘起脚让奶奶瞧新鞋，那种幸福和满足，真的回味无穷。

大雁南飞不久，北风卷着寒流袭来，小队会计上门送来了布证。花花绿绿的布证有好几张，按尺寸不同颜色各异，数量根据全家人口分配。母亲仔细地把布证包起来，放到东房间站柜抽屉里，等攒了钱去扯布为我们做新衣裳。这期间，母亲除了做针线，还腾出空和父亲打草包。厨房里支了一张打草包的架子，长方形的框子，下脚左右各一个象耳朵一样的孔，两孔贯穿一根竹杠。还有一件必不可少的东西叫作"扣"，那只有专业的木匠才做得出来。扣大约80厘米长，宽10多厘米，中间挖了一排均衡相错的眼，一侧装有两只短短的手柄。打草包的第一道工序是搓草绳，这活儿主要是我和弟妹们干。放学回来，父亲早已捶熟了几把稻草，分派给我们要求晚饭前搓好绳。我们实在烦透了这每年必干的苦差事，总是以老师布置作业多推脱偷懒，但是母亲两句话就把我们摆平了：想不想过年买好吃的，过年要不要穿新衣裳？得了，只好慢吞吞抱了草到房前屋后，先抽两根草起个头，把草夹在掌心，顺着草根往前两根草依次上下翻搓，快到头的时候，又续上两根草，如此循环往复。等有了两三尺长，我们把绳系拴到一棵树上，然后围着树或屋子像驴子拉磨一样地边搓边转。晚饭后，妹妹洗碗的当口，父母亲已经动手上机。一人拿一桄绳，先从底部的竹杠穿过，向上绕过上框，再穿进扣眼，向下提起竹杠打个结，剪了绳子继续穿第二根，直至穿满所有扣眼。接下来，算是正式打草包了。父亲往上端起扣，母亲握一根比扣稍长的竹篾，顶端有凹槽和齿口，在凹槽别上几根草，从右向左穿过错开的绳缝，父亲接住抹下草头，再向齿口勾两三根草由母亲拉回，母亲抽出篾子，父亲按下扣，就这样一来一回，不到一个小时，一条草包片便完成了。他们正常每晚要打两到三条草包，有时赶工一晚能打四到五条。出售前，还得用草绳压边缝好。一般集聚二三十条草包，就到供销社收购站一趟，卖得好三角多钱一条，卖得不好只能三角左右。一个冬天卖上三五趟，能净收二三十元。母亲揣了这些零零碎碎的分角块票去供销社门市，带回一大堆花的、格子的哔叽，蓝的黄的咔叽等布料。我们开心地摸摸新布，嗅嗅布新鲜的味道，仿佛新衣裳已经穿在身上，感受到了过年的气息。

  过了冬至，春节在望。老天似乎要刻意考验我们，严寒一阵比一阵猛。冬至起，正式进入数九寒冬。俗说：一九二九，不出手；三九四九，冰上走……走在路上，冷风从裤管、衣领口、袖口直往身上钻，冷不丁抬头仰面风直扑进你的鼻子，酸酸麻麻的，弄得人眼泪汪汪的。想想再冷一阵就过春节了，倒也添了傲风斗寒的信心。每年的冬天总会下一两场雪，虽然天气越发寒冷，但我们却有一种新奇和欣喜的感觉。走在风雪中，无需担心淋湿衣服，也不会因泥泞弄脏鞋袜，尽管不小心连连滑倒，但冬天厚厚的棉衣护身，一般不会跌伤摔疼，爬起来拍打几下啥事没有。第二天起床，眼前明明亮亮。出门一看，整个一片银色的世界。屋顶、树木、草堆全部被白雪覆盖，到处冰清玉洁，与平常的满目杂乱、破败、土旧完全两样，犹如新建了一个人间仙境。霜前冷、雪后寒，我们缩在家内围着铜炉取暖。这种铜炉过去家家都有，全铜浇铸，圆形口径或大或小，下面稍小，腰身鼓凸，炉盖上均匀地布满洞眼。大冷天早上，父母亲在烧早饭时就取来炉子，先在底层铺三五厘米厚的稻糠或稻草屑，再从热烫烫的灶膛里夹出刚烧出的草木灰加到炉子里，加满后再用拨板压实，炉子不一会就热了起来。起先，炉子一定很烫，烘脚再好不过，连着鞋搁上去，几分钟后鞋里面就暖烘烘的，特舒服。炉子不太烫的时候，才能直接把小手靠上去焐一焐。我们一边烘焐着炉子，一边唠嗑，唠着唠着就憧憬起了春节，想到各式各样好吃的，馋虫就被引了上来。按捺不住翻箱倒柜找寻父母藏的为春节备的蚕豆、葵花籽，甚至还有花生、玉米籽儿，掀开炉盖，拨一层浅浅的炉灰放上几粒，再用灰盖上。片刻，香味就出来了，随着炉子的暖气在屋子里弥漫，紧接着，豆儿"扑嗤扑嗤""噼噼啪啪"在炉子里炸响。弟妹们早已捉牢竹筷，迫不及待打开炉盖，抢着捡出炸熟的豆儿，吹几口去了灰，丢进嘴里就嚼，丝丝的冒着热气，舌头满嘴里打滚。那份快感通透全身，驱散了寒气，漾开了提前过年的幸福。

  进了腊月，年气渐浓。腊月八吃腊八粥，是传统习俗。小时候，常听大人说起，却没有真正品尝过腊八粥的滋味。腊八粥用八种不同的谷物和作料熬制而成，吃的时候再加糖拌好，想起来也满口生津。虽然吃不上腊八粥，但心里明白，这应算是春节拉开的序幕了。随后，生产队开始分红。一年的工分按实际收入测算价格，再算到每个人、每一户，扣减粮、草等支出，有结余的就拿余粮钱。我的记忆中，我们家似乎一直超支，欠集体的钱记账，下一年再算。为了过年，父亲早已打好借条，认真地盖上印章，找会计说一大堆困难再说一大筐好话，总算借上十元或五元回家。于是，家里有了过年的红糖、红枣、果子等。果子是我们印象中排得上榜的美食，是用面粉发酵后搓成小娃娃手指形状的一条条，下到油锅里炸，捞起来又撒上红糖、白糖，吃着既脆又酥，又甜又香。我们常常等不及过年就瞅准父母亲不在的时候，找出果子偷吃。扒开纸包装捏上几条，重新折好纸包装；忍不住又打开再捏上几条，再包好，以至于一看就知道果子明显少了，免不了挨一顿训斥。心里不由得更加盼望早一天过年，到时去给左邻右舍各家拜年，大人们赏赐的蚕豆、葵花籽、果子、花生、云片糕、糖果等集起来一大兜，可以尽管吃。

年前，最精彩、最开心的要数杀年猪、拉大网。放学经过生产队仓库屋后，只见两头肥猪捆了个扎实躺在地上嗷嗷大叫，一旁临时支起的大锅烟熏汽冒，锅膛里柴草哔哔有声，火苗呼呼直窜。庄北的虎叔卷衣挽袖，右手一把顶红刀，左手抓牢铁刨子，摁住猪下巴，铁刨子刷刷刮净猪脖子，顶红刀"噗嗤"捅进去，猪血哗哗直喷到脚下预先等好的水盆里。猪嚎叫着挣扎一阵，呼噜噜喘气，一会儿工夫终于不再动弹。虎叔解开捆着的猪脚，收拾干净脚爪，拿铁梃在脚掌处戳进又抽出，双手握住猪脚，鼓起两腮"呼呼"地吹气，吹好一个用绳子扎好，又吹另一个。四只脚都吹好扎好，那肥猪一下子显得更肥更壮，简直有点像大象了。三四个劳力一起使劲将猪抬到一只大木桶里，立马有人拎来热水往猪身上浇。虎叔立即近前揪住猪耳朵和猪尾巴，不停地翻动猪身让猪全身烫到开水，随即拿来铁刨子，飞快地刮除猪毛。刮好又用开水一冲，白生生的整猪便呈现在我们面前。又有几个大力士抬起猪举高离地，虎叔提刀上前三两下就开膛破肚，迅速麻利地将肝肺肚肠摘拿翻洗穿绳挂起。两头猪杀完，队长、会计称重算好分配方案，现场给各家各户分肉。肉按人头平均分，肚肺杂碎抓阄分。运气好抓到一样连同肉拎回家，当晚就能打牙祭吃上一顿美餐，肉自然等到除夕当天才开始享用。

拉大网得预先约好三五条渔船，大早集结到队里的窑塘口。我们那一带水网密布，每个生产队都有上百亩水面，虽然不下鱼苗也不喂饲料，但每年年底拉一两网，总够人们过年吃两顿。我们生产队里最开阔的水面就在窑塘口，几条渔船先一同协作配合布网，然后渔民们和生产队劳力分两组沿河两岸排开，渔船则在网口处呈"一"字横开。领头的高喊一声"起网咯——"，岸上、水上就一起忙活开来。船上的舞动竹篙在水中扑打，岸上的卯足了劲拉着网绳向前。"哇咋哩呀嘿——""咿呀来自嘿——"，人们喊着号子，背着或拖着网绳，脚用力蹬着地面，身子前倾，像拉纤一样，两岸和河里互动着热火朝天。不一会，就看到网里有鱼穿梭、跳起；快收网时，网里各种鱼儿东蹿西蹦如开锅一般热闹。分了鱼回家，通常当晚就将小鱼和大鱼头红烧盛满几大碗，可以连续吃好几天。周正的下沉鱼和大鱼段，都得留着过年才可品尝。

　　腊月二十三小年，二十四掸尘、送灶，各家各户陆续炒蚕豆、葵花籽、花生，老家那一带有种说法叫炸老鼠眼。铁锅土灶，炒制过程中，豆儿、花生、葵花籽快熟时会连续炸裂发出放鞭炮一样的声音，老人都说，这样可以把老鼠的眼睛炸瞎。庄上有人家蒸糕馍、米团、肉包，还有人家请做酒的师傅上门做米酒。腊月二十八祭祖先，中午做几样素斋烧纸磕头。如果当年腊月小，二十九就是除夕了。这对于我们，会有些意想不到的欣喜，认为春节是提前到了，不然多等一天那将多么漫长啊！这年末一两天，主要就是贴花边、对联和张罗年夜饭了。庄上各家都贴了花边、对联，过节的气氛自然越发的浓郁，村前庄后炊烟袅袅、喜庆祥和，小朋友们提前穿上新衣、新鞋，戴上新帽，开心地满街巷飞跑。终于过年了，总算盼到了这一天。可是，除夕的晚上我却总是失眠，兴奋和喜悦使我难以入睡，才迷糊过去，大年初一的鞭炮声又将我唤醒了，虽然父母亲老是示意制止，我还是等不到天大亮就翻身起床。

　　过年使我们感受到实实在在的幸福，似乎人们一年到头忙着、苦着、累着，就是为了过一个实实在在的幸福年，过年成了人们生活的奔头。对我的那些乡亲而言，幸福就是这样简单，其实幸福本来就很简单。

柴 草

居家过日子，开门七件事：柴、米、油、盐、酱、醋、茶。柴被排在了第一位。想想也有道理，没有柴，其余等等终究不能解决人们生存必须依赖的饮食问题。也就在三四十年前，国人几千年都是主要以木、炭和草作为炊用之柴。乃至曾经有一种职业叫作樵夫，就是专司砍柴维持生计的。古曲《渔樵问答》演绎的情境美妙至极，青山巍巍，绿水清清，铁斧砍伐声震空谷，船桨拨波水声泠泠，樵夫吼唱凌空飘远，渔人哼吟婉转清越，蓝天白云，山色水意，别有一番诗情画意。

作者自摄

然而，说起个柴字，还真的不得不回归世俗。里下河一带过去基本上都是以草为柴，一日三餐不能没有草。清晨、午间、黄昏时分，村庄上空炊烟袅袅，一缕缕升腾弥漫，如云似雾渐渐消融于苍穹。这炊烟来自于家家户户的土灶，燃着的草不停地续添，煮出香喷喷的饭食和可口的菜肴。主打的柴草是稻、麦秸秆，秋收时稻秸秆晒干堆成一座座小山，整个冬春全仗它管用；夏季再将麦秸秆堆垒蓄积，延续从夏到秋的燃炊支撑。作为补充之用的，还有菜籽秆、黄豆秆、棉花秆、树枝等可燃之物，农家称这些为硬柴，熬火，火头旺，毕竟数量有限，平时一般舍不得使用，过节、办大事的日子，才取一些烧煮肉类的荤菜或者蒸糕馍、米团、包子。

  农村大集体那阵子，农户的柴草和口粮都是由生产队分配的，好多人家柴草都会出现暂时的短缺。那个年代每户人家都备有草夹子、网包、草耙子等日常用具，大街上常常会看到老头或是老太拿一把草耙子，带一只网包或者草夹子，把散落在路边的草扒拢聚集装进网包里，备补家中柴草不足。村庄向西10多里的湖区人称"荒田府"，村野大片一望无际的芦苇，每到秋冬季节，那周边的村庄收割了芦柴，选拣出耐用的柴秆编制芦席、畚箕、篮筐等售卖变钱，剩下的留作柴草足够支撑大半年的炊用。广阔无垠的湖滩上残留的芦叶、芦桩和细瘦芦苇对于我们这一带东乡的农户人家充满了诱惑，这些可都是上好的柴草啊！于是，每年总有人成群结队共几条船，划桨撑篙、支帆拉纤开进湖区收拾装运柴草。这湖边"荒田府"的乡民素来野横，他们虽然舍弃了许多芦草，却看不得别人来弄走。一旦碰上外乡人来收荒草少不了喝斥吆赶，甚至呼朋引伴动用武力。可怜的东乡人为了搞到点柴草，得像做贼一样偷偷摸摸，东躲西藏跟人家打游击，免不了会有几回遭遇冲突，没收了工具灰溜溜走人算是有幸，被打个鼻青脸肿乃至头破血流也只好拉倒。如果说那边有亲戚最好不过，亲戚引导过去，尽可将船装得满满的，还请到家里款待吃饭，临走又塞几捆好柴带回编网箔、稻簎子等农家用具。

  秋生母亲的娘家就是湖西畔庄上的，如果没有这层关系，他断然不敢跟着村里的几个"猴头"到"荒田府"拾柴草。队里的"大扁头"，是个天不怕、地不怕的"劲蹦子"，有一次就曾头被打得"开花"抬回来。看他满头缠着的白纱布，秋生唏嘘不已。那一趟，"大扁头"本也鼓动他一起去的，说是万一遇上那帮野蛮子，提一提亲戚的名号多少会有点缓冲作用。秋生向来怕事，担心真到那辰光人家不买账打起来笃定吃亏。更何况舅舅曾经认真交代过，家里草不够烧尽管来，带上三两个人一起也就罢了，不能一来一帮子。他内心也是理解舅舅的，一个普通社员在庄上也没有多大面子，能关照好自己外甥就算不错了。可"大扁头"却不能理解秋生，受了疼责怪他不仗义。秋生很是委屈，看看快到年脚下自家也得去找点柴草，又见"大扁头"不仅受了伤，而且放空回来，决定下湖走一趟。

秋生特地借了生产队那条 7 吨水泥船，一个人呼哧呼哧撑了半天，天擦黑时靠湖西岸将船停在东码头舅舅家。晚饭招待不在话下，第二天大早，舅舅便领着他下荒田。上得船来，舅舅吃了一惊：麻小伙，吃心不小，怎么弄这么大船来？秋生含混嘟囔着说："春节丈母娘家办大事，帮着带一点。"晌午时分，成捆的芦草已堆满船舱。舅舅看看时辰，又望望天色，提议早点将船撑回去吃饭，恐怕变天起风，尽可能提前些回去。秋生却推说不饿，坚持再装满些直接发船回家。舅舅只好依了他，转身去找人回庄上捎信让家里带中饭过来。趁着空儿，秋生忙溜到船上把堆好的芦草重新拾掇，用脚死命踩实，腾出好大的塘儿，赶紧又上岸捆柴往船上装。等到舅母着人带来中饭时，柴草已装了满满一船。吃饭的时候，秋生才感到气温好像陡然下降了，风呜呜的寒气逼人。他三扒两咽丢了碗筷就起身和舅舅道别，舅舅不放心，要他干脆下午歇一歇再过一宿。他却执拗着解缆上船，边打篙边向舅舅打招呼。舅舅叮嘱他：小心啊，风实在大了就返回头。逆着风，又没太在意，他就只顾着起篙调转方向赶着回家了。

船进湖心他才晓得，不听老人言、吃苦在眼前。风高浪急，满船的芦草阻力很大，拼命用力也只能一点点的前移。到后来，风愈猛气温愈低，分明浑身汗湿湿的，却冻得直打哆嗦。竹篙出水竟凝成薄冰，手抹上去滑滑的。他想找处好靠船的地儿歇歇，四下里水雾蒙蒙，除了风声水声，真的叫天不应，叫地不灵。只能硬生生埋头起篙落篙，机械地往前撑着。他不知道自己能不能过得了湖，回得了家，大难临头的恐惧充塞了他整个身心。虽然感到绝望，但他脑子很清晰，绝不能松劲，一篙不到位，船头就会偏向，船身一歪就很难打得过来。如此绝境之中，他只能尽全力和命运抗争。

到家的时候已是后半夜，母亲和妻子黄昏时分就等在了码头上，冻得瑟瑟的，成百上千遍顺河道向西张望，早已急火攻心。妻子接过船装带好，秋生一放下篙子人就软瘫下来。扶回家灯下看看双手已不能伸直，早已青紫冻僵。母亲泪水涟涟地冲姜汤、拨炉子，理被窝，搀他上铺取暖。好一阵子，秋生才缓过神来。望望身旁焦躁不安的两个女人,他轻轻地嘱道:明早给"大扁头"那几家子都送十几捆芦草去吧。母亲幽幽地叹道:"就这一船草啊,差点要我儿一条命啊!"

　　如今的秋生已经七十好几了,他烧饭做菜仍然以柴草为主。但是现在的草真的太多了,多得没处可放。原先大田里点着了火直接烧光,后来为了防止大气污染禁止焚烧农作物秸秆。他常常寻思:"这草啊,过去缺它烦神闹心,现在有它没它无所谓了,这收获季节铺天盖地的麦秸、稻秆,却成了老百姓操心劳神的大累赘。"又到四夏大忙了,秋生又得面对这草如何处置的大难题,想想过去,他唯有感慨万千。

豆腐坊

一阵阵温热裹着香味儿从巷口飘出，一团团白色雾气正从老孙家低矮的茅屋里弥漫开来。陆陆续续有老老小小男男女女聚拢在孙家豆腐坊，有提了小木桶、捧着脸盆、头盆等各样家伙，排队等着接豆沫水；还有端着瓷碗、茶缸子、洋錾子等器皿守候着豆腐脱箱，拎一点黄豆或捏一两张毛票，准备打一茶缸豆浆营养佐餐，卷几张卜页当饭菜。那豆沫水热腾腾的不烫，冻得红通通的小手伸进去，舒服得"嚯嚯"的。扑鼻的香气诱人，咂吧着嘴几乎忍不住要啜上几口。想着家里正等着趁热拌食喂猪，强咽下口水盛满手里的家伙匆匆回家。

老孙家豆腐坊不知开了多少年，庄上凡属这类有点技术的行当大多上代传下代，至于传了多少代几乎没有人说得清。做豆腐也是件苦力活，起早贪黑，头天浸泡好黄豆，五更里抢在鸡叫前起身，像驴一样拉磨。费尽力气容不得歇口气，立马着手将磨好的豆沫装进纱兜吊起，张开双臂抓住纱兜上端，使力气倾侧摇晃，滤出豆浆，直到不见浆水滴漏，再把豆渣取下使劲挤尽沥干。然后，将所有浆水倒入大锅，灶膛里燃着了，不紧不慢地耐心添柴续火。好一段时辰，浆锅烧开，天也见亮。赶紧着忙出锅点卤，一勺勺舀出，热烫烫的豆浆倒入木框模子，垫上石头或砖块，又以木杠人工加压，淡黄色的浆水不停渗出，顺木槽流进顶端早就等着的木桶、盆具里。须臾，爽透净干，打开木框，豆腐已凝固成型。揭起覆在面上的布纱，拿一柄铜刀，顺着纹路划切，冒着热气的豆腐便可小心托着，一块块装进瓷碗、洋錾子里面，剩余的放进水盆里漾着，只等上街市售卖。

卜页成型的工艺要复杂一些，同样的木框，浇浆时一手提勺，一手握一卷布纱，边倒浆边铺放布纱，一层又一层均匀、齐整。加压的要求也更高，压的时间比压豆腐要长，浆水要控得更干爽。有种说法叫"榨卜页"，可想而知，这压的功夫的确非同一般。卸框出货尤须手脚轻巧，用铜刀切除挂边外凸的卜页边，掀开布纱，轻轻捻住卜页边，一边抖活布纱，一边剥展开卜页，一层层、一张张，快捷顺当。那切下的卜页边，当场就抓给一旁的老人小孩们品尝。也有人凑上前，讨要一张卜页，卷成一根，蘸点酱油，有滋有味地咀嚼吞咽。

老孙家的豆腐、卜页最受庄上人欢迎，那豆腐，白嫩得像凝脂一般，放在手里软软的一晃一颤，轻易不会开裂。烧一碗麻辣豆腐或是腌笃鲜咸菜豆腐，小汤匙捞上两小块，鼓腮呼呼吹两下，带点烫吸溜一下，舌头接住滚两滚，咽了咽就入喉下肚，咸、鲜、麻、辣、香，味美无比。那瞬间的感觉产生快意，让人急不可耐紧接着再来一口。卜页好就好在干爽、滑润、轻薄、柔韧，切成丝、条、块，打结、扎包成捆，任由喜好；烫拌、小炒、大煮、卤烧，不同口感各有其妙。软而不烂，咬嚼有劲道，浸汤入味，百搭爽口；无需油盐熟做，直接就口吃来也别有风味。

开一片豆腐坊，须得全家总动员。孙家的老奶奶整天坐在院子里拣黄豆，苍老佝偻、瘪嘴脱牙，皱纹深处的一双小眼睛却特别有神，每一粒干瘪、破口、变色的豆粒儿都被她准准地剔除在外。晚上，老孙收工回家，两个儿子早已挑满了大大小小几缸水，端起大半箩筐子黄豆，用水冲漂洗一番，倒进备着的瓦缸里放满水浸泡。孙婶领着女儿把磨盘、锅灶、模框、水槽、案台等清理抹擦干净，又收拾好了布纱。临睡前，老孙又举灯巡看一遍，检查各样是否俱已妥当。后半夜，小闹钟铃声骤响，老孙夫妻打着哈欠点灯起身，粗粗地洗把脸，先将泡着的黄豆和磨架准备停当，转去看看睡得正甜的儿子，十分不忍却又万般无奈，推搡着催促起床推磨。白天，大人上工干活，孙二小负责守摊，卖完剩余的豆腐、卜页，才匆匆赶去上学。

老孙家多年做豆腐，并没赚上几个钱，赚的主要是庄上前后左右四邻的人情。浆沫水、豆渣为各家养猪提供了方便，香喷喷的豆腐、卜页，可以现钱买，也可以拿黄豆、鸡蛋换，还可以赊账。卜页边子当场给人吃，扯一两张现吃也从不计较，不小心破碎的豆腐常常分送邻家，豆渣有人家拿回家也加点油盐、酱瓣炖了吃。哪家生计差一些，老是炖咸菜、盐水汤，孙婶掌握着隔三差五捧两块豆腐登门，让邻家孩子偶尔调个口味。后来，老孙家豆腐坊不开了。每天，有邻庄做豆腐的挑担子沿街叫卖。再往后，本庄又忽然冒出好几家豆腐坊，聂家、胡家、杨家、孙家等——这孙家已不是先前的孙家，是老孙本族堂兄弟孙老二家。庄上人吃着邻庄、本庄各家豆腐，还是老想着孙家的豆腐。

不知何时，做豆腐用上了机器、蒸汽锅等现代化设备，过去豆腐的味道再已难寻。唯有孙老二家仍然人工磨浆、土灶烧浆，但每天只做一锅，几十块豆腐、十来斤卜页，上街片刻工夫卖光。常年在外难得回家的人，总喜欢寻着孙老二家小摊买几块豆腐、几张卜页。其实，这豆腐、卜页的货色也已大不如前，有点烂，豆香没有那么浓，卜页也不如从前薄。老俩口毕竟上了年纪，点卤差了准头，压榨也欠了一把子力气。

极其平常、相当价廉、比较实惠的豆腐、卜页，丰富了庄上人的餐食。请客置席，捉襟见肘，颠来倒去豆腐、卜页打滚，也不失颜面，照样吆五喝六气氛热烈。鸡、鸭、鱼、肉只是过年、办周正大事才舍得奢侈一回。单调、简朴的生活，豆腐、卜页添了味，舒了胃。略有些情致，端一盅土制大麦酒，管它嫩豆腐、老豆腐，还是炒卜页、把酒问盏，千年时光味在其中，悠悠人生此乐何极。

豆腐坊早已不见，老孙家夫妇亦已作古。那巷口的情景依然真切，裹着豆香的温热扑面而来，弥漫的白色雾气挥之不去，深深地嗅一口：好香！

供销社——村庄里的"大洋场"

一

庄前两条大河纵横交会，人们南来北往、走东去西，立于悠悠的小船上，无论是远眺或是回望，最引人注目的是大河口两侧的砖墙瓦顶的房子，一溜儿、一大片，颇有气势。这就是乡里的供销社，分布着生活资料门市部、生产资料门市、废旧物品收购站、棉花收购站、食品站等。供销社是乡村里相对独立的小世界，生活资料门市就是当年农村里的"百货大洋场"，来到这里会让人有恍若进城的感觉。

供销社的标准名称为"某某县某某公社供销合作社"，最初创办时，当地的农户们都出了股份，都是供销社的合作成员，因而，也被叫作"合作社"。庄上人挂在嘴边的"供销社"通常是指生活资料门市部，地处老庄台东南角，左前侧是开阔的"十"字河口，目力所及，清粼粼的河水、蓝莹莹的天，河岸碧翠连绵，远处青绿平畴漫无边际。冬日阳光明亮充盈，夏天清风流畅舒爽，乃全庄绝佳之地。

老门市主体是早先拆了庄东头大庙移建而成，青砖黛瓦，砖铺地面，屋顶两处天窗。朝南两处大门，东边一处大门，供顾客出入。北墙两处小门，通后院库房、宿舍，为内部通道。店内柜台呈"回"字框格陈设，中间玻璃柜围成长方"口"字型，当中竖立一排双面陈列柜，这一块区域售卖日用品、小五金、图书、文具，等等。四周围沿墙边一大圈柜台，西侧卖布匹；北侧卖针织、内衣、鞋帽、毛线；东侧卖劳保用品、杯、碗、盘、盆；南侧卖糖果、烟酒、油盐酱醋等副食品。西南门口设有围栏高台，里边端坐着结算找零的会计。20 世纪 70 年代后期，这里重新翻建，老门市旧貌换新颜，外墙混凝土粉刷，檐下三分之一处飞出廊顶，外观看起来像二层楼房结构。东、南两侧门面格外精心设计，矾石点缀，马赛克贴边，门侧对外玻璃橱窗。店内水磨石地面嵌着各色花样，整体清一色吊顶，陈设结构和原先相似，但全部换了崭新柜台和货橱，每块区域墙上方，画上了对应的名牌商品彩图，美观大方，一目了然。

新门市选在阳历年开张，邻近各庄涌来数百人群。早早挤在门前，大多并非冲着购物而来，只为凑凑热闹、瞧瞧新鲜。鞭炮大作，群情振奋，你推我搡争抢着往店里冲，丢了鞋、掉了帽的大叫大嚷，被逼在墙边的高喊"救命"。夹在人缝里的小孩上不见天、下不见地，晕晕乎乎被裹挟着向前，胆小的哭得稀里哗啦。更有肢体触碰引发冲突，扭打成一团，被众人轰到一边，随他怎的干仗斗架。店里人山人海，每个人都想到柜台近前看新上柜的货品，几乎将柜台都推得移了位。天花板和墙边角几百支日光灯管辉耀闪亮，墙上画的，柜里放的，五颜六色，光鲜夺目，简直就是一处花花世界。

二

这门市是人们羡慕、向往的地方，也是全公社最热闹的一处场所。有空得闲逛一逛，没钱随兴看看转转，有钱看到想要的挑挑拣拣，买到手兴高采烈，像宝贝一样揣紧了回家。生活必需品隔三差五专程来买，抽不出空还得托人帮助捎带。本庄人更是跑得勤，得了闲，脚就不由自主迈过去了，倚着柜台发呆，看着某个商品研究半天，瞅机会与营业员搭讪。家里来了亲戚，陪同亲戚到供销社转一转，自然是必备的接待内容。小庄上的姑娘对嫁在有供销社的大庄子，心里也有那么一点点向往。这门市里也绝对少不了孩子们的身影，店堂里留下了他们许多的快乐时光。

庄上大人看不到孩子，在家门口找不到，到门市大门口朝里喊两声，十有八九会有应声。抱在手里的孩子一旦哭闹起来，大人晃着哄：宝宝不哭，宝宝乖，带宝宝逛大店，看西洋景咯——到了大门市不一会儿，小家伙骨碌碌睁大眼，左瞧右看，果然就歇了神。才学会走路的孩子，一摇一摆，抓着大人的裤脚，手就往门市方向指。父母下地干活了，哥哥姐姐上学了，留在家的半大孩子，最喜欢到大门市去玩了。这店堂里，就是孩子们的欢乐大世界。热天不挨太阳晒，冷天能避西北风，雨雪天更是理想的逗留处。干净平整的地面上，翻跟头、摔跤、滚铁环、甩陀螺、跳绳、拿母儿，花样百出，趣味无穷。围着柜台追逐嬉戏，趴在地上匍匐前进，绕着三处大门躲闪腾挪，藏在某个柜台拐角冷不丁窜出来扮鬼脸吓人，很是尽兴而又刺激。

最诱人的是糖果专柜，花花绿绿，琳琅满目。没钱解嘴馋，可以过足眼馋，糖果各色各样：蜡光纸包装的、透明纸包装的、金纸包装的，方块的、圆球的、圆柱的，还有扁圆带手柄的，绮丽的色彩裹着扑鼻的香甜味儿。最高级的是大白兔奶糖，即使没吃过，却早就记熟了它的模样。别人吃糖果剥开的糖纸，小朋友捡来展平，小心地收好带回家送给姐姐夹进书本里。也有调皮的小家伙，把糖纸里包进小土块、楝树果之类，假惺惺送给同伴，果真有人傻乎乎信以为真，便惹得大伙儿一阵开心哄笑。

偶尔还会有人从某处柜台底下扒拉出一枚硬币，这意外的收获让小朋友兴奋得胸口扑通扑通地跳，装进小裤兜，小手伸进去紧紧捏着，直捏得手汗粘湿了硬币。晚上到家，炫宝一样向大人展示收获。还有些小朋友常常尾在抽烟的大人屁股后面，等着抢拾空烟壳和香烟头。烟壳用来巴结哥哥供他集藏，或是拆开在反面写字打草稿。香烟头孝敬给爷爷，小口袋抠出一把，一只只撕开来，将黄黄的烟丝集拢了。爷爷取烟纸卷起来，点着吸上一口，缓缓地吐出淡蓝的烟雾，眯着眼：唔——，不错，比那烟叶子醇和多了。摸摸小孙子的小脑袋，算是大大地褒奖。

三

上了学的孩子，在去学校和回家的途中，常常要从门市绕一下。最吸引他们的是连环画，每次总要留神看上一番。看看有没有新书到货上架，瞧一眼自己感兴趣却还没有看过的连环画是不是已卖脱。有时营业员在柜台里捧一本连环画正在翻看，恰又刚巧是自己心仪的，赶紧近前踮脚侧身伸颈偷看，看着看着脚就悬了空，半个身子已伏在玻璃柜台上。营业员忽然回过头看见，随即合上书页敦促：快下去，下去！

为了看上喜欢的连环画，许多小朋友大伤脑筋、费尽心思。每有一批新的连环画到货，都会专程去柜台边看，仔细看、反复看，只盼能有透视眼，隔着玻璃柜台把崭新的连环画一页页看遍。回家要钱买，父母一般不会同意。跟爷爷奶奶开口，又不好直说要买连环画，假称买铅笔、作业本之类学习用品，也只会给五六分钱至多一毛钱。最便宜的连环画八分钱，大多是一毛钱往外，贵点的两毛钱左右。实在没法，趁大人不在家，翻箱倒柜从家里拿。拥有了喜爱的连环画，那份幸福感难以言状，天高路阔，树绿花艳，风和日丽，看啥啥顺眼，想啥啥称心。一到家，连环画得藏好，内心的喜悦也得藏好。妈妈一声叫，心里吓一跳：偷家里钱没有？性质严重啊！这个"偷"字很是刺耳，让人心虚脸红。嘴上不承认也瞒不了经验丰富的妈妈，搜书包、翻口袋，犹带墨香的连环画证据凿凿，一阵"狂风暴雨"突起，耳朵被揪红了，屁股上留下了大手印，火辣辣的、麻瑟瑟的，那教训真是深刻。下一回，改辙另谋他路。向奶奶要了几分钱，再跑回家掏鸡窝，幸运的话，刚好就有一只鸡蛋躺在那儿。即使没有的话，就耐住性子瞄住那两三只老母鸡，看到扑着翅膀钻进窝，连忙躲远一些静静地等候。隔上半个时辰，那鸡"咯咯哒、咯咯咯咯哒——"，欢叫着踱了出来，到窝里一摸，暖洋洋的鸡蛋唾手可得。一路小跑到庄中心的商店，喊声"程爹爹"，递上鸡蛋，6分钱便攥在了手里。兴奋地飞跑到供销社大门市，直奔连环画柜台，终于又拥有一册新的连环画。父母亲查问鸡蛋时，头摇得拨浪鼓似的：不知道啊，老母鸡又生蛋了吗？没看见。父母亲日常总指望着"鸡屁股"能换点火柴、针线、盐、酱，或者聚够了卖一点零用钱。至于少没少一只鸡蛋，只是依鸡生蛋的规律推断，并无实据，问问也就作罢。

每到元旦前后，新年画总会闪亮登场，样品里三层外三层挂满供销社大门市店堂四周，一张张编了号，排列整齐，鲜艳夺目，精彩纷呈。山水、花鸟、人物、日历、剧照、主席像等，应有尽有。过年大多人家要买几张年画，贴在堂屋添添喜气。有些人家，却不是每年都买。在孩子眼里，几乎每张年画都很精美，只可惜家里不可能买回这么多。于是，孩子们瞅上机会就钻到大门市，看看年画过过瘾。先是顺着编号一张一张看，再是拣喜欢的挑着看。那些戏剧、电影组合系列年画须得花工夫认真仔细看，一组4张，每张6到8幅图，都是经典又具代表性的画面，配有简要文字介绍，展示了主要剧情和故事情节，看一组画好比看一册精美的彩色连环画。看得过久，眼睛酸了，脖子硬了，并不觉着累。有时，直到临近打烊关门才恋恋不舍离去。间或有顾客购买年画，便挤过去。营业员搬起一捆，"噗"地撂上柜面，打开"哗"地捻出一张，向买家稍作展示确认后，麻利地卷起，用纸片封固好，收款结账。这当儿，小朋友趁隙凑过来伸手摸一摸整卷年画，使劲嗅一嗅新年画那特有的味儿。某一天，看到一张漂亮的年画售空，样品被撤下，小朋友心中竟有莫名的惆怅和失落。

四

在庄人的眼里，供销社门市里的营业员就是城里人。他们大多肤白面净、大方整洁，衣着、仪表等都透着明显的洋气。

最惹人瞩目的，是身居高台的结算会计，面前好多铁丝连接每个柜台，铁丝上穿着铁夹子，飞来飞去穿梭来往。柜台上的营业员进行每笔交易时，都将钱、证和票夹好，用手捏住发力沿铁丝滑射向结算台，或者用量布的长尺子、算盘的侧边猛地敲击助力传送过去。会计居高临下，不停地取下传过来的票款，迅速地核算找零，忙不迭地算盘"噼里啪啦"响个不停，间隔着挥手发力将夹有发票、零钱的铁夹顺铁丝一一回送各柜台。柜台边等着找零的顾客都将目光聚焦在结算台，盯着那双手，期盼着取票、回票。每个到供销社门市买过物品的人，最熟悉的就是高台上的会计，总认为他是整个供销社算账水平最高的员工。

布匹柜台量布的老陈，常常穿一件中山装，既合身又服帖。接待顾客时，乌亮的眼睛顺着高鼻梁忽闪着与人交流，轻言细语介绍布料的特性、幅面宽度、适用情况，回答顾客所提的关于掉色不掉色、缩水不缩水、脱边不脱边等问题。手持长长的篾尺，指定顾客想买的布料品种。问清尺寸，"哔哔啪啪"扒拉几下算盘，开好票，收了布证和钱，叠一起夹好，"嗖"地传给收银台。回身从架上取下布匹，搁在柜面一手翻滚布卷，一手扯拉布料，量好尺寸，用划粉标记，再拿剪刀"咯吱咯吱"剪裁开来，折叠齐整以专门纸张包好，过程熟稔流畅，一气呵成。那份沉稳、利落、大气、潇洒，令人羡慕、钦佩。

针织、图书、化妆品等柜台，女营业员居多，衣着时新，发型也与本地村姑、大嫂有别，花手绢扎一束马尾巴，或是用漂亮的发夹将两条小辫子盘在脑后。端坐在柜台里面，像一尊时髦的模特，偷闲捧个小镜子瞄两眼。稍微就近一点，便闻见幽幽的雪花膏、百雀羚膏香味。冬冷天，抱一只热乎乎的盐水瓶子，为方便取物、抓笔，戴一双毛线编织的短指手套，露出光滑细嫩的指尖，与成天户外干活的农妇那双粗糙、龟裂的手有着天壤之别。暑热天，几个大风扇转着呼呼地吹，额前的刘海和脖子上的纱巾轻轻飘动，那姿态实在妩媚。城里卖棒冰的乘客轮下乡来卖，下了码头第一站就进供销门市。她们几乎每回都轮着买下好多棒冰，分发给各柜台的营业员，余下的装进洋瓷缸用毛巾捂着，慢慢享用。身在荫凉处，吹着风，啜吸着奶油的、赤豆的香甜和透心的凉爽，这神仙般的闲逸舒适直叫人眼馋欣羡、感叹万分。

最为神气的要数糖烟酒柜台的小邹，小小年纪娃娃脸，却大受人们的奉承。这里的商品好多属计划供应，要凭计划卡和供销社主任或公社大领导的条子购买，可这些商品的计划多少有点掌控的空间，于是小邹成了许多人眼里的热门人物。单说香烟，低档的"经济""青松""丰收""勇士"等品牌以及普通的"劳动""洪泽湖""玫瑰"之类货源充足，而品质高一些的"华新""大运河""大前门""牡丹"等等却十分紧俏。通常凭计划卡，供应一两包至多半条，没有计划卡的，磨好久"嘴皮子"，也只是拆开一包，买上两三支、三五支，甚至要搭售一包"一抽就咳，不抽就熄"的"经济"和"青松"。为了多买点好烟，少不了有人必须讨好小邹。也有找领导写条子买计划物品的，但这条子也大有讲究。关系硬的，与大领导、供销社主任处得铁的，这条子会清楚明白地写上：小邹，请供来人红糖2斤、某某香烟1条。关系比较一般的，那条子就写得含糊：小邹，来人需购红糖、香烟，望给予安排。对于后一种，全凭小邹把握，想买计划物品的人，绝对不敢小觑这个小邹。更何况，小邹虽小，却很是沉稳、精明，而且业务也极娴熟，接待顾客应付自如，称重"一手准"，算账"一口清"，货物数量、品种、摆放位置烂熟于心。

五

庄上人俗语：三世修不到城脚根，七世才修个供销社。城乡差别尤其体现在庄上农民与供销社职工之间，供销社正式职工的身份、地位、待遇都令人仰视，不用说吃商品粮、拿工资，也不谈活儿轻松，单就能够整天待在宽屋大厦里，不受风吹日晒，不会泥一身水一身，也是农家子弟梦里才偶尔想想的美事。庄上一些小伙儿有事没事老爱去供销大门市逛一逛，除了购物、看看有啥新商品，顺带瞧瞧几个女营业员。其实，庄上也有不少漂亮的姑娘，长相超过女营业员的大有人在。但是，在衣饰、仪态、气质上，乡下姑娘跟城镇户口的女营业员是不可同日而语的。所谓"巧笑倩兮，美目盼兮"，小伙儿们咋看咋顺眼，咋看咋舒服。他们会为能跟女营业员说上话，能将某一位逗笑相互打赌，故意到柜台前佯装买东西，挑三拣四地磨叽。有时，话说得过格了惹得女营业员瞪眼怒斥："死滚！"被骂的小伙儿却很开心，找上与他打赌的那一位："她跟我说话了，我赢了！兑现，赶紧兑现。"

然而，小伙子们也就仅仅眼馋而已，断不敢有什么非分之想，说破大天也没人想吃"天鹅肉"，娶个女营业员回家。庄后头的二傻子，斜眼歪嘴吊鼻子，走路步子不稳，说话结结巴巴，虽说三十大几，智力只相当于半大的男孩。常有庄上人跟他开玩笑:"二子,想不想讨老婆?"二傻子连连点头:"想。"又说:"王庄有个姑娘家托我做媒,你看怎么样啊?"二子嘻嘻地笑:"真的——还……还还……是假的?"于是,众人哄笑。也有人这样对他讲:"二子,供销社那个卖毛线的小刘姑娘蛮好,给你说说,你看行不行?"二子立马沉下脸来:"呸、呸——呃呸!少拿我开——呃开、开心,你有……有本事——你你……你先弄家去。"城里条件不太好的男方找乡下条件好的姑娘也许可能,乡下小伙找城市户口对象那可是比登天还难,连傻子都晓得这一点。

那一年,偏偏出了一件大新闻:庄上某人家儿子果真娶了供销社一位如花似玉的女营业员,没几天生下一对白白胖胖的双胞胎。这件事在周边村庄乃至全公社都传了好一阵子,听稀奇的听了简直惊掉了下巴。小伙儿原本与那女营业员曾经是高中同学,毕业后也没有机会高考,农村户口回家种地,城市户口安排工作,男女同学命运迥异。在校时男女有别,男女生见面都脸红,一旦相互说上一两句话,被同学撞见会被嘲弄半天。回归社会,见面打招呼便比较自然,机缘巧合也会彼此交往。一来二去,小伙子有了想法,女营业员也对他怀有好感,就有热心的朋友极力撮合。

谈恋爱像搞地下党,铁哥们传递情报,望风放哨。大门市后身是仓库和职工宿舍,职工们白天到门市上班,晚上回后院休息。男女内心都特清楚:两人相好的事千万不能透一丝风声,女方父母绝对不会接受允许,稍有蛛丝马迹必定棒打鸳鸯一切成空。且忍白天相思之苦,夜晚找准机会悄悄行动。供销社的大院一到晚上就戒备森严,为了货物和职工的安全,唯一通外面的大门晚上9点前便关闭上锁,两名老职工分上、下半夜巡逻守护。一墙之隔,千里之遥,墙内住着城里人,乡下人被挡阻在墙外,城乡结合何其之难!幸有好友仗义相助,白天探准消息,牵线约定。夜里分工配合行动,分两根烟与巡逻的老职工攀谈,吸引分散注意力。再到院墙下早已考察好的点,配合打高肩将乡下人送进去会见城里人。终于生米煮成熟饭,女方父母悔悟已迟,断然决绝:进男方家门之日起,永世休想再回娘家。

摄影：陆照兴

　　随着庄上一家家个体小商店的开张，供销社的生意与人气渐渐淡薄，城乡之间日益趋同，那位女营业员的父母也早已接纳了女儿、女婿，惯着外孙儿悠哉乐哉。随着新的供销商场建成，旧的供销门市冷落了，那一片地方已然沉静、偏僻。新的商场也只勉力支撑了不足 10 个年头，不得不隔分划作几家个体服装、小百货、五金等小店。怀想供销社过去的炙热红火，难免令人唏嘘感叹。

机米厂

早先，机米厂在庄上大河南的西首，属于公社农修厂，管全公社范围的机米加工。20世纪70年代后期，本庄大队也开了一座机米厂，就在大河南的东面，同样的临河路边。庄上人习惯以稻谷为主粮，稻谷加工米原本靠人工舂，后来被机器替代。于是，机米厂成为人们生活中常常需要光顾的地方，这里也是庄上一处热闹场所。

大队机米厂厂房占了两个生产队打谷场北边一大块，"鸽子窝"墙，铁木混合驮梁，芦箔草顶。东西宽10来米，南北长20余米，檐高3米多，顶脊五六米，外型有些类似于公社大会堂。里面隔为两部分，里间约四分之一，用做控制间兼电动机房；外间明显有3块区域，机米区安装有3台轧米机和1台轧粞子机，等候区空了一大块供前来轧米的摆放装满稻谷的笆斗依次排队，靠北门附近有1架木制风箱，轧好的米全部在这里风去糠皮米屑。机米厂的河边常常泊满大大小小的船只，稻谷笆斗从厂里排至路上，又延伸到河浜码头。

本庄人机米方便得多，先到厂里看一看，找一个不太忙的空隙，立马回家肩扛杠抬插上档就上机。轧好等风箱，如果一时较忙，大人可以先回家，只留下小孩守候。外庄人机米就挺不容易，碰到忙的时候，只好苦等。预备一两顿饭粥或面饼、山芋、粽子之类，也未必济事，有时还须得在船后身支灶作炊。最怕的是好不容易盼着就快轮到自家，却突然间停电，或是机器出了故障。只好在船上或者进厂里找处空儿，铺上草席将就一宿。

夜幕下，四周一片寂静，唯独机米厂这一方时而传出些许人声。黑暗里有烟头忽明忽暗，有人闲谈说话，有人入眠打鼾、梦里呓语，亦有人窸窸窣窣地翻身，间或几声沉重的咳嗽在河面回响着飘没于夜空。骤然间，厂门口200瓦大灯泡亮起，人们纷纷站立、起身，不多会儿，机器轰鸣，厂里厂外、码头上下，人来人往，如白昼般喧闹起来。

　　厂里的机工师傅们神气得很，大半个公社都很知名，威信挺高。好不容易等来了电，机工师傅却迟迟不露面，在众人的巴望中师傅终于到了厂里，大家无不恭维着招呼，纷纷地掏烟相敬。师傅边不住地点头示意边接了烟，手里几个指缝夹满了，两侧耳朵上都夹了，还有人接着递烟，干脆脱下凉帽，一股脑儿全放到帽子里。换上工作服，手拿扳手、铁钳，卸了漏斗，打开机身，这里扭扭，那里扳扳，重新复位固定停当。拍拍手、掸掸灰，朝里间挥手高喊：开机。"呜——"，机器吼叫，一旁轮上轧米的已经各就各位，一家两三人忙得团团转。占住几只小笆斗篓子，把大笆斗里的稻谷分装，一篓篓递接给机工师傅。师傅左手抓住篓边，右手托着篓底，篓口对着机器漏斗慢慢倾倒。"呜嘟嘟，呜嘟嘟"，机器越发响得厉害，地面也跟着抖动，漏斗里的稻谷经机器滚轧后，顺着机身前的槽口淌进预备好的小笆篓，满了，迅即撤到一边，飞快再放一只空笆篓接住。轧得粉碎的稻壳就是米糠了，簌簌落入机膛，堆满时，随即一人赶来麻利地用畚箕扒进蛇皮袋。如此反复三四次，稻谷全变成了白花花的大米。

　　这还没算完，米粒中残留有稻壳细屑也就是糠皮，还混着一些碎米，需要上风箱风一风。笆斗移到了风箱这边，通常也要排队等候。风米时，首先关闭木斗下面的挡板，用畚箕把笆斗刚轧得热乎乎的米翻装进木斗。高个儿容易得多，矮个子需一次次举起兜满米的畚箕，踮着脚尖来回折腾。左手把控挡板，右手转摇风轮，须得配合协调才行。挡板开大了，糠皮吹不净；挡板开小了，速度又太慢，自己不着急，人家等着的督看着催促。风轮摇得快时风力大，碎米会飘到糠皮里，力气也不能持久；风轮摇慢了，糠皮、碎米同样不能分离干净。所以，这风米的活儿还是有点技巧的。熟手风米，两腿分开自然站立，左手搭住挡板开关，右手不紧不松抓握风轮手柄，手上稍稍用力，大臂带动小臂抡起画圆，匀速转动，两脚随之左右轮流踩踏。均衡风力作用下，糠皮纷纷从左侧风口飘落到1米开外，碎米准确地滑落风口下方，洁白而粒粒饱满的大米，像珍珠一样从木斗左下方的漏斗"哗啦啦"流到接在那儿的笸斗里。

庄上人家机米大多在学生暑假和寒假期间，水稻种双季，7、8月，早稻收获，打好晒干，送完公粮，剩下的作口粮分配。早已吃了上顿愁下顿的人家，就等着早稻轧新米，欢欢喜喜抬着早稻进机米厂。春节前的寒假里，各家各户也都会将储在家里的稻谷运到机米厂，轧好备足保证春节期间吃大米饭。大人去轧米，小孩也跟着凑热闹。平时晚间常被大人限在家里，挺不自由。即使偶尔出外遛一遛，黑灯瞎火的既无趣，也有些害怕。机米厂里一片敞亮，人多热嘈，好不新鲜。钻在笸斗堆之间，绕来转去；停机时，溜去摸一摸机器、拽一拽皮带；米刚轧好，小手伸进里面盘弄，热烫烫很是新奇；站到风箱口，任凭糠皮吹得头脸一身，却快活地享受风吹的感觉。玩累了，笸斗上垫一件衣服，身上再盖一件，伴着机器的轰鸣和人声嘈杂，头枕着稻谷或大米，脸上漾着满足和幸福，安安稳稳地入睡。

乡村里极少有空间较大的室内活动场所，米厂是孩子们经常光顾玩耍的好去处。除了宽敞，最让孩子们感觉好的是地面。机米厂的地面，除了机器墩脚用混凝土浇注，都是泥土夯实。平时轧米的人家，清扫地面非常细致，唯恐有米粒、糠屑遗留。久而久之，整个地面平滑光溜，黑亮黑亮像抹过一层油面。赤脚走上去舒服之极，四仰八叉躺下无比惬意，跌倒也难得破皮伤肉。机米厂忙时，上学、放学经过也会探头探脑看看热闹，调皮的溜进去抓几把糠，追逐着同伴，猛地撒过去，还真有点炸弹爆炸硝烟弥漫的效果。当然，惹得主人家追在后面拍着屁股骂的时候，脚头奔得飞快，直到家门口，才敢停住回头张望。放学回来碰上下雨，赶紧快跑钻进机米厂，常常与干活收工回家的大人们不期而遇。春头上，青黄不接，很少有人家仍存有稻谷，机米厂常常一片宁静。一有空闲，孩子们就会聚到厂里。躲猫猫、跳皮筋、摔跤、打仗、掏雀蛋等等，机米厂完全成了快乐王国。

这里也是鸟雀的天堂，屋顶、檐、窗、电线、树杈，栖息着数不清的麻雀、燕子、喜鹊等。麻雀时飞时落，如云一样飘移，像雨点一样密布。弹弓射击收获不大，便到屋檐下寻鸟窝下手。看准有草挂下，又有绒毛粘着，两三人打高肩"撂宝塔",或者脚下垫高爬上窗口,伸手小心摸索。"呼"一只老麻雀惊恐地飞逃,又一只大雀儿一侧翅膀被小手捏着,另一侧翅膀拍腾着,"喳喳"地惨叫,鸟窝里乱成一团,也传出"吱吱叽叽"的叫唤。大麻雀、"小肉滚儿"、花白的麻雀蛋,满满的战利品,让小孩们开心得又蹦又跳。

　　大些的孩子到机米厂里玩,有时还被派了任务。带了小扫帚和洋铁畚箕,疯玩打闹一阵,另有正事要做。只要头天机器开机加工过稻谷,轧米机和风箱的一些部位,总会有一点糠皮米屑没清理干净。机膛里面扫一扫,上下左右刮一刮,槽口里外清一清,漏斗掀开拂一拂,盘动滚轮转几转,足够家里小猪仔吃一顿。再到风箱那里,大木斗扒拉扒拉,木箱"肚子"里刷刷,风轮摇一摇,四团转细细扫一遍,加在一起,运气好的话给大肥猪当中饭都没问题。有时,这帮孩子顾不上将翻动过的机器漏斗、风箱木斗复位,机工们发现很是气愤。叫作"老党"的头儿有时会悄悄转到厂里查看,突然喝骂着窜进来。孩子们惊慌地停了手,有的从机身、风箱高处跳下,有的爬出机膛和风箱下面,丢了扫帚、弃了畚箕,纷纷夺路而逃。"老党"紧追不放,孩子们散分开来,距离远时便回身齐声喊道:老党、老党,狗屁厂长,放屁不响。老党转向这边叫骂的小孩,那边的小孩又叫骂开来,晕头转向,十分狼狈。早有孩子抽身取回了丢弃的器具,使眼色、做鬼脸暗示大伙儿分道回家。

　　兴旺一时的机米厂,居然破漏、坍塌,终被拆除。各庄先后有了机米加工户,还有了流动机米船,庄户人家轧米十分方便快捷,省事了许多。消逝的机米厂,承载过两三代人的餐食生活,承装过多少少儿的幸福时光。曾经热闹或寂静的机米厂,每一寸泥地、每一台机器、木风箱的周身,都曾被小手抚摸过、肌肤亲近过、笑声渲染过,浸透了乡情、沾满了记忆。那段清苦岁月里,机米厂的陪伴,弥足珍贵、无比温馨。

凤凰山

庄西北被称之为"大后荡",数百亩田地连整成片,河沟偏远极不方便灌溉。20世纪70年代,全国大兴农田水利建设,这一块被列入改造"糖心田"规划。田块中心开挖了一条东西向生产河,河里挑上来的土被堆垒在一处。本来一望无际的田野,耸起了一座土山。其时,电影故事片《南征北战》正热映,观众对影片中攻打凤凰山的片段印象相当深刻,这座土堆由此得名叫做"凤凰山"。

生活在里下河大平原,见惯了沟河湖荡,很少有人看到过山。这座土堆满足了人们对大山的新奇感,远看并不多大的土墩儿,近看也有巍峨雄伟的气势,生发莫名的激动,登临顶处一览平畴俨然豪情勃发。日子久了,"大后荡"改称"凤凰山","凤凰山"成了庄上一处著名地标。再后来,这里成了全公社民兵集中训练的地方。

当时的民兵分武装民兵和基干民兵,武装民兵每人配有一杆步枪,每年都须参加几次集训。庄上的男孩们天生尚武,看电影、连环画都喜欢打仗的内容,庄东头、西头、南头、北头,都有一群小伙伴成帮结队,领头的称做司令,相互间三天两头晚上穿梭于街巷,投掷泥丸土块、残砖碎瓦展开"恶战"。对于民兵训练这样的事情,他们无论怎样也会钻空儿去凑凑热闹。

平常懒懒散散的邻家哥哥、隔壁姐姐,在打谷场上排成队竟显得有些威武。草绿、藏青、浅灰形形色色,服装并不一致,但系上武装带,背起步枪,立马雄姿英发。最叫人羡慕的是站在队伍前喊口令的,"立正——,稍息""向前向右——,看齐",随着他的指令,队伍"唰唰"地变换队形。拼刺刀练习时,一旁的小孩们被吆赶得连连退后。民兵们假想着面前的敌人,挥舞刺刀上下左右,斜晃直刺,杀声震天。训练匍匐前进首先有人示范,然后让众人一一趴下,拧胳膊、搬腿摆好姿势,随着一声令下,以肘部支撑着力,腿脚协同，身子紧贴地面"噌噌"地向前。有的肩部侧起不到位，有的屁股抬得过高，逗得大伙儿哈哈大笑。几个小孩也学模学样跟在后面爬行，那动作倒也不逊于好多在场的民兵。投弹练习的时候，闲看人等自然被驱得远远的，看见哪位投得距离远，跟着鼓掌叫好；看到有人只能投出七八米或十来米，心里也不由着急，乃至跺脚叹息。

孩子们最感兴趣的当然是枪了，总忍不住要伸手摸摸。一见熟悉的，"哥哥""姐姐"叫得甜脆，屁颠屁颠跟在身后。训练间歇，有的会解下枪让小孩们把玩片刻。有当兵退伍回来又加入民兵的，主动教人卸枪、拆枪，帮别人擦枪。小家伙们紧盯着认真听、仔细看，比在课堂上听老师讲课还专心。瞅准机会，就会拖一杆枪过来，卸刺刀、上刺刀，开保险、关保险，上弹夹、拉枪栓，老道得很。虽然枪膛里没有子弹，但是小调皮们争拥着体验瞄准、子弹上膛、扣发扳机，那感觉特过瘾。

最期盼的是实弹打靶。民兵队伍从打谷场开拔到不远处的"凤凰山"下，一个个精神抖擞、跃跃欲试。跟在后面的一大帮孩子们，被拦在了安全区，远远地伸长脖子张望。"凤凰山"下竖起了靶子，中心一处圆点，围着一圈圈圆形白线条。民兵五六个一组进入射击位置，一字排开，指挥的挥舞小红旗，吹响口哨。令发枪响，"砰、砰——砰、砰——"间隔或短或长，一阵枪声响过。在哨音和小红旗示意下，"凤凰山"后窜出两人，奔跑到靶子前，快速记下中靶成绩，用纸片糊好枪眼，随即飞快地隐到山后。每一声枪响都牵动着孩子们的心，兴奋、激动。一旦有一组因为纠正动作或瞄准太久，迟迟不闻枪响，孩子们会凝神侧耳，有的屏住呼吸，大气不出。倘有哪一组，连续射击"砰叭、砰叭、砰叭"枪声与回声响成一片，孩子们则欢呼雀跃，倍感愉悦畅快。打靶结束，等不及民兵列队离场。孩子们就已争先恐后奔跑到射击场地捡拾弹壳，往"凤凰山"下靶位附近寻找子弹头。硝烟还没完全散尽，火药味直钻鼻孔，满地的小孩，跌跌爬爬，七手八脚，上演着争夺弹壳和子弹头的战斗。

因为民兵训练打靶，"凤凰山"成为孩子们心中向往的地方，平常星期天也会结伴去"凤凰山"疯玩一番。一拨儿守卫山头,一拨儿抢攻山头,头戴野草和树条编做的草帽,折一根树枝作枪杆,用楝树果儿或碎土头当子弹,嘴里"砰砰砰""嘟嘟嘟"伴音,"冲啊——"喊声一片。到了山顶,大家扔了"武器"进行肉搏战,扭成一团就地顺坡翻滚,大家玩得忘乎所以。心里惦着回家,有些恋恋不舍,走出老远还不住回望。一片沉静的旷野,风起时绿涛荡漾,"凤凰山"像一艘船,泊在蓝天碧浪之间。

孩子们对"凤凰山"有着别样的新鲜感觉,喜欢居高临下迎风望远,喜欢那里玩耍的刺激、有趣。而参加训练的民兵们,则有着各式各样的"凤凰山"情结。简单重复的劳作,总觉得索然无味,每年难得的几次集训却能得到暂时的解脱。基本素质的训练,战斗情形的模拟,本就如游戏一样充满趣味。各庄各队的年轻人在集训中相互熟悉沟通交流,也广了人脉、增了见识。更为值得一提的,一大群正当青春年华的小伙儿、大姑娘集聚一起,比平日枯燥的生活丰富而又生动得多,而且男男女女间自然会发生这样那样的故事。

大队民兵营长是组织、指挥民兵训练的重要角色,通常由复员退伍的军人担任。一身绿军装,军帽理得棱角分明,虽然不能够戴上帽徽、领章,却依然英气逼人,看得小伙子们既羡慕又嫉妒,惹得许多姑娘心头微微发热。如果声音洪亮,加上从部队学会的几句"标准语",一串串一溜儿脱口而出,双手叉腰训导号令,尤其让人觉得威风凛凛。曾有位民兵营长,在众人仰慕、崇拜下颇有点飘飘然,几次训练活动后,瞄上了一位白净净、水灵灵的姑娘。那姑娘论身段有身段,要颜貌有颜貌,比《东海民兵》杂志封面的海霞还漂亮。民兵营长禁不住心旌摇荡,辅导动作格外殷勤,练步伐,面对面纠正;训投弹,手把手示范;瞄靶位,耳鬓厮磨指导。此后的事情,顺乎自然发展。民兵营长身为村干部,已婚有家,但道德、法纪被欲火焚得一干二净。终归纸包不住火,被人揭发败露。姑娘原有婚约,且对象正在部队服役。于是,就在"凤凰山"那片训练场地上,全公社召开对民兵营长的公审批斗大会。"凤凰山"既是他曾经风光之地,也是他获罪受刑之地。真个是:荣也"凤凰山",辱也"凤凰山"。

然而，"凤凰山"终究还是成人之美之地。那些年，好多对男女青年均在"凤凰山"训练时相识，日久生情，缘定终生。也有民兵营长牵线搭桥当红娘的，洞察哪两个之间有点意思，便顺水推舟经常安排两人一起活动。县上通知抽调民兵学习，就让两人同一批参加。在县里连续几天吃住一起，在一块说话谈心，学成回来感情自然升温。庄后头的孙家老二，家里弟兄多，老大完婚两年不到，下面还有3个弟弟、2个妹妹，父母都已上了些年岁，挣工分劳力不足，吃饭的人口不少，上学的又有三四个，学费、书钱负担不轻。这孙老二虽早到了男大当婚的年纪，却总是缘分不到。不消说，哪家愿意将女儿嫁他们家受穷遭苦呢？二十多岁的壮小伙，门板一样站在屋里，总不见人上门说媒提亲，父母整日揪心干急，摊摊两手毫无办法。

虽则家庭条件差，孙老二自身条件倒挺强。身高个大，一表人才，为人厚道笃实。看起来孔武有力，说话却轻声细语。民兵训练场上，他的优势更加突出。队列动作干净利索，步伐节奏准确有力，卧倒、爬行轻捷迅速。投弹距离无人能超，瞄准射击弹无虚发。男女之情，都是从发现优点、产生好感萌发。姑娘们对这般优秀的小伙子必定都比较欣赏，有一位姑娘早已关注孙老二的一举一动。大家休息的时候，她找着空子向他请教问题，看到他身上沾些草屑灰尘，主动帮他掸上一掸。吃饭的时候，说自己吃不下那么多，将碗里的饭拨给他一些。

孙老二再木讷，也绝不会领会不了姑娘的情意。姑娘姓汪，在家里老大，1个弟弟、2个妹妹，只有最小的妹妹还在上学，其余都已干活挣工分。父亲在庄上很有点名气，家庭条件相对不错。长得丰满匀称，面皮白嫩，一口糯米牙细密合缝，乌溜溜的大眼忽闪忽闪脉脉含情，两条黑亮的长辫拖在身后更添几分秀气。面对姑娘的频频传情，孙老二心里明白却迟迟不敢回应。旁人看出了眉目，有意促成好事，看到两人当着面就问：老二，什么时候吃你们喜糖啊？见老二不吱声，又对汪姑娘说：还不曾进门，就想着替老二俭省，舍不得花钱买几块糖？老二急了：买就买，哪个还差这几毛钱？才转过身，汪姑娘就飞快拿出1元钱塞进老二手心里。

晚上回家，汪姑娘一进门就发现气氛不对。父亲闷坐着抽烟，妈妈把弟妹们都轰出院门，一场"暴风雨"铺天盖地而来。先是一番盘问，而后妈妈开始一把鼻涕一把眼泪数落：终身大事不经家里商量一下，挑来拣去找这么个人家，你逞强去帮他们家养一大帮弟妹吧，你自个儿往火坑里跳，哪天能脱得了苦海？父亲又插上来：翅膀根子长硬了是不是？自个儿敢作主了，我就不信你能过得了我这关。汪姑娘默不作声，任凭父母软磨硬劝、责难威逼，始终油盐不进。父亲气得抛下狠话：从今往后，"凤凰山"那边什么训练也不许参加，白天上工，晚上不准出门一步。

姑娘意决，以冷战与父母进行抗争。一同训练的伙伴们想方设法帮衬，三天两头去喊她出门。虽然一次次吃了闭门羹，却坚持每天午朝晚拜，越加勤繁。渐渐将汪姑娘的弟妹们也发展成了同盟，变着法子创造汪姑娘出去与孙老二见面的机会。妹妹出门买东西，一定要拉着姐姐陪同；弟弟声称在外被欺负了，要姐姐去帮着讨说法。最终，生米煮成熟饭，父母只好默认了这门亲事。

有情人终成眷属。情也"凤凰山"，缘也"凤凰山"，提起"凤凰山"总会牵起好多人温馨、甜蜜的记忆。后来，乡里砖瓦厂生产砖瓦土源紧张，就安排工人到"凤凰山"开挖取土。久而久之，"凤凰山"夷为平地，消失殆尽。"凤凰山"的那些事仍有时被人提起，那一代人关于村庄的记忆中总抹不去"凤凰山"的影子。

绿化地

作者自摄

村庄的墓地俗称为"绿化地",也有人称之为"乱坟场"。20世纪80年代之前,村里亡故的人一律都是土葬。在绿海似的平畴间,突兀地隆起一片苍黛,高高低低的坟尖在杂树、乱草丛间或隐或现,这里集中葬着村里人的先祖亡人,几乎每个生产队都有一处这样的地方。

"绿化地"是村里人最终的归宿点。庄上上点年纪的人常常自嘲说:"老咯——,已经半截子下土里啰。"性格豁达的人挂在嘴边的玩笑话说:"人这一生啊,谁也别想打'万年桩',争什么高低上下,总有一天我们都会去'黄土公社木箱大队'。"这"黄土公社"正是喻指墓地,"木箱大队"自然是装殓死者的棺材。祖祖辈辈,循环往复,人到一定年纪便看得透、想得开,五十开外就着手选木料，开成片，风干收藏，备作日后自己的棺材板。细心的老奶奶，趁自己眼神、精力还好，也会早早选好日子为自己和老头儿缝制寿衣，妥妥帖帖放置于箱子底。每年的梅雨天前，均翻腾取出曝晒。许多老人临终时，出奇地沉静镇定，似乎算准了离世的时辰，提前让人给自己穿上寿衣，把棺材收拾好。"绿化地"那边，也必定预先请风水先生看了墓穴方位。

  人总有一死，谁也无法逃脱。但人间的痛苦，莫过于生离死别。血缘相通，亲情共融，牵牵扯扯，难分难离。火光摇曳的长明灯，白晃晃的孝衣，烟绕灰飞的化纸缸，披麻的、剪发的、磕头作揖的、嘶声悲恸的，如此场景即便过来帮忙的邻居或者看闲的街坊也会垂泪伤感。哭丧，总把悲伤挥发到极致。"伤心的呀——"，一声拖腔孕于肺腑，从胸腔激发，灌入喉管，经口、鼻喷薄而出，尾音悠长，引得一旁女眷们一片啜泣。正当大家伙儿沉浸于这悲声之中，忽然"呃"地卡住似的，现场陡然静寂，时间仿佛也僵停了一般，几秒钟过去，哭声像火山一样爆发："伤心的呀，你上哪块去了哇！你把一家大的小的撂下来不管啊，你叫我一个人孤孤单单怎儿弄法子呢——"呜呜。众人黯然神伤，有人撩起衣袖拭泪，有人哽咽有声。"伤心的呀！"又一声高八度骤然上扬："你从小没得妈妈苦啊，衣裳破了没得人补，有上顿没下顿没得人顾，被人欺负理没得地方诉，你是天生的薄命受不尽的苦呃——。"稍停，抹一把眼泪，甩一手鼻涕，又一句："伤心的呀——，嫁到你家几十年，我吃了多少伤心的苦啊……"紧一阵，慢一阵；高一阵，低一阵；哭一阵，喊一阵；捶一阵，拍一阵……撕心裂肺、稀里哗啦、黑天瞎地、翻江倒海，简直欲将死人唤醒、乾坤倒转。哀痛几乎凝固了屋内的空气，搓揉得人们肠断心碎。

  入殓的时刻，亡人摆放进棺材，女人领着儿女发疯一样扒着棺材口，掀开遮盖布抚摸死者面容："伤心的呀——你睁开眼睛看看啊——伤心的呀，你就这样直手直脚走啦？""伤心的呀，你怎儿舍得走的？""伤心的呀，你还有什么话要说的？你给我起来说呀——"声声催泪，句句动容。大家七手八脚将大大小小几个拖拽拉开，执钉的合上棺盖，三两下钉牢。领头的高喊：

"起棺。"端火盆的在前，负重的、披麻戴孝的、执孝棒的直系子女紧紧跟上，长长的送葬队伍蜿蜒在街巷，哭声震天，风儿吹得孝棒上的纸片瑟瑟作响，白色的长孝布在孝子女们身后飘飞。

到了墓地，负重的汉子稳稳地将棺材定位放妥。子女亲属相继捧土洒上棺盖，随后众人一起填埋，再在上面垒起圆锥形的墓身，然后铲平墓尖，挖取一块圆锥体土垡倒置立于顶端，又用烂河泥将坟周身抹平。于是，"绿化地"上便添了一座新坟。

"绿化地"让小孩们既感神秘而又惊悚。传说中人死后魂灵不散，死去的人在阴曹仍然活着。晚间，墓地里磷火飘忽，老人们都认为那就是鬼火，每一团鬼火就是一个魂灵。地底下有着另一个世界，亡人们和阳间一样生存着，夫妻、父母、弟兄姐妹、邻里、乡亲等一如往常。接近或经过"绿化地"，难免有些提心吊胆。同样的阳光下，"绿化地"里好像比别处暗得多。墓地前的小河晃着白生生的波光，即便是夏天也显得阴冷。倘若进入"绿化地"，浑身神经都绷得紧紧的，眼睛紧盯着脚下，不敢朝墓地深处看。树枝、草叶掀动都觉得有些异常，"呼"地不知从哪儿突然飞出一只鸟儿，立马跳起来，惊出一身冷汗。

实行家庭联产承包责任制后，有的生产队曾将"绿化地"也发包给农户。因为"绿化地"里可供种植的面积细碎、零散，所以承包户通常用来栽种水瓜、西瓜、南瓜等。瓜熟的季节正是大夏天，放暑假的孩子们也喜欢到田野游逛，无意间捕捉到"绿化地"里有瓜的秘密。经不住馋虫的诱惑，居然敢动脑筋到"绿化地"偷瓜。避开看瓜的小姑娘，绕到"绿化地"背面的小河对岸。胆大的非要拖上胆小的，嘴硬的又不肯打头阵，闹腾了半天，靠猜石头、剪刀、布，决出两人先行。抖抖慌慌地下水，漾在水边好一刻，这才一起齐刷刷地游往对岸。猫身爬进坟地，瞧瞧眼前满布的坟墓，只觉腿打软、力气也用不上来。一抬手就碰上一个圆溜溜、绿滴滴的西瓜，即刻就来了神。扯断瓜藤，慢慢把瓜滚到河边，双手抱住，掷进河里，顺河坎滑下水，再接住瓜，一手搂住，一手划水，侧泳回到对岸。小伙伴们接应上来，躲到沟渠里，忙不迭地用拳头砸开西瓜围坐分享。万事开头难，第二趟、第三趟，毫不费力将一个个又大又圆的西瓜运来揣进肚皮。

成年人大多对"绿化地"并不惧怕，常有人顺路时会特意进去，到自家人坟前看上一看。有时，若有所思，默默站立或蹲上一会。也会顺手将坟上的杂草拔一拔，把雨水冲刷受损的地方填土补一补。女人心情不好时，会特意到父母或丈夫的坟上哭一场，把埋在心里的冤屈、苦气泄一泄。有人经过的话，会过来劝慰一番，拉着起身离开。若是墓地空无一人，女人哀嚎一阵，看看天色不早，念着家中老小还有一摊事儿，自会打住，踯躅着回家。

闰年的正月里嫁出门的姑娘回娘家上坟、供老坟，清明节子孙们填坟、祭祖。这两段期间，"绿化地"一改往日的宁静、沉寂，连日里一批批人来人往。家家坟上添新土，每座坟上换坟头，纸钱灰纷纷扬扬，坟前摆上碗碟果盘，供奉着丰盛的饭菜，插上五颜六色的剪纸杖子。"绿化地"里少了狰狞和恐怖，反倒觉得有些祥和和安宁。

村庄里活着的人，没有哪一个与"绿化地"脱得了干系，那里必定有他们的祖辈亲人，一代代追思缅怀、供奉敬祭。走出村庄的人，永远也走不出家乡的"绿化地"，他人生的源头在这里，他家族的根系也在这里。都说故土难离、乡土难舍，除了家乡的房舍、街巷、乡亲、河流、一草一木，更是因为"绿化地"这块地。走得再远，魂守在这里，情牵着这里，他的血脉通在这片土里，他的基因沉淀在这片土里。

第四辑　印记

古桐树

　　我家老屋的院里有一棵古桐树，这棵古桐树高大、挺拔、正直、伟岸，高高的树干，枝丫不多，叶面较阔，呈圆形，附有短短的茸毛。桐树生长很快，几日不见，就会发现蹿高了。大人说，它的树干是空心的。我曾看到有顽皮的小家伙将长得正旺的小泡桐撅断，果然发现树干里面有孔。

　　古桐的树冠高过屋顶，阳光穿过树缝，明暗相间，地上斑驳的树影错落有致。晴空里蓝天映衬着绿叶，风儿吹过，满树晃动，那一片风景看得人心情舒爽。

　　古桐的枝叶并不算繁茂，但它宽大的叶儿遮阳效果好。而且，古桐树不怎么生虫，树干也比较平滑，给人洁净清爽的感觉。春天里，飞絮纷纷，像雪花似的轻盈，如绒毛般的柔软，惹得我们满院追逐，伸出小手捧接着饶有兴致地把玩。夏日的午后，坐在树下，享着阴凉，微风习习，再惬意不过。这绿荫陪护着我，让我幼小的心灵感受到岁月静好。

　　院子里有棵古桐，我们的生活也增添了不少乐趣。高处向阳的枝丫上，有鸟儿选择做窝。我们一天天看小鸟飞来飞去，衔来树枝、草屑，在泡桐树枝上忙碌地搭建新房。漂亮的小窝做好了，鸟儿高兴地围着窝，叽叽喳喳地欢叫。隔一段时候，它们孵出幼鸟，又看它们辛劳着哺育。晨昏里，鸟儿唱着、飞舞着，自由自在、自得其乐。时间久了，我们像熟悉的伙伴友好和平共处，它们会飞到我面前，甚至停立在我的脚前。这一群鸟儿和我共处了许多快乐时光。

　　院子里的古桐，也是我认家的方向标。站在村口，能看得到它像一把绿色的伞支撑在屋顶。刚刚学会走路不久，大人稍不留神，我就会到院子外转悠。当大人急着找我的时候，我居然自己走了回来。没有走错门，就因为认准了看见古桐树就是到了家。也有时跟着大人到庄外走亲戚，小住几天回来，还没进村，就远远看到古桐树，心里涌起一股兴奋和欣喜。

我七岁那年，父母亲在庄东南的舍上择了宅基，建了三间草房，随后搬了家。不知什么时候，我再从老屋经过已经不见了古桐树。或许是父亲找人锯了它，用到了新建的房子上；或许把它连同老屋的一间半宅基转让给了杨家，杨家人做主处置了它。没人告诉我古桐树哪儿去了，我也从没有问起过古桐树因何不见。

到我十几岁的时候，听年长的村里人讲，说是我的祖父正是吊死在这棵古桐树上。我从来不知道祖父是什么概念，打我出生以来就没有见过祖父的模样儿。我向家人求证，祖母终于告诉我传言居然是真的。在我出生前十年，父亲十三岁那年的腊月初七，祖父在自家门前的古桐树上悬索自尽。外面对祖父自尽的原因众说纷纭，父亲当时少不更事也不明就里，就连祖母也一直没有弄清究竟。长大后，我多次探求祖父的身世，零零落落终无法考证全清。想不到院子里的那棵古桐树竟然是我与祖父阴阳之间的唯一维系，我没有感受过祖父的慈爱，却体验到了与祖父生命相伴的这棵古桐树的惠泽和慰藉。可是，这棵古桐树已不知去向，无影无踪。

这棵古桐树，时时牵动着我对祖父的追思和念想。想起老家，想到祖父，我就会记起我家老屋院里的古桐树。

那年三月三

作者自摄

那年的三月初三是个阴晦的日子。天灰蒙蒙的，风潮乎乎的。傍晚，正在兴化戴南中学复习冲刺高考的我，突然接到校传达室老刘转递的一份电报：祖母病危，速归。我脑袋不由嗡地一下，心情骤然沉重起来，眼泪禁不住夺眶而出，恨不能立刻飞回家伴在祖母病床前。

我的家乡海河距离戴南近80千米，跨经10余个乡镇。当年，戴南到兴化县城的公路还没有完全建好，班车尚未通行；县城到我家那边的公路土基刚修成，桥梁、路面也才在施工之中。平常往返戴南只有每天早晨开发的一趟班船，中午经兴化县城转乘换船，一个单程需耗费一整天时间。我心急如焚，顾不得老师和同学的劝阻，借了辆自行车，草草买了点食品，迎着暮色，边吃边飞奔而去。路遥远，道陌生，心中只有一个念头：回家，回家！眼前似乎看得到祖母强撑病体盼我回归的焦灼神情，眼睛一阵阵酸胀，不时有泪水涌出，思绪随着车轮飞驰。

祖母对我的爱浓厚而深沉，点滴细微之中浸润我的心田，我永生永世无以报答。她出生于兴化缸顾一个普通农民家庭，父亲早逝，仅姐妹两个，没有兄弟，自幼遍尝千辛万苦。19岁经人撮合与祖父成家，30岁那年在一场运动中永远地失去了祖父。迫于生计，为了抚养以父亲为长的三个儿子，改嫁杨姓人家。历尽艰难困苦，总算熬得父亲结婚生子，得了我这长孙。在我的成长过程中，倾注了她对祖父的结发之情，凝聚了她对顾氏家族的沉重责任。

忘不了祖母怀里的温暖和安适。最久远的记忆，是祖母搂着我坐在院里看月亮、数星星。夏夜，星汉灿烂，蛙声、蝉声、虫鸣声交织。祖母一手抱我，一手摇扇；一边教我吟诵童谣，一边指引着我看月亮、星星。最深刻的记忆，是祖母轻轻托着生病的我，额头贴着我的脸，探探热度；抚着我的背，在耳边轻声柔语，哄劝我打针、吃药。最难忘的记忆，是我遭受惊吓后，祖母紧紧揽着我，一遍遍搓揉我的心口，用手指戳戳地，再点点我的鼻尖，念念有词地为我叫魂。祖母的怀里，是我人生的摇篮，是我永远的港湾。

忘不了祖母围兜的神奇和幸福。祖母的围兜常常有特地为我们备着的糖块、瓜果、糕馍等各式美味。每逢立夏、端午，父母早早忙着下地干活挣工分，根本顾不上过节。当我和弟弟、妹妹懒洋洋地准备起床时，祖母不知何时已从大老远过来，静静地等在我们面前，从围兜里摸出还热乎乎的煮鸡蛋，一一分给我们。小学三年级时的一个中午，学校出现所谓反动标语，放学后我和几位同学被留校配合调查。就在我饥饿难耐的当口，祖母的身影悄然出现在教室窗前，围兜里取出热乎乎的烧饼递了过来。高二那年春末，祖母去盐城探望她的妹妹，临回时捎了些玉米饼。经过我读书的小镇时，她中途下了班船，专到学校把满围兜香喷喷的玉米饼送到我的宿舍，嘱我与同学分享。回家时，年已花甲的她，愣是步行了18里路。祖母的围兜盛满了亲情，饱含着慈爱。

忘不了祖母絮叨的启迪和教诲。祖母的絮叨催我慢慢长大，熏陶我渐渐懂得做人。幼年时，她劝我节俭。常常讲：一斤米要耗费七斤四两力气，糟蹋了要被响雷打头。少年时，她教我勤奋。常常讲：八败命也怕死力做，吃得苦中苦，方为人上人。长大时，她嘱我沉稳。常常讲：话到嘴边留半句，三思而后行。成人后，她诫我正派。常常讲：为人不做亏心事，半夜不怕鬼敲门，身正不怕影子歪。祖母的絮叨是我为人的词典，是我做事的向导。

祖母的一切如此清晰，可她竟忽然间病危，也许会一去不归。她才刚过63岁门槛啊！天已全黑，远处几点零星灯光时隐时现，黑暗中我沿着路的轮廓努力地向前、向前。匆忙中摔了几跤，膝头痛了，手皮擦破了，爬起来继续前行。路上很少有行人，四野一片寂静，晚风裹着寒气阵阵袭来，偶尔几声莫名的声响显得有点恐怖。我毫无所惧地在夜幕里穿行。

出戴南，往顾庄，经唐刘，过荻垛，转唐子，奔大垛，走林湖，跨垛田，越昭阳……就在西鲍与家乡的交界处，一条河蓦然阻住了去路。我摸索着下了路堤，决心涉水过河。万幸河面不算太宽，不远处河面飘着一条小船。我赤了脚，小心地下水将船拢到岸边，将自行车扛上船，使劲把船推向对岸，迅速固定好船上岸赶路。

到家时，已是夜里将近十一点。远远就听到亲人哭声一片，门口、院内，家人、亲戚进进出出、忙忙碌碌，空气中弥漫着纸钱焚烧的味道。所有的一切都告诉我，祖母已经离世。我深悔自己回家已迟，一进门就跪倒在祖母遗体前放声痛哭。我内心清楚明白：祖母辞世前最大的心愿定然是想见我一面，而这也终成为我此生无法弥补的遗憾！

三月三，三月三，我永远铭记着这个特殊的日子。这一天浓缩了我一生的奔波，让我对亲情的感受得到前所未有的升华。每年的三月三，我都会忆起那一天的情形，深情地怀念祖母，朝着家乡的方向，默默检点自己有没有辜负祖母的亲宠、怜爱、关切和期望。

父亲的眼睛

那一次，我参加省委宣传部的一个活动，去了一趟桂林。在阳朔参观银子岩的时候，我完全被洞中的美景奇观惊怔了。脑中顿时冒出这样的感慨：拥有一双正常的眼睛是多么幸福啊！于是就想到我的父亲，他的那双高度近视的眼睛，如果在现场也定然感受不到银子岩深处鬼斧神工的美妙。

父亲将近 80 岁了，眼睛自幼就高度近视，一辈子快下来了，这双眼睛使他多吃了无数的苦头。他刚刚读完初小，祖父就离开了人世。迫于生计，祖母经人撮合再组家庭。两家子 7 个小孩，父亲最长，13 岁时就下地犁田，成了大家庭的一个主要劳力。年岁小，眼睛又不好使，干活的难度超出常人几倍，挨骂受气也比别人多得多。

很小的时候，我全然不知父亲的眼睛不比常人。面对父亲的眼睛，看到的是和善，饱含着暖暖的笑意，我更多地感受到父亲的温厚和慈祥。拉着父亲的手，就好像拥有了整个世界，心里无比的安全和踏实。骑在父亲的肩头，就似乎成为得胜的将军，十分骄傲和舒坦。父亲外出回来，总会摸出一两块糖果，或是掏出几只西红柿，偶尔还会捧出一兜金刚脐……父亲无论走到哪儿，不管怎样吃苦受累，心里都揣着我们几个子女。我们的开心和快乐，是他人生的信心和动力。

随着渐渐长大，我慢慢觉得出父亲的眼睛确实有问题。吃饭的时候，父亲经常督促我们把掉在桌上的米粒捡起来，有时，我们明明把桌上捡得很干净了，他还是要凑近桌面仔细检查。每学期新课本发下来，父亲一律要翻看一遍。他看书时，将课本紧贴在脸上，鼻尖几乎触到了页面。而且，听队里大人说话，有时谈到父亲会在名字前冠上一个"瞎"字。我心里极不自在的同时，也明白了一个词——近视眼，这个词与我的父亲密切相关。

父亲的眼睛近视，而且程度很深，这成了一个很大的缺陷。按理说，有缺陷的人应该受到照顾。而且，父亲在他们同辈人里算是一个文化人，似乎可以得到一个少一些繁重体力活的差事。可是，内向、木讷的性格和富农子女的身份，在那个年代，使得父亲受苦遭罪远多于许多正常人。挑担、挖沟、罱泥、耖田、上大型水利干活、下湖捞渣，苦活、重活、累活，样样有份。一次下湖，重载船往回走，父亲负责拉纤，背着纤绳埋头用力前行，没看清面前有一根电杆的斜拉钢丝，被钢丝箍住脖子险些丧命。

在我的记忆里，父亲在干活时磕碰摔跌算得上家常便饭，他的膝盖部位青紫、红肿、蜕皮、结痂，周而复始，好像就没看见过完好无损的时候，然而，父亲已然练就了钢筋铁骨，咬咬牙、忍一忍，什么伤痛也就挺了过去。有一年，他在粮管所仓库扛稻，从跳板上一脚踏空倒下，腰部受伤疼痛。在我多番劝说后，他答应去县城检查。进城下车，从车站到人民医院有两三千米，我叫了辆三轮车想让父亲坐车过去。可父亲一听要付3元车费，说啥也不同意上车，执意忍着痛步行前往。

自打我上了高中，父亲的压力更大了。他决定在种好责任田的同时，到砖瓦厂当挖泥工。一条5吨泥船，每天两三趟，每趟撑船行走三四千米，每年200来天。这挖泥工一干就将近20年，直至弟弟、妹妹们都成家独立门户，父亲才在我们动员下，放下那副沉沉的泥担和行船的竹篙。一船船来来往往，数万里水路迢迢，穿过多少次桥，走过多少道弯。多少回雨雾中，不见方向的父亲焦躁地摸索前行；多少回汽轮、机船耀武扬威地飞驰而过，不知避让的父亲手忙脚乱地应付突如其来的惊险。

我很早就有一个心愿，想为父亲配一副眼镜。父亲总是摇头，算了算了，我一个干粗活的，戴个镜子碍事，不利索。到了父亲年龄稍大的时候，总算同意配眼镜。我请当时的同事黄匡东专门联系了泰州颇有名气的老时明眼镜店，一位老师傅认认真真为父亲验光，忙活了一阵，告诉我，近视达到2600多度，而且伴有散光、白内障等其他眼疾。我请老师傅试试看，给父亲配副眼镜尽可能改善视力。老师傅让父亲戴上镜框，慢慢尝试装进镜片，又一次次测试视力，不停地添加和调整更换。最终，他噘了一下嘴说，最好还是不要配了，效果不明显，你父亲这样的情况，戴了眼镜也会头昏，无法适应。

越到老年，父亲的视力越加退化厉害。两三米内的物件，只能看到模糊的影子，拿在手上的东西才放下，再找就得用手去摸。他担心生活自理成问题，改善视力的愿望日益强烈。他时常对我说，我的身体还好，就是这眼睛差得不行了，有可能的话，哪怕稍微好一点点也行。我请普济医院的朱文顺主任帮父亲做摘除白内障手术，他给父亲做了一次全面的眼科检查，分析了报告对我说，你父亲近视情况太严重，视力条件也很差，手术可以做，但不能保证有效果。后来，听说残联搞了一个复明行动，免费为农村老年白内障患者手术。我征求了父亲意见，决定无论效果如何，也做一下白内障切除手术试试。

通过与泰州残联、兴化残联和镇民政科相关朋友、熟人联系对接，父亲到兴化残联厚德康复医院接受手术。左眼手术比较成功，拆线后视力竟有意想不到的恢复。几个月后，父亲再一次入院进行右眼手术，虽不如左眼效果明显，但终究也有改善。父亲感到很满足，刚出院那阵子像小孩似的兴奋激动，连声夸好时代、好政策、好政府，夸好医院、好医生。

如今，父亲能够在几米开外辨认出熟人，他眼里的树木、村庄再不像过去那样灰蒙蒙的。他感觉所看到的比过去亮得多，一切都仿佛是新的。眼睛的改善，使父亲晚年的幸福指数上了一个新的台阶。这双眼睛害苦了他一辈子，有生之年却能够如愿有所改善，应也是一大幸事。虽然这样的视力可能不会维持多久，但父亲已经十分欣慰。夜晚时，父亲常常做梦，有时能清晰地听他在梦中哼唱小调。虽然分辨不出词句和曲音，但我听得懂他灵魂深处的神韵。

母亲的针线匾

针线匾曾是母亲的常用之物、随身之物、心爱之物，它承载着母亲的千辛万苦，凝结着母亲对子女和家人的亲情关爱，也存留了我许多幸福甜蜜的记忆。

母亲的针线匾四四方方的，像盒子一样的形状，身子是细细的柳条编成的，收口是用竹篾围成的边框，里里外外上过桐油，结实而且耐用。这匾儿是母亲的杂货铺，里边盛有针线板、线陀子、针箍儿、剪刀、划粉、尺子、镊子，还有许多布头和各式各样的纽扣等。

针线板是一块条形木板，板面略呈弧形，由于经常攥在手里绕线、放线，表面磨得很是光滑，上面总是绕着颜色各异、粗细不等的线，线里边往往插着几根针。针有大号、小号，最大的是缝被针，能够穿过棉花胎，勾缝被面被里；小的则极细且短小，捏在手上不注意几乎看不到，多用于缝单衣的领口、袖口，缝连得外表看不出痕迹。

线陀子有点类似于钟摆的形状，下端的圆陀滑溜溜的，一根像竹筷一样的杆儿连着圆陀的中心，杆儿的顶头是倒钩形的齿口。线陀专用来捻线，将棉花丝头捏在线陀齿口中，拇指和食指用力捻动，杆儿连着圆陀转动，另一只手提起棉丝就成了一段线头。继续续棉，继续捻动旋转，捻成的线便越来越长，需要把它绕到线陀杆儿上，直至成为两头尖的锥形线团，便可以从杆儿上取下备用。

针箍儿有点像戒指，只是比戒指宽得多，母亲把它戴在中指中间一节，它的宽度就和中指的中节这段相差无几。针箍儿用铁皮圈成，被镀成金色或银色，表面有均匀的密密麻麻的凹坑。缝制厚一些的衣服或是纳鞋底，针扎进去后需要用针箍儿顶住才可轻松地穿过拔起，一针一线离不了针箍儿的配合。不过针箍儿顶针也有打滑的时候，弄不好针鼻滑脱针箍儿刺破手指，而且针箍儿戴久了指节被卡得生疼。所以针箍儿有时会缠上软布，这样能起到一定保护作用。

缝衣补衫靠的主要就是针、线、针箍儿这几样了，针线活儿好须得心灵手巧。自古以来，针线活儿便是考量评价女子的一项重点内容。针线活粗糙的女人一般不招人待见，针线快、手脚好的女人会赢得人们赞赏。所以，许多女孩儿打小跟着母亲学针线，长大以一手熟稔的针线功夫在婆家立足。农历七月七是传统的乞巧节，这一天晚上，女孩们会穿上花花绿绿的新衣，三五成群地聚在庭院，待到人定夜静时，观织女星，看巧云，对着月亮穿针引线，有的还吃巧果、玩赛巧的小游戏，以此向织女星乞求智巧。

母亲的针线匾是我熟悉而又亲切的器物，母亲端出它，我的内心就会莫名地生一股暖意，会漾起一丝喜悦和安详。坐在母亲身边看她全神贯注穿针引线，很是温馨，我觉得这一刻是真正属于我的一段最安闲的时光。那还是大集体时代，父母一年到头出工干活。大清早外面朦朦胧胧的，队长的声音就从窗户飘过来：起床啦，起床啦。父亲便摸索着点灯，母亲匆匆地穿衣，他们轻手轻脚地下床，急急忙忙洒扫、洗衣、做早饭。一切妥当，又连忙把我们从被窝里拖起来，帮我们穿衣。早饭吃好便把我们连拖带拉送到奶奶院内，招呼着就匆匆上工去了。幼小的我是多么渴望母亲多多陪在身旁呀！我曾经在母亲刚一转身，就紧紧跟上拉住母亲的衣裳，母亲哄不住只得用巴掌把我扇开来。有几次我在街上玩耍，看到衣服和身材与母亲相仿的就以为是母亲，追上前去才发现错了，失望得眼泪直在眼眶里打滚。我总是期待着天色快晚，也总期盼着老天下雨。晚上回来，母亲忙好其他事就会捧来针线匾，坐在灯下忙活针线。我乖乖地陪在一旁，有一搭没一搭地和母亲说话，问着各种各样稀奇古怪的问题。门外黑乎乎的，人声渐稀，屋内灯光柔柔的不甚明亮，墙面上映着我和母亲的剪影，安静时听得见母亲的鼻息。这一刻，我看着针线随母亲的手臂上下起落，听着母亲吩咐从针线匾里翻找镊子、剪刀、纽扣给她递上，凝望着油灯的火苗跳动，感到十分安逸和满足。如果是阴雨天，只要生产队里不开会或者没有其他室内劳动安排，母亲便能整天在家做针线，我的幸福时光也就更多了。

母亲的针线匾也盛着我许多的快乐。我们常常背着母亲从针线匾里找出划粉，在墙上、地上、门板上画人头、动物、花草，写人名、写数字、写骂人的语句。做格房子游戏时，用划粉画出方格，画借路的界线，对手单腿跳格碰了线很容易看出来，胜负当下立辨。做弹弓时，我们会到针线匾里翻找那种圆形的揿纽，用剪刀剪一块布片，再把揿纽的扣眼缝到布片两侧，穿连上橡皮筋，挑选结实的线将橡皮筋另一头紧扎在小树枝丫杈的两顶端。使用时取一粒豆大的石子，包在布片里，拉住橡皮筋，绷紧，再迅速松开，石子便嗖地弹射出去。

平日里最热闹的是庄上来了糖担子，远远就听到小铜锣"当当当"的声音，还有敲大鼓的，"咚咚咚，咚咯哩个咚"一路而来。敲得你心里痒痒的，敲得你口水溜溜的。"换糖啦——换糖啦，废铜锈铁塑料布，坏球鞋旧布鞋、破布烂棉花，不值钱，换糖甜，找一找，吃不了。"换糖的扯开嗓子一喊，逐着糖担周围的小孩们四散回家。我也赶忙到家里寻找可以换糖的东西，转来转去还是瞄上了针线匾，快速取出来，大小布头抓了一大把，又顺手把棉花胎边子上发黄的棉花拽了些，飞也似的奔去交到换糖的手中。换糖的把布头棉花塞进箩筐，从大饼形状的糖块上沿边切了一小块条条，幽默地贴在我的嘴上部，像唱戏的化妆的胡子。晚上，母亲到针线匾找布补衣，一看就傻了眼，转头望望我，我虽不吱声脸却涨得通红。母亲愤怒地对我举起针线板，我吓得哇哇大哭。母亲大声呵斥着，手里的针线板在空中扬了几下，慢慢放了下来，又用力推了一把针线匾，无奈地坐下半天不作声。

针线匾陪伴了母亲多少岁月，见证了母亲多少辛劳，凝聚了母亲多少持家育儿的心血。除了农活、家务，母亲大多时间都是耗在针线活上。日子在针脚线缝间延展，韶华在线陀子旋转中消逝。母亲的针线活不算出俏，也并不拙劣，我们一家人冬棉夏单内外整齐，虽说没有有钱人家穿得鲜亮，与普通农家也没啥差别。脚上的鞋，有薄底的方口、圆口，后来也正常穿上卜页底松紧口。每逢过年，大大小小一身新，精精神神、漂漂亮亮，奶奶瞧得满脸开花，左邻右舍也啧啧称赞。时代进步了，苦日子终于熬过了头。母亲老了，针线匾不知哪一年已经束之高阁。"慈母手中线，游子身上衣。临行密密缝，意恐迟迟归。……"不管日月多久，无论走到哪里，我依然清晰地记得针线匾的样子，也常常忆起母亲灯下捻线、缝针、裁剪、纳鞋底的情景。那微黄的灯光至今温暖在我的心中，那安适恬静的画面仍然令我神往。

"五疤子"

"五疤子"是我光屁股时就常在一起玩耍的朋友，是我们庄南头一伙儿细麻腿子中的一员。他只是长得有些特别，言语动作不怎么利索，常常会成为大家的开心果。在我心目中，他就是金庸笔下的周伯通，任何时候都是童年时的样子，永远长不大，我有时甚至对他有些嫉妒。直到今天，我回家碰见他，总要亲热地招呼，甚至热情地拥抱，惹得路人惊异地驻足观望。

"五疤子"父母是姑舅表结亲，祖辈的亲上加亲，给他们几个兄弟姐妹带来了先天不足。他的一个哥哥和姐姐跟他一样，自打出生下来就有着几乎相同的残疾。"五疤子"身形有些佝偻，走路颤颤巍巍，手也有点活活抖抖的。他的脸色比较白，但也不像"沙公子"那样白得瘆人，嘴巴总是半张，时有口水挂在嘴角，两只眼睛不太对称，眯缝着略有错位，右眼皮上增生了一块像鸡冠一样的皮。正因为眼皮上这块多长出来的皮，人们通常称为"疤吊子"，所以一致称呼在家排行老五的他为"五疤子"。"五疤子"说话吐音也有些含混，乡里人惯常的说法就是"耷舌子"。比如，有人问他年龄，他会吃力地吐出三个字：恩蓄荣（我属龙）。

庄中心南北贯通的大街到处留有我们儿时追逐嬉戏的足迹，回响着我们开心快乐的喧嚣。夏日的午后，雷阵雨说来就来，我们钻进雨帘，任凭凉丝丝的雨点在浑身拍打，用小手捧着接总也盛不满手心的雨水。在路边水沟里打坝，找积水塘戽水，在泥地里抠烂泥拍打响泥巴巴。泥一身、水一脸的"五疤子"，那形象绝对像漫画中的人物造型。冬天下雪，我们融进洁白美丽的世界，抓几把雪捏成"疙瘩"、搓成"圆子"，几个人围在一起"堆雪人"。最滑稽的就是引逗着"五疤子"在雪地上追逐，笑看他一会儿仰八叉，一会儿狗吃屎，爬起，跌倒，刚爬起，又跌倒。笑得弯了腰，笑得七倒八斜。捉迷藏的时候，最喜欢轮上"五疤子"躲猫猫。虽然蒙上眼睛，给足够的时间让"五疤子"去躲，等到去捉，转身四下一瞄，就能看到猪圈旁边"五疤子"撅着的屁股。

我一向认为"五疤子"的心智其实还是比较健全的，他和我们一起玩的时候，很开心很快活，从来没有自卑。我们能下河游泳了，他就站在码头上观望，并替我们保管着裤头、背心，绝对没有失落的感觉。我们在大街上追着吃西瓜的大人，等着抢扔下的瓜皮，他也未见示弱。那剩着许多红瓤的瓜皮落地的瞬间，跟在最前的"五疤子"一下子趴倒，用整个身子护着那块瓜皮，嘴里还喊着：架西恩的（这是我的）。我们不再跟他争抢，眼见他慢慢起身取了瓜皮，乐滋滋地享用瓜皮上不多的红瓤。有时得到大块的瓜皮，他也会掰开分我们一点，我们总要到河边洗一洗才吃。

"五疤子"一向与我交好，他父亲是公社农科站站长，家里常有旧报纸，香烟盒品种也比较丰富。我们喜欢用纸折成"响炮"，三两个凑一块相互以掀翻面赌输赢。"五疤子"不参与玩，但常常在一旁看，每每为我助威加油。他多次从家中拿来报纸给我，让我折又大又厚的"响炮"，看着我的响炮稳稳地躺在地上，小对手们拍不翻也掀不动，他兴奋得手舞足蹈。我有一段时间迷上集香烟盒，"五疤子"家里一旦有新的烟盒，立马乐颠颠拿来送给我。看到我很喜欢他送我的烟盒，他就十分开心。他堂弟有一本《小五义》，我很想借来看，可他这位堂哥是个小气鬼，几次开口，都不同意我带回家里看。"五疤子"帮我恳求也没用，居然瞅了个机会把书偷来给我，嘱我快快看好他再悄悄送回去。

"五疤子"不仅重情义，而且相当认真诚信。乡里的剧场人手不足，看门验票的会临时把在门口看热闹的"五疤子"喊去帮忙。他果然十分认真地配合着把门，无论你多少花言巧语，没有票一律拒之门外。即使我跟他疏通，他也坚持原则不让步，嘿嘿跟我笑笑：老朋友，你拜儿（不要）把恩（我）难做人架（咋）。住在乡政府大河西的离休老干部任爹爹托他到邮电所取订阅的报刊，他居然把这差事当成自己每天必定完成的任务。每当邮电所开拆邮包的时候，他已经准时等在那里，邮递员分拣报刊他就催着要拿任爹爹的那一份，临走还问一声：锅曾全亮（可曾全呢）？这才放心地带上报刊，一摇三晃走里把路送交任爹爹。有一年，通往河西的大桥拆除重建，"五疤子"便从河南绕道给任爹爹送报刊，路程超过原先的两倍。一次，"五疤子"送报途中遭雨，他赶紧把报刊揣到怀里，用衣服小心裹好，尽可能不淋雨。见他在雨中缩头夹颈步履踉跄，有人问他：老五啊，什么大事这么忙啊？等雨过了再去。他并不停步，扭过头回说：国家大事，任爹爹要看报纸。任爹爹很是感动，劝慰他：五子，以后下雨天就等第二天一起拿。他回道：借个假儿能（这个怎能）？恩答应的事，雪话要炫话（说话要算话）。

　　受人之托，忠人之事，这就是"五疤子"永远不变的天性。现今，年过半百的他，依然那般纯净、天真，没心没肺、无烦无忧、乐观自在。成年以后，我们见面越来越少了，我却时常会想起他，有几回还梦到与"五疤子"在一起嬉戏的情景。

柳叶儿青青

老家屋后有一块池塘，池塘四周有密密的柳丛。春风一吹，片片柳叶便染绿了那块天地。多少年过去了，这青青柳叶依然摇曳在我心头，常常唤起我儿时的回忆。

在那柳丛簇拥的池塘畔，我们一帮小伙伴度过了许多无忧无虑的时光。春天，柳条刚刚吐出绿芽，我们撅下它来，剥开根部的皮，再慢慢抹成球状的杨柳花，插到圩堤边、屋檐下，到处播种春色。夏天，柳叶枝繁叶茂，我们用它扎成草帽戴到头上，钻到柳丛中玩儿童团捉坏蛋的游戏。秋冬时节，柳叶黄，柳枝枯，我们团坐在池塘旁，模仿大人拿柳条编织小巧的菜篮、鱼篓。我们还在这儿挖野菜、摸田螺、逮青蛙，这小小的乐园，盛满了我们孩提时的欢声笑语。

作者自摄

英子比我大一岁，是张伯家的长女，她的家与我家隔着柳塘斜对面。她身材瘦弱，小脸蛋上嵌着一对深深的酒窝，眼睛不大，整天笑眯眯的，是我们这帮小伙伴中最懂事的一个。格房子、解绷子、抓母子、踢毽子，她样样在行，轻盈得像燕子，在柳丛间闪来闪去。柳塘边有各样小草，她都能叫出名儿，什么赖丫头、石灰草、牛舌头、马齿菜、延爬藤、凤仙花等等，都是她教会我认得。她晓得柳条没有根也可以生长，我学她的样儿，折一根柳枝插在池塘边潮湿的土中，过些日子果然成活了。

我们还常常玩各式各样的游戏，捉迷藏神秘有趣，老鹰抓小鸡紧张刺激，开心热闹要数娶新娘。我们从柳塘边采摘红的、黄的、粉的、蓝的、紫的许多无名的小花，用柳枝编成艳丽的花帽，戴到英子的头上，把她扮成新娘。我和另一个小男孩用小手臂搭成轿子，两人面对面，右手握左手，左手抓住对方的右小臂，然后蹲下身子让英子坐到手臂搭成的平面上，起身抬着她走起来，边走边喊着：呜哩呜喇，新娘子到家。英子开心得摇头晃脑，我们也兴奋得乐此不疲。

到了上学的年龄，我们都背上了书包，英子却留在家里当弟弟的小保姆。从她苦凄凄的神情里，我读到了孤雁离群的悲凉。乡下的女娃儿是大人无意插的柳，大多不去费心伺弄，任其自生自灭。成年后的我，每想到这些总生发出一股莫名的感慨。多少个黄昏，我们散学归来摊坐在柳荫里做功课的时候，英子默默站在一旁，饶有兴趣地看我们一笔一画写字。有时，她还将我的书包挎在身上，牵着弟弟的手，一边走一边喃喃地念叨："笃、笃、哒，笃、笃、哒，我和宝宝上学堂。"渐渐地，我感觉出英子已不怎么与我们合群，我们在柳塘边玩耍的时候，她只是远远站着往这儿看，少了过去的活泼和灵动。

有一次，英子急急忙忙把我从家里拉出来，手里捏了两只漂亮的黑蜻蜓，朝我晃了晃，气喘喘地问："喜欢么？刚从塘边捉的。"我刚伸手过去，她突然把蜻蜓藏到背后说："答应我一件事，全送给你。"她神秘地向两旁张望了一下，凑近我耳边悄悄道："教我写名字好吗？"末了，她又高兴地告诉我："妈妈答应我，等弟弟长大了，我和他一起去上学。"

忽然有一天，我从睡梦中被英子母亲哀伤的恸哭惊醒。小英子得了急性脑膜炎，起初大人并不在意，后来看快不行了，赶紧张罗着送往大邹庄中心医院，却在途中咽了气。那一年，英子虚10岁。下葬时，她身旁放了一只崭新的红布书包。

英子就这样悄无声息地去了，幼小的生命如同一片柳叶随风飘落。塘边的柳条青了黄，黄了又青。后来，池塘废了，柳丛也消失了。然而，在我人生的书页中却永远夹进一片青青的柳叶。因了这片柳叶，我懂得时时珍爱我所拥有的一切。

口　粮

庄上人见面打招呼，开口便问：吃了么？可见，吃饭是人们生计的头等大事。几百上千年祖祖辈辈种田，好多人家仍实现不了丰衣足食的愿望，一家子老小填饱肚子也较为勉强。20世纪六七十年代大集体时期，各家各户靠口粮度日。口粮，口中之粮，养人活口之食，按人口数分得的以稻谷为主的食物，这一叫法再恰当不过。

大集体最鲜明的特征就是平均，粮食一律按人口均等分配。夏秋收获结束，生产队交完公粮便安排分口粮，会计夹着账本上场，队长指派人员掌秤、添秤、抬笆斗。各户户主聚拢来抓阄排序，有人抓妥当场打开报给会计登记，有人远远背着人展开阄，磨磨蹭蹭等到会计催促这才凑近递上。队长宣布开秤，人群立马分成两堆，一堆簇拥着会计扒翻看账册，拿瓦片在地上画写计算复核，查人口相当的人家进行比对；一堆围着秤杆看掌秤的抹秤砣，细瞅着秤砣对准的秤星，直至秤杆翘翘地稳住。会计被拥得喘不过气来，不停地直直身子按号顺次报户主姓名、人口数、应分粮斤重。每户称好就近倒成一摊，家人忙不迭肩挑杠抬往自家运送。分配口粮的标准以生产队为单位核算，人口也是通庄乃至全公社统一分等分成，全劳力十成，半劳力七成，其余一律五成，新增人口以报户口为准，刚出生的幼儿当年就享受口粮待遇。

新稻机好的米，粒粒饱满晶亮如玉，看着就叫人眼馋。煮出的饭白花花、香喷喷，久日不见满锅的白米饭，胃口连动咽喉滚动，舌根津液四溢，无需佐菜，眨眼工夫能扒下一大碗。烧好一锅米粥，勺子搂一搂香气扑鼻，半支烟工夫再续火烧开熬上一熬，再过一刻，揭开锅盖雾腾腾的，米汤已经粘稠，锅边围了一圈厚脸粑子（米膜），随手撕来入口即化。盛上一碗凉一阵子，碗面上就有了一层厚厚的米油，筷子拨两下送进嘴里，舌头滚动直接入喉下肚，那感觉美妙无比。接下来，筷子轻轻搅动喅起口呼噜噜吸溜，一碗粥顷刻一扫而光。

放开肚皮吃新米的好日子是不能持续的，一家子有限的口粮须得经冬历春支撑大半年，不收收口恐怕临近春节米缸就会见底。望着舍不得丢下白饭白粥的孩子，做父母的不得不做从长计议的决断。长得正旺的山芋叶子最先成为米的搭档，采摘洗净、晾干切碎，投入烧开的饭锅。煮好的饭花花绿绿，不足平常一半的米粒夹杂在碧绿的山芋叶间，看起来很是养眼，初尝也有点新鲜，连续吃上十天半月，一捧起饭碗胃里就犯酸。接着就是山芋饭，大山芋切块，小山芋洗洗连毛须放锅里烧煮，用饭铲子切开一块看看熟烂了，再将米倒进锅内烧成饭。一天天的山芋饭，简直无休无止。吃腻了的孩子先挑拣饭粒吃，最后舔光粘在山芋上的饭粒，背着大人将吃剩的山芋全倒进猪食桶。父母们发现情况便采取措施，把山芋切成碎丁掺米煮饭，黄灿灿的山芋丁和几乎看不见的米混合着，不吃也得吃。再接下来，又是菜饭、胡萝卜缨子饭、胡萝卜饭、黄花草饭、苋子饭，变着法子和花样，除了过年那几天，就是不见白米饭。无计可施的孩子常常饿着肚皮，两堂课下来，已是后心贴前心，两眼发花头发沉。

"我要吃白米饭，我要吃白米饭！"不知有多少孩子，摔了筷子倔强着呼喊哭闹。妈妈的巴掌扇红了小屁股，母子哭成一团，勉强端了碗，泪水和着饭慢慢吞下。可是，过了两天巴掌也不管用了，小家伙居然任性扔了饭碗瘫坐在地，任凭父母亲软硬兼施就是不肯起来。日子宽松一点的邻居看着不忍心，盛来一小碗白米饭，拉起小家伙，这才平息下来。

做父母的又何尝不心疼自己的孩子，米缸渐空了，日子还很悠长，万般无奈凝结在眉头。庄后的毛五家，子女六七个，偏偏长得齐整，大的头二十，小的也十来多，一张张口正急吼吼等着填饭长身体。有限的口粮，三四个月就明显不济。望着几个半大的孩子半饥半饱，没精打采拖着身子去学堂，毛五婶抹了眼泪，不得不拎只大淘箩，挑左邻右舍状况好一点的人家借米下锅。人都讲个脸面，实在万不得已只有豁出去了。

宝嫂家虽说人口不多，境况也并不好到哪儿去。两儿一女一家五口，每年的口粮总接不上新稻上场。各式各样的夹饭使得口粮苟延残喘了三两个月，终会还有断顿的时候。面皮薄，却又户族小且本庄亲戚少，羞于开口到不相干的人家门上借。孩子一顿接一顿的夹饭吃倒了胃口，看到白米饭两眼就放光，偶尔煮一锅白米饭，小小肚皮能撑上三四碗。3个小家伙捧着饭碗边吃边听着锅里的动静，老大盛饭故意用饭铲子磕碰锅边发出声响，俩小的以为在铲锅巴了，连忙喊叫：哥哥留一点，哥哥留一点，我还没吃饱哩。宝嫂夫妻俩被逗笑了，笑得满眼泪水。于是，逢上星期天，宝嫂便将老大老二送到婆奶奶和姨娘家过上一两天，在那里孩子能破例吃几顿白米饭。

　　尽管如此，到了青黄不接的当口，宝嫂还是得向人家借一点粮才可度得过去。好在庄南头有两三个娘家同村姐妹家底还算不错，可以轮番着借一点，但依然会有越不过的缺口。那一年夏初，家中连续几天不见米星，麦糁儿粥、苋子饭吃得孩子们歪鼻斜眼，饭食含在嘴里半天才一点点咽下。宝嫂心里暗暗盘算了一下，还都欠着几个姐妹的，本庄借粮没有指望。想起春节在娘家听说嫁在东乡里的堂姐家境不错，倒是能走一趟去试试。大热天顶着日头径自前往，二十来里走走歇歇半天工夫到了堂姐所在的庄上。因为说不确切堂姐夫家姓甚名谁，好不容易才打听摸到门上。堂姐的婆婆好像并不知道有这么个堂妹，没有那种接待亲戚的热情。宝嫂不由心里打鼓，冷坐一旁进退两难。还好有热心的庄邻传信给在地里干活的堂姐，她提前收工赶了回来。

　　堂姐亲热地安排宝嫂吃饭住下，晚上对坐灯下嘘长问短，期期艾艾诉说生活酸楚。宝嫂婉转说了来意，堂姐"嘘"地示意小声，扫了一眼门外轻轻说：姐姐晓得了，你莫吱声，老嬷嬷刻薄小气，你只说到姐姐这来看看，我自有法子。热乎乎的亲情在宝嫂心头漾开，嗫嚅着说不出话来。第二天，堂姐找理由把婆婆打发出去，翻出一件旧的大套裤，扎紧裤脚，装满一裤衩雪白的大米，搭在肩上引领着宝嫂出庄。宝嫂接过装米的裤衩，沉沉的，足足三五十斤，望着汗涔涔的堂姐像孩子般的呜呜哭了起来。堂姐急急地推她：赶紧回吧，乖乖们在家眼巴巴地望哩。

　　沉甸甸的米扛在肩上，宝嫂心里却不太踏实，不知道堂姐回去怎样应对她婆婆，会不会半路上被人家截住把米索要回去。路蜿蜒着看不见尽头，太阳从树缝里透过阵阵热浪，风儿荡着聒噪的蝉鸣，脚步渐来渐碎，咬咬牙挺一段，放下喘几口气，起身上肩再前行。腰背酸胀，两腿像灌了铅，仿佛已不长在自己身上，只是机械地挪动。看到一处近水河边，得了救星似的紧几步瘫坐下去，捧起水喝上几口，解下方巾洗一洗，撩起湿透的衣服擦一擦。她不知道能不能在天黑前到家，虽说是大白天，这旷野处也幽深得有些叫人胆怯。看看前面，长长的路上空无一人，两边的绿树在远处交汇成一点。她好像看见孩子们坐在院门槛上痴痴地盯着巷口，又像是听到他们欢呼雀跃正向自己奔跑过来。一激灵，她精神大振，霍地站起迈步向前。

点灯时分，宝嫂终于站在了自家院子里，却浑身木然迈不开脚了。孩子们似有心灵感应，立马蹦出屋子围了上来，"妈妈、妈妈"叫着扯拉衣摆。丈夫接下满裤管的米，没有丝毫兴奋，赶紧扶她坐下，舀来一盆水，端上一碗糁子疙瘩。宝嫂拨了两下筷子，竟一口也吃不下去，草草洗了睡下，任凭孩子缠着问这问那，连说话的力气也没了。第二天，苋子饭里看到了又白又香的米粒，孩子们吃得津津有味。七岁的老大吃着吃着晃起了脑袋：妈妈，这饭真好吃，比白米饭还香。宝嫂停了筷子，摸摸儿子的头，泪水夺眶而出。

维系生存的口粮，度命活口的口粮，养儿育女的口粮，化作气力生产养家，化作营养滋长血肉骨骼，化作神奇涵蓄聪明智慧。充饥饱腹的口粮，是多少代多少人梦中的向往。可这口粮曾经总也不能接上来年，有一顿没一顿，有上顿没下顿，干一顿稀一顿，纯一顿杂一顿，饿一顿饱一顿，管不了每一顿的口粮，个中滋味无以言表。

分　红

摄影：陆照兴

生产队的分红基本都在春节前不久进行，分红的结果关系着各家各户过年的心情和质量。一家人过年的新衣服、年货、压岁钱，全指望着分红。说白了，分红就是生产队年终结算分配，算出队里全年可分配收入，除去各样开支、大队管理费上缴、集体公积金、公益金提留等，按实际劳动日计算工分单价，以现金测算到人并归户。分红结果不外乎进、平和超，最大的影响因素莫过于粮食产量和工分。粮食产量个人操心是没有用的，工分倒是靠自己卖力下苦能有所见效，家里劳力多的收入状况必然好得多。

苦就苦了对脚板的年轻夫妇，一串半大孩子，大的背书包、小的拖鼻涕，要吃饭，要穿衣，还要交学费，少不了头疼脑热也需花钱看病，为多挣工分必得拼死拼活。寂静的凌晨，天在生产队长的匆匆脚步声里渐渐放亮，还没有歇得过神来的小夫妻早有了醒觉，摸索着下床，刮锅起灶，一缕炊烟荡开新的一天。打冲锋似地拉起大大小小几个孩子，穿衣衫、套裤子、梳头发、扎辫子，草草吃了早饭，搂一个、搀一个、跌跌撞撞跟两个，紧忙紧赶送到奶奶家。顾不得孩子追在身后哭喊着要妈妈，一溜小跑下地干活。中午回家，急急忙忙烧饭、吃饭、洗碗、抹锅，板凳没焐热，又往田里奔。晚上擦黑才收工，孩子们扒门望酸了眼，一个个拎回家，洗洗脱脱安顿停当，院外已是

158　老村庄

月上东山。一年到头连轴转，竭尽全力忙活拿工分。

农活五花八门，种麦、栽秧、开沟、挖墒、锄草、收割、脱粒、扬稻、罱泥、拆渣、窖草塘、浇泥浆、挖猪灰、挑大粪、看场头、送公粮、装氨水、上河工，等等，硬活、重活工分大，软活、轻活工分小，劳力分等，队长派活，记工员记出勤、工种安排和队干部与社员代表一同评定工分。想拿大工分，既要有力气，有吃苦精神，还须掌握农活的技能。评工分兼顾劳动强度、数量和质量，好多活年轻力壮的男劳力干得来，妇女、老人、小孩干不了；好多活可以测算计量，质量上却难以把握。

春寒料峭，河边尚有薄冰，社员们扛着泥罱子、提着篙子陆续登船，船身晃动挤碎了冰层渐次离岸。太阳刚刚跃出地平线，一条条船只错落有致横陈河面，橙色的天空下，霞光铺满村庄、树木、河流，人、篙、船涂了一层金辉，远看像是几笔线条勾出的轮廓剪影。船上基本都是夫妻、父子、弟兄搭配，一人拿篙子，一人下罱子。两人间的默契、协调，足见功夫和技巧。配合好，撑船、罱泥都省力而且效率高；配合不好，撑船的吃了劲，船却老是在原处打转，罱子入水、出水都费力，半天也夹不上来满罱子泥，一边罱，一边埋怨对骂，甚至丢下罱子、放了篙子在船头干仗。罱满的泥船由队干部过目估量，船的吨位分明，量上很好把握。但同样满船的泥，厚与薄却有讲究，质上有明显差别。顶真的时候，干部用绳子扣上一只盛满水的瓶子，放进船舱里的泥浆中，瓶子浮起来无话可说，如果瓶子沉下去同样一船泥算工分是要打折的。

还有活儿粗糙的，常常需要返工。夏季插秧，上水盘好的一大块田白茫茫一片，姑娘、大嫂排成一列，手把秧苗弯腰栽插，以退为进。很快汪汪的水面现出点点浅绿，一排排、一行行连缀平铺，碧透眼帘，绿意沁人心脾。现场监督的队干部，这里看看，那里瞄瞄，突然指着其中一人叫停：上来，上来。你看看你这急急慌慌抢什么快，这几行都歪到哪儿去了？还有这一块，根栽这么浅，才一刻工夫，这倒漂起来了。说着一步跨进水田，三两下把栽好的秧拔光一大片，责令道：返工，赶紧返工。那人气不服脱口就回：饭吃撑了？肉头肉脑，没事找事，凭什么眼光落到我身上？队干部立马顶了过来：谁肉头肉脑，哪个没事找事？叫大家都来看看，这秧栽得咋样？你再看看人家栽的。我今天把话撂这儿，不返工好，就不好记工分。干啥活得多少工分，不是件简单的事。社员们常常为一分乃至半分工，争得面红耳赤，跟干部发生冲突摩擦也在所难免。

每到分红的时候，看人家欢天喜地领走一沓现钞，心下就在思忖：几个孩子哪天长成大劳力可就好了。眼见得女儿身子又蹿了一些，夫妻俩就嘀咕着决计让女儿停学。村里人大多这样想：女儿终究要嫁出去，多读书少读书没啥两样，不如趁早下地干活拿工分，工分多了一家子生活会有所改观。看着人家女儿活计上手，样样在行有出息，就有人羡慕：都盼生儿子，儿子在前有啥好，还是先养女儿先得济啊！一到学校放忙假、寒暑假，连哄带逼把十三四岁的小子赶去干农活。薅草、打麦泥、沉化肥、摘蚕豆、拾麦穗、翻草、晒稻，都是些零碎活，生产队适当给点工分，一天下来一两分工，也有时三四分工，几个假期累积起来多的达几十分工。虽然这一点工分影响不了分红的结果，但父母挺开心，感到孩子长大了，离干大活计拿高工分不远了。

分红让家家户户充满期待，像十月怀胎的婴儿一样，在隆冬腊月终于即将临盆分娩。天冷丝丝的，冻得人哆哆嗦嗦的，张口就是一团白气，关于分红的消息却在每个人心底平添缕缕暖意。大家相互估猜今年的工日大约折合多少钱，翻出一年的记工簿，一笔一笔核算工分。不识字的也请他人帮助算，或者等孩子放学叫高年级的孩子算。算得的结果早晚放在心里翻来覆去地盘算，一碰见队干部就打探分红的消息。坐到饭桌上，跟孩子说话也活泛多了：都乖乖的听话，加加油多搓点绳，再赶一批草包。马上分红了，个个买新衣服，买好吃的。孩子们为之精神大振，丢了饭碗自觉地各就各位干活。

队干部也情愿早点分红，这是全年最重要也是年底前唯一的大事情，忙好也就画了句号了。队长催着会计抓紧算账，会计说要等等公社、大队的口径，队长说：等照等，算照算，边算边等呗。于是，会计家每晚灯亮到大半夜，队长也隔三差五的过来坐上一坐，也有社员探头探脑的过来拉呱。接连几天下来，差不多队里每一户都到会计家踏了回门槛，有的还想要对对工分账。会计有些烦：去，有事，别在这碍手碍脚，到时有得你看。会计娘子一旁也发话：算精算骨，算了也多不出来，不算也少不了。当这个倒头会计，白里黑来忙，工分又拿不过人家，烦也烦死了。

到了分红这一天，队里热闹非凡。平时开会，一个个拖拖拉拉，蔫不拉几。这时刻所有户主早早来到，有人家来了两三个甚至倾家出动，一个个积极主动、情绪高涨。队干部围坐在一张八仙桌上，账册和现金都在桌上，一屋人挨挨挤挤把桌子围得水泄不通，两旁房间也全是人。堂屋门被不停地踢碰，门窝嘎吱嘎吱，门搭子叮叮当当老响。相互谈笑、揶揄、调侃，不时引得一阵哄笑。队长主持，会计唱主角，保管员、记工员打下手。听到会计开始报账，全场迅速静了下来，报好生产队全年收支情况，接下来报核算结果，大家都屏住了呼吸。当会计最终报出工日价后，全场嘘声一片，随即像炸了锅一样轰开了。许多人都感到错愕、惊疑：怎么才二角五分，按今年的收成起码也得三角向上吧？原来估算今年不会超支，甚至能拿上头二十块钱过年的，希望像肥皂泡一样破了，愤愤地责问：这账咋算的？去年不如今年收成好，工日还二角八哩！估摸着还能结余，只是分红的钱数比原先预估的打了折扣，好似被水泼了火头，情绪也有些低落下去。现实与愿望总有着强烈的反差，大家盼来盼去的分红，犹如暗夜里希望出现一盏明亮的灯，可这灯只亮了片刻就黯淡下来，残存的一点光亮，昏昏的摇摇欲坠。

报完各户全年工分总数，分得的粮、草、油菜籽数量，一户户听到喊声来到桌前，逐一对账核查，结余当场拿钱，超支想法子倒找，两不欠的签字清账。上午未完，下午继续，晚上借来几张玻璃罩煤油灯，点得亮晃晃的，连夜一户不漏地分妥结清。拿钱的欢喜不笑，蘸一口唾沫，捻着钞票，数得刺啦啦直响。超支的灰头土脸，不但无钱可拿，还要承应回去拿钱来冲抵，缺口大的须与队干部磨嘴皮继续挂账一部分款额。平账的户主摊摊两只手：出力又出工，落得个空大空。想着给孩子买新衣、买好吃的承诺，踌躇了半天，瞅准一个合适的当儿，走到队长跟前：队长你知道我家里情况的，小的都指望着过年哩，我一年到头也没偷懒缺工，队里派活也从不挑肥拣瘦，你说我这回家怎样交代得过去？能不能商量商量预支点记明年账上？队长"唉"地叹了口气：你先等着，全分结束看看还有几户，大家多少支两个钱都先把年过了。

　　有钱没钱，洗洗过年。分红的不快不知不觉在年气中消弭，一家人团坐一起开开心心地憧憬未来。奶奶笑眯眯地看着又添一岁的孙子：宝宝又长大了，长大做什么呀？孙子答：长大干活拿工分。奶奶又问：拿工分做啥呢？孙子道：分红多拿钱找婆娘。哈哈哈哈，大人都逗乐了。妈妈又补问：找婆娘为的啥？小家伙有些不耐烦一连串回说：养小伙，做活计，拿工分，找婆娘，再养小伙，再拿工分，年年分红有余钱。

腌　菜

入冬，种下的麦子出青，补了化肥，打过麦泥，挖好墒沟，田里的活儿也就差不多了。如果本村没有开挖生产河、加固圩堤的任务，男劳力就会被调动去县里或市里的大中型水利工程。女人们留在庄上拾掇些零星农活，兼顾照应家里老小。这段时间劳作不太辛苦，可以腾空抽身张罗着腌菜。

腌菜是农家日常必需，一日三餐顿顿俱备。早晚喝粥全凭它佐食，正餐午饭难得见荤腥，蔬菜也须应季才有，最常伴着的还得是腌菜，即使有其他菜，同样要有腌菜辅衬、补充。一年四季，腌菜各式各样：腌瓜子儿、腌萝卜干儿、腌小青菜、腌野麻菜、芥菜，等等，为主的便是这冬闲时腌大棵青菜。腌上满满一大缸，一家子从冬吃到春，一直接到夏秋，晒干揣进坛子里能藏上好几年，被称为"老咸菜"，南方人美其名曰：梅干菜。这"老咸菜"呈黑红色，年份越久颜色越深，别有风味。

腌菜的主料是青菜，但这青菜却有讲究。青菜虽然极普遍和常见，可本庄邻近周边生长的青菜并不是腌菜的首选。本地通常有两类青菜，仅作为食用蔬菜的青菜和长菜籽的油菜，它们从菜秧到长大抽薹前都可作蔬菜食用，蔬菜抽薹后，茎叶渐渐枯黄；油菜抽薹后，节节拔高，茎长成枝干，菜叶也被菜籽荚取代。它们可供食用期内，高不过尺许，叶梗粗短，菜叶如葫芦瓢，虽然也可以腌制咸菜，却只适合小批量洗净切碎腌制"鲜咸菜"，不能保存过久。南乡和西乡的垛田长有一种大棵青菜，高在2尺上下，菜叶状若汤匙，叶梗颀长白里透青，叶片碧绿，这才是上好的腌菜。

一条条菜船沿几十里水路"吱吱呀呀"而来，停靠庄四周几处大码头。菜农上岸沿街叫卖，女人们闻声而出，陆续聚到船边，一番讨价还价后便着手挑选过秤。各家称好摆放几摊，记牢捆数和斤两，一一与船家结算。有给付现金的，也有回家称稻谷兑换的，结算完毕分别喊家人一同扛回去。菜到了家，并不能急忙忙就腌。新鲜的青菜比较挺括，经不起拉扯，容易折断、破碎。腌制前，须得晾晒几天，待青菜瘪软打蔫没了"性子"方可操作。

　　冬日的村庄一片萧索，褐色树木、土黄的泥墙，茅屋顶的灰白，满目恓惶、冷清。一夜间，各家天井里、院墙上、房顶上到处晾着青菜，村庄街巷、桥面两侧铺满了青菜，随处可见的"白玉翡翠"给寒冬添了生气和活色。孩子们上学和回家的途中，一路检阅成排列队的青菜，在这褪了颜色的季节里，满眼莹白碧青的景象，令他们感到新鲜，心情也为之舒展开来，追撵着啄食菜叶的黄的、花的、黑的、灰的老母鸡、大公鸡，小鸟一样轻松自在。

　　提着储存了许多日子的半篮鸡蛋，到街口商店，称了斤两算了账，再称了10来斤粗盐拎回。女人剥了棉衣，只一件紧身夹袄，忙开了年复一年的生计大事。水桶、澡桶、"腰子桶"、面盆等全部用上，收拢了晾好的青菜，一趟趟到河浜码头提水，倒满澡桶，一桶一桶地洗菜，一遍遍地清汰。洗好的菜堆满桌上、凳上，又摘下门板堆放。洗完青菜等着爽水风干的间隙，喊半大的孩子帮忙，盘出屋角的大瓦缸，冲洗、擦抹得干净透亮。澡桶也清理一番，摆放地面，抱一把青菜均匀铺在澡桶里，桶底撒上盐，再抓一把盐塞进菜梗之间，双手用力搓揉。接着，搬来凳子放在大瓦缸旁，把桶里码好盐的青菜取来，站到凳子上，努力地弯下身子，将它们整齐铺放缸底，放好一层，撒上一层盐，再放一层。这时，还得换上一双洗得锃亮的雨靴，翻身下到缸里，在铺放的青菜上踩踏。然后，从缸里爬出，进行又一轮操作。腌毕封缸，剔除的黄叶菜皮、揉断掉落的残梗，统统撒上盐搓几搓，铺在菜缸最上层，临末压上石头或砖块，盖好缸口。

　　腌菜其实并不是一件简单、轻松的活儿，来来往往，站起蹲下，爬上爬下，相当累人。往缸底放菜，高个儿腰身硬十分费力，矮个儿够不到缸底，有力用不上。头钻进缸里使力气，气闷心慌，体弱的人弄不好会发生晕厥。忙一刻，稍缓一缓，直一直身子，扑打扑打腰腿，却不敢歇息。日子要往下过，这菜还得继续腌下去。菜一层一层垫放，高度越来越高，人站在上面有些打晃，双脚使力又得平衡稳定，时时留神小心以防摔倒。几乎一整天的洗菜、搬菜、搓盐，女人的一双手冷水泡、寒风冻、盐浸渍，红得像胡萝卜似的，皮肤鼓肿得几乎一触即破。腌好一缸菜，早已腌透的是女人的这双手！

半个多月过后，揭开菜缸，盐卤汁已经漫出，这菜也就腌熟。推开石头、砖块，掀开面上的烂菜皮梗，伸手捉住一颗菜根，拽拉出来，但见叶色翠绿，菜梗澄黄剔透，令人垂涎。咬一口，"嘎嘣脆"，咸鲜里夹着甜，甜中带点酸，绝对开胃下饭。烧菜时，经常以咸菜相配，咸菜烧豆腐最为经常，依着时节变化，还有咸菜烧茨菇、咸菜烧蚕豆、咸菜烧小鱼、咸菜烧黄豆等等，有人家还会直接将咸菜的盐卤放进菜汤代替盐。虽说粮食是人们命根子，可少了咸菜再香的大米饭粥也不能顺利入肚养命。即使山珍海味，离了个"咸"字也会寡味失色。生活五味酸、甜、苦、辣、咸，唯有咸味最为恒久。

腌菜味道，农家的孩子忘不了，也不敢忘。那味道永远是那么熟悉，有母亲忙碌的身影，有茅草屋的轮廓，有兄弟姊妹团坐桌前的温馨，有时光岁月的留痕。

沃血芙蓉犹自芳

摄影：董龙江 　　　　　　　　　　　　　　　摄影：陆照兴

明朝嘉靖三十六年任兴化知县的胡顺华在任间主修了县志，为现存最早的《兴化县志》。《县志》卷之一记载当时兴化有芙蓉、安丰、陵亭、长安四镇，标注有具体方位，其中芙蓉为：县东北三十里。今兴化整理修编方志专业人士考证确认：芙蓉镇即为现钓鱼镇北芙蓉村。

关于芙蓉这一地方，明县志还有多处提及。水利设施方面，当时兴化的坝有两处：兰溪、卢家。民国金铖《重修兴化县志河渠志纂稿·南北塘遗址考》注：兰溪坝在芙蓉镇。县境内以石筑成的蓄水、泄水的石硪共七处，包括兰溪坝和芙蓉镇两处。1370年，全国共有军储仓、屯田仓22所，兴化占7所，其中有南芙蓉、芙蓉营两所。一个村庄在明县志有如此分量，可见那时的芙蓉镇在全县必定闻名遐迩。

北芙蓉村正处于河流纵横交会之处，水系发达，水路畅通。村庄周边均为宽阔河道，支汊沟河密布，不出五千米，分别连接东、西、南、北四面的渭水河、上官河、海沟河、仇家湾，这些都是明朝县境内交通主河道，距离最近仅不足两千米的仇家湾，还是当时全县两处湾之一。南去十来千米可通得胜湖、平旺湖，西行六千米则下吴公湖，吴公湖又紧邻大纵湖。全县从南到北设有七处铺设（驿站，掌邮递、迎送官员事务），而北芙蓉向南四千米有火烧铺（现钓鱼镇文远村），北边约两千米就是仇家湾铺。与此同时，全县四镇之一的长安镇，处于北芙蓉西偏北四到五千米，两个镇集聚在一起，当为兴化县城北部比较繁荣兴盛的区域。

  关于芙蓉镇的源头，可以溯至元朝末年元顺帝至正十四年（1354年）。时兴化张士诚发动起义一年多，攻克泰州，占据高邮，称诚王，国号大周，改元天佑，又破扬州，扼制元朝南北漕运主动脉——大运河。朝廷上下一片恐慌，元顺帝下诏命中书右丞相脱脱出师南征高邮。十一月，脱脱亲率百万大军抵高邮，大败张士诚义军并困守高邮城。随后，分兵歼击六合、盐城、兴化等地义军分部，元兵进军兴化与义军交战的地点就在芙蓉。参阅兴化地方文史专家郭保康研究资料可见，张士诚在兴化的后方留守部队"众共十余万"，刚刚升任枢密院判官的董抟霄视这支灶户、渔夫、农民组成的义军为乌合之众，统率十万勇猛之军直扑兴化，征鏖齐鸣，列队而进，意在一鼓荡平，首战获胜。义军受挫，改变战术，收缩战线，集中屯驻"大纵、得胜两湖水寨"，利用湖荡港汊、芦苇浅滩的复杂地形巧应周旋。面对"芦花深处屯兵士，荷叶荫中泊战船"的状况，董抟霄选定北芙蓉所在地，筑南、北芙蓉两座营寨，截断两湖义军互为犄角、联动呼应的态势。又在两寨之间挖沟渠、栽鹿砦、设疑阵、布伏兵，引诱义军攻寨。义军将士"入辄迷故道，尽杀之"。鲜血染红了芙蓉二寨周边的土地和河流。不久，元帝轻信谗言，下诏削去脱脱兵权。临阵易将致使元军人心混乱，兵临高邮城下的大军不战自溃。张士诚乘势组织反攻，董抟霄本为孤军深入，见势不妙，遂拔寨北遁。两湖义军奋勇追杀，占领芙蓉寨，立军营于寨中改"寨"为"营"。由此，也有人称北芙蓉为北芙营。

也许正因为元军开发了芙蓉这一块地方，大明一统天下后仍将此处用做驻军，并屯田建仓，继而发展为兴化早期的镇。又经明、清五六百年变迁，至1935年前后，兴化县设六个区公所，第三区公所辖4镇32乡，芙蓉乡仍在32乡之列。

解放战争时期，北芙蓉村这里又上演过一场激烈的战斗。1947年秋，人民解放军转入全面进攻阶段，节节败退的国民党军队被迫实行战略防御。在苏北里下河一带，国民党拼凑10万兵力，配合固守华东，企图保住南京屏障。从11月中旬开始，驻守兴化的一支国民党部队协同兴化西线的土顽力量疯狂向东窜犯，在双方交锋的前沿设立中心据点，试图对解放区进行清剿。他们选定了北芙蓉这个扼守水上要道的关口，就地安营驻扎，和当地地主、还乡团共同设立反动的拱北乡政府，将庄中心大地主的院子作为办公场所，委任庄上的土顽分子为保长，推行保甲制，编组保甲户口，抽抓壮丁，普训自卫队，捕杀农会干部和军烈属，征收苛捐杂税。他们拆掉了庄上的大庙，强迫周边各村锯树把树桩、稻草送集过来，又抓来民夫砌碉堡、筑工事。在催命毒打之下，只花一个多月时间就建好了由土圩子和炮台组成的两座碉堡。依仗土圩子坚固，周边八尺沟等地密集的据点呼应，且距离十八里的西鲍有海军炮艇撑腰，反动气焰极其嚣张。晚上龟缩在土圩子里的营房，白天四出清剿、扫荡，搞得四村八舍鸡犬不宁，不少革命同志和亲属惨遭杀害。为粉碎敌人"蚕食"解放区的阴谋，全面开展反清剿斗争，苏中二分区领导决定攻克北芙蓉，拔掉国民党反动派这一中心据点。1948年1月30日凌晨，苏中二分区老四团和六团奉命开拔攻打北芙蓉。苏中军区借来两门山炮加强攻击力量，解放区周边十多个乡镇动员组织5000多民工跟随支援，海河区联防队配合作战。战斗从晚上10点打响，持续整整一昼夜，全歼国民党兴化保安队第二中队和拱北乡还乡团自卫队，击毙敌兵60多人，活捉122人。以伤亡牺牲100余人的沉重代价，打乱了国民党苦心经营的在兴化西线清剿的计划，迫使北芙蓉周边的八尺沟、沈沟、灶陈、赵家庄、腊树庄、南旺庄、南秦庄等据点的国民党驻军和还乡团反动武装相继撤退。

古今两战均在同一村庄,这在兴化乃至里下河村庄史上实属少见。鼓声震天、战马嘶鸣、刀光剑影已经遥远,枪弹呼啸、军号嘹亮、冲锋突击犹在耳畔,追思缅想,怎不叫人壮怀激烈、感喟慨叹!

摄影:陆照兴

"落尽群花独自芳,红英浑欲拒严霜"(宋·王安石《拒严霜》),战火洗礼,沃血芙蓉,历经六百六十多年依然泛波碧水,芳艳秀逸、似锦如霞。

解放后,北芙蓉村和全国各地的农村一样,先后完成了土地改革,开展了农业社会主义改造,成立起农业生产互助组、初级农业生产合作社和高级农业生产合作社。1950年以来,几经行政区划调整、撤并,前后隶属海河区丁北乡、胜传乡、海河乡、海河人民公社等。直至1963年,海河人民公社经过两度拆分,分设大邹人民公社、钓鱼人民公社和海河人民公社,海河人民公社驻北芙蓉村。1983年,人民公社体制改革,所有公社改建为乡,海河乡人民政府所在地仍在北芙蓉村。2000年3月,乡镇撤并调整,海河乡撤销并与钓鱼乡合并,新的钓鱼乡政府驻钓鱼村,北芙蓉村增设1个居委会。

北芙蓉村的地形其实也是与名称相符的,如果从高处俯瞰,庄中心一座大垛子,四边环绕着六七个小垛子,大小河流分隔其间,周边绿树、碧野映衬,正如一朵美丽的芙蓉花荡漾在清波之中。庄上的主街巷曾经都是古老的青砖侧铺,宽两米许,路面隆起呈弧形,两侧同样青砖铺设的阴沟,南北伸展,东西蔓延,通向庄周围河口。油润的青黛色,滑溜的质感,浸染时光流痕。路面风化的凹陷,两侧屋檐雨滴的浅窝,常年生长的苔藓,凝滞岁月沧桑。六百多年前那场战争存留的祭马桩、祭马庙早已绝迹,一座明代古墓也于几十年前遭毁,几座古井废墟和那座乡间少见的吊楼直到20世纪80年代,在村庄道路扩建中最终消失。尤其这座吊楼,庄上许多人依然印象深刻。它处于庄中央的十字路口,四根立柱跨街,竖起距地面 3 米许一间空中小阁楼,总高度 5 米多,是全庄的制高点,也是标志性建筑。这阁楼建于何年无从考证。一度人们称之为"忠字楼"。东面两根柱子上挂有长条木牌,镌刻着毛主席的诗联:四海翻腾云水怒,五洲震荡风雷激。小阁楼朝东,典型的亭子阁,外围一圈栏杆,里面立着一尊毛主席面朝东方挥手致意的石膏像。

早先的村庄,沿街土坯草房与猪圈、茅坑间杂,斑驳的土墙、草苫芦笆随处可见,几处青砖小瓦的老房子隐在大片灰白、土黄之中,衬托出陈旧、古老的气息。20 世纪 70 年代,庄上三四百户人家,总计一千余口人,在全公社人口第一,面积第二。村民以聂、杨、胡、孙四大姓为主,另有十多个小姓,最少的姓氏只有一两户。聂姓集聚庄北,杨姓散居庄南,胡姓穿插庄中,孙姓偏靠庄西一带。庄户人朴实敦厚、善良直爽,尤其热情好客。对于外来人口,容易接受容纳,主动示好。本庄邻里间可能存在矛盾隔阂,但大都能一致地与外来户融洽相处。家里来客,极尽所有厚遇款待,礼数唯恐不周,劝酒必定奔港到门,为客人夹菜、添饭倍加殷勤。贵客登门,首先以茶相待,烧好开水,磕几只鸡蛋,煮好一碗荷包蛋,抑或泡一把馓子,皆可算作请茶礼。招待客人的最高规格为"一顿早茶两餐酒",早茶的花样相当丰富,青蒜汤卜页、凉拌芫荽、香干、花生米、咸蛋、芽豆、炝豆、咸生姜等若干小碟色味俱全,煮鸡蛋、肉圆粉丝、炒芝麻圆、黏烧饼一道道摆满桌子。中午、晚上酒席菜肴丰盛,以红烧肉、肉坨子为代表的农家菜量足味美,你来我往举杯频频,谈笑风生好不热闹,最后红烧鱼上桌,按说是"鱼到酒止",可喝酒仍是高潮迭起,又道"鱼到酒行"。

自乡政府机关驻扎北芙蓉村以来,陆续成立和建起了站、所、厂、社等企事业单位,村庄范围日渐扩大。村里除了本地农户以外,也有来自周边集镇或县城的几十户外来户,大都是公社机关、供销社、商业社、粮站等单位的干部职工,是乡下的城里人,说话的口音也与本地不同,而且他们之间也有着差别。公社管辖二十八个生产大队,而北芙蓉村则成了各大队政治、经济、文化中心,又有客轮水道和环抱村庄的联圩大路四通八达,也是乡村交通枢纽。全公社各家各户都需经常到公社办事,售卖农副产品,购置生产、生活用品,就医上学等等,村庄上因此而显得热闹繁华。某种程度上,这里是人们眼中城里的乡村、乡里的城镇,亦村亦镇、半城半乡。

摄影:陆照兴

改革开放以后,村庄发生了很大变化。几乎每一家房屋都进行了新建和翻建,庄中心纵横两条主街道也经过了扩建,面貌焕然一新。东西横向大街与穿过村庄的公路直接连通,南北大街纵贯全庄连接通村公路,过往穿行便捷畅通。沿街店铺千米相连,家具、服装、百货、建材、木工坊、卤菜店、饭店、旅店、理发店等一应俱全。夏氏、邵氏的盐水鹅口味独特在四乡八镇享有盛誉,孙记豆腐、张记水面也堪为当地品牌。庄西首的农贸市场里蔬菜、水产、禽肉、南北货各类菜品早晚都能满足供应。庄上青壮成人除在家养殖、经营、从事服务行业,大都四出在外从业,主要集聚在沪、苏、锡、常和扬州、泰州等地,主要从事废旧钢材销售、废品回收、超市、建筑、运输等行业。村庄里的人无论在哪里,一般都显得洒脱、大气,不管什么场合也看不出拘谨、畏缩,似乎与生俱来就拥有大明遗镇的底气。

第四辑 印记 171

原海河乡撤销后，乡政府机关连同各站所皆已迁往钓鱼村，北芙蓉仍保留学校、邮政、卫生、信用社、供销社、粮站等单位部门。如今，除粮站、供销社体制性总体日趋萎缩，其他行业保持健康发展。公办、民营两所学校辐射三四个乡镇，生源充足，教学质量一直在兴化北部地区农村学校保持领先。三产服务业没有因为政府机关搬迁多年而衰落，一如既往的繁荣，饭店从过去三五家增加到七八家，原先两三家简陋的旅店发展为三家设施升级换代的中小规模旅馆，以前七八家零散的小商店逐渐集聚，还新增了两三家具有一定规模的超市，各种门类零售商品更为丰富。早晨，一拨拨健身的人们在街道、村周围公路散步、跑步；白天，街上行人车辆一片喧闹，菜市场和农副产品一条街人流熙熙攘攘一派繁忙；晚上，街边广场跳舞的人群比比皆是。两条省道在庄后侧交汇，通村公路纵横联网，公交车、汽车、电动车出行方便，进城走村轻松快捷。经过两轮村合并调整，紧邻的徐海、任兴、苏舍三个村先后划入北芙蓉村。人口、面积规模扩大，资源优势叠加，整体实力增强，一个新的北芙蓉村迈步在新时代征程，必将绽放出更加绚丽的华彩。

摄影：陆照兴

老屋与家

一

家是一处房子，房子却不一定是家，家还不仅仅是房子。人生有许许多多的旅行，出发和回归的地方必定是家。许多人不止一处家，有老家，还有新家。我们在时光中漂流，不知道要到哪里去，却应该知道从哪里来。自己出生和生活过的老屋，可以算是我们在人世间的源头。

老屋仿佛是我记忆的海洋中零零散散的岛礁，随着波涛浪涌时起时伏、若隐若现。村庄宛若浮在水上的"花"，我家的老屋就在"花蕊"边缘。庄中轴一条纵向老街伸出几条支岔，形成一处处"十"字口和"丁"字口。紧靠庄中心"十"字街口南侧的"丁"字口，沿街大门朝西是一座古朴的院子，两扇老木板大门上有明显的竖条木纹和硬结疙瘩，进门一段两三米长的廊道，顺着一米来宽的青砖小道入里，院里一段一米多高的砖基土墙隔出两块相互连通的院子，西院3间，东院1间半，这1间半就是我们家老屋。

这是半片破旧瓦房，青砖黛瓦，与东隔壁的一溜瓦房应为一体，中间有一人高的院墙完全隔开。看起来这里原本是整体6间房，不知怎么分为2家，东边4间半一户人家独门独院，门朝东，出东巷；我家这1间半就与西边人家共一个院子。我们家院子也就是两家大院的里院，5米左右宽，屋檐东半边贴东院墙辟下半间棚屋，棚屋南侧是一棵古桐树，这样一来，院子被占据几乎一半，更显得狭小。屋里，西边一间是堂屋，东边半间是卧房，中间栈板相隔。地上铺的地砖已严重破损，墙面斑驳脱落，屋顶有漏缝透亮。堂屋一门一窗，卧房有门无窗，顶上一方玻璃天窗采光。堂屋里，北墙置一张书桌，西墙进门摆一张小饭桌，靠东栈板墙摆一台编织草包的木架。卧房里，最里面是一张老式雕花木床，3面镂雕围栏，上有床顶，东西向摆放，紧靠东墙，西侧与栈板之间所剩空间无几；床前是踏板，踏板东侧依墙码着两只箱子，下面是竹藤包皮的大箱子，上面是小一些的鞋箱；踏板再往前东墙侧倚着组合的双门站柜与脚柜，西边房门里侧放着圆形大马桶；再到南面靠墙边，排放着几只大大小小的坛子。外面的小棚屋，通常称之为"龙稍""小披儿"，支有锅灶，灶前摆一只大水缸，灶角搭一块小木板做操作台，这便是厨房。

我就在这1间半房里出生，风雨飘摇中度过7年的幼童时光。院子里那棵古桐树蓬开，细碎的阳光洒下一地，常常让人觉得有些阴沉。屋内偏暗，抬头看见缝隙里穿透的光亮倒很是清晰。晚上点灯，外面忽然起风，门就发出声响，灯光也在摇曳中忽明忽暗，甚至突然间就被吹灭，屋里即刻一片漆黑，慌得年幼的我赶紧埋进母亲怀里。时常有肥大的老鼠在墙角和屋棚间穿梭，"噗突突"响，"叽叽叽"叫，还夹杂着土块掉落的响声，直让人汗毛倒竖。下雨的日子，白天里，堂屋和房间几处放着水桶、面盆、脚桶等器皿，屋顶漏雨滴滴哒哒掉落其中，我感到新奇、好玩，溜来溜去的，这里看一阵，那里看一阵，觉得挺有趣。风狂雨骤的夜晚，父母亲守着接水，轮着往院子里倒水，有时父亲还不得不摘下门板，爬上棚屋，再爬上正屋顶上，摸索着寻找漏雨严重的点，用麦草、木板、塑料布堵塞、遮盖。风声雨声里，电闪雷鸣，父母手忙脚乱、大呼小叫，我蜷缩在床上，眼不敢睁、气不敢喘。

穷怕了，苦够了，母亲像是在暗夜里永远看不到天亮，对这样局促不安的生活失去了耐心。沮丧、抱怨，叹命运不济，怪父亲无能。在一个阴雨天的傍晚，父亲不小心打碎了一只水瓶胆，脚被烫伤且划破。母亲见此惨相，心疼又要花几块钱买新的水瓶胆，责备父亲不够小心细作，愤然摔门而去。

我的哭声惊动了邻居，奶奶也很快赶了过来，众人一边帮父亲处理伤口，又一边着人去寻找母亲。天黑了，母亲依然没有回家，我感觉像掉进了无底深渊，声嘶力竭地哭喊，父亲忍痛瘸着抱我站起来又坐下，艰难地拐着在堂屋里来来回回，无论怎样也不能够让我平息下来。其实，这一刻最焦灼的是父亲，他既担心母亲想不开寻了短见，又怕母亲从此一去不归，更被我哭闹得头昏脑胀。堂屋里的灯光相当微弱，门敞开着，我们父子俩各怀心思，时不时瞪大眼睛朝外看，竖着耳朵听。一阵紧雨的沙沙声，会疑作有人行走，风吹落叶扑簌又像是轻轻的脚步，灯影晃动也能腾起心中一线希望。

二

当我从睡梦中醒来，家里已团了一屋子人，有站的、有坐的，奶奶转来转去招呼照应，外婆边擦眼泪边与蹲在地上的母亲说话，外公立在门口抽烟，隔壁的大妈和街对门的孟师娘也在一旁。见我醒了，有人指点着说：你看看，你看看，这宝宝多乖呀，清姿白秀的，你怎的舍得？你撂得下？你的心狠得下来？我嘴里含混着叫：妈妈——妈妈——我要你，我怕，我怕没了妈妈。有人抱了我往母亲怀里送，母亲推了两下，别过身去，我一口长气咽住好一阵子，猛地大哭，脸憋得通红。母亲这才接了我，一边伸手擦我腮边泪水，一边也放声痛哭：我已经过够了呀，再也过不下去啦——呜呜。旁边人又劝：我们也都是过来的，也都有难的时候，这日子很快的。你朝小的望望，滚下子就大了，好日子就到了哩。

天近亮时，家里归复平静。早上，四姨和五姨来了，她们受外婆支派帮着打几天草包，要赶出一批草包卖到收购站，凑点钱给我们家里过年用。家里一下子热闹起来，母亲的心情也渐渐好转，姊妹间说说谈谈，小屋里也温暖得多了。她们也会腾出身来陪我，在铜炉子里炸麻花、炸豌豆，教我数数、唱童谣。父亲默默地做事，带着伤下地干活，回来又里里外外的忙。四姨常常对母亲讲：大姐，你该知足了。姐夫多好的人，多好的脾气。

是的，父亲虽然也偶有急躁的时候，但平时很少说话，也很少发脾气。母亲的唠叨、埋怨，他一向总是忍让。在生产队里，父亲还算是个肚里有点墨水的文化人，却一直很是卑微，人前不多说话，别人的嘲弄他也习以为常。一米七几的身高，在庄上同龄人中应算得上大个儿了，身材匀称，五官整齐端正，相貌也并不差。只是眼睛自幼近视，眼神的确有些差，而且耳朵时常有炎症，听力也不大好。所以，母亲常见他明摆着的东西视而不见，说得清清楚楚的话也不一定听得明白，免不了着急上火。

父亲实在不易，在他13岁的年底就失去了父爱，从此离了学堂，下地耕犁劳作，成为一家子的主劳力。因为爷爷的特殊境况，父亲和二叔的成分都是富农，在庄上总是低人一等。迫于生计，奶奶与一杨姓人家组合家庭，这边弟兄三人，那边姐妹两个，后又生姐妹两个，九口之家的日子何其之难！父亲在众多弟兄姊妹中最年长，又身为男儿，小小少年就辅助继父挑起养家活口的重担。三年自然灾害，庄上十家有九家揭不开锅，一大家子相依为命，奶奶靠爷爷留下的细软、器物变卖换来粮食，勉力支撑家人半饥半饱度日，年幼的三叔终难免夭折厄运。父亲长大成人，奶奶千方百计托人保媒说亲，爷爷的故交亲友帮忙牵线，终于成就父亲和母亲的姻缘。结婚时不得不脱开大家庭，独立门户。老屋仅剩一间半可供居住，家中唯存几样古旧残破家具，手头连置办酒席的钱都凑不足。奶奶致信远在盐城步凤的妹妹、妹夫，他们夫妇撑一条小木船，带半笆斗大米，一麻袋黄豆，100多里昼赶夜行，大米饭和充足的豆腐、卜页救了急，为父亲的新婚圆了场。白手起家，从零开始，真是难为了我年轻的父母。

至于我的爷爷，我的确想象不出他的模样；他的去世，在我出生前的10年。父亲偶尔断断续续和我讲起过爷爷，讲起过爷爷在世时家里的一些情况。沉浸在往日家事的回忆之中的父亲，旁若无人、自言自语，讲着讲着便沉默下去。

爷爷在世时，家里颇有一些家产，买布做衣服有时是整匹成卷地扛回来，食用的油用缸装。父亲有一件列宁式大衣通庄没有第二件，蓝卡其面料，淡绿底色，小红花花哔叽里子，均匀地铺了不厚不薄的松软棉花，我少年时穿着也挺精神。每到春节，全庄大半人家请爷爷写对联，爷爷整个腊月就为各家义务帮忙。大年初一，父亲到人家拜年，许多人家都会给一份红包，他的几个小伙伴都抢着跟他一块儿拜年，父亲会将分得的红包与大家分享。父亲和二叔一到上学年龄都被送进了学堂，父亲的老师姓赵，很喜欢父亲，父亲的记性好，成绩也相当不错。可是父亲的幸福就定格在 13 岁，那是 1956 年腊月，也就是阳历 1957 年年初。腊月初七，漫天大雪，天寒地冻，爷爷将自己悬吊在了自家院里的古桐树上。毫无征兆，也没任何缘由，庄上人说不清，奶奶也说不明，让家人亲友悲恸哀伤，全庄人唏嘘慨叹。当年，爷爷刚刚年过半百，他的自尽，是我们家至今的未解之谜。

三

爷爷的身世和经历在我长大的过程中渐渐清晰，奶奶、父亲等家里长辈零零星星的讲述，庄上一些老人的言谈，给了我关于爷爷的一堆"碎片"，有些传奇色彩，甚至带点儿神秘。奶奶这样讲过：你爷爷小时候苦啊，8 岁就被送到太乙庙出家。小小年纪打扫庙堂、拎水洗抹、收拾柴草，不知受了多少苦累。13 岁那年他做了一个梦，梦见一尊又高又大的金身菩萨，满眼的金光闪亮。庙里人都说梦见过金菩萨的人都有道本，从此后，你爷爷忽然就开了窍，学经文大有长进，到 20 多岁果然就成为县城里观音阁的当家师傅。那时县城里场面上，没有几个不知道仁然师傅的——"你爷爷法号叫仁然，俗名叫大义"。夏天的晚上，人们聚在某家院子里或桥上、坝上乘凉，老人们有时会谈起爷爷，河南舍上的葛爹爹两口子摇着芭蕉扇子，突然就拍了下身子：唉——仁然师傅这个人呐！看通水浒、三国，上知五百年、下知五百年，他是看通了的。走了，没声没响。西隔壁的大妈与她婆婆也常常谈起：仁然师傅这人好啊！说话轻轻雅雅的，待人和气。个子高高的，白白胖胖，台容正着哩。哪家做佛事不请他呀，肚子里经文全，念经的声音洪亮中听，这一方是独一无二呀。我 18 岁那年的冬天的某个星期天，跟随生产队挂浆船到县城麦粉厂兑面粉、挂面。船快靠岸时，同行的连春大伯指着麦粉厂的大门对我说：这里就是解放前的观音阁，你爷爷就在这里做当家师。我顺着看过去，河岸是一片开阔的广场，再过去就是乌溜溜的一大片房子，大多统一的风格，青砖青瓦，翘角飞檐，依稀看得出当年的风貌。

我曾经有些羞于谈论爷爷，父母为琐事与队里社员发生争论，对方会抛出"和尚"之类的话语恶意攻讦。早年我在老家中学任教，管控学生贪玩，劝诫学生不要逃课去康乐球馆。那开康乐球馆的老者整出一段顺口溜张贴于学校路口，语句间就有"他的祖上是和尚，管压学生在学堂"等等。直到近而立之年，我意识到要寻求自己的根源，我要将有关爷爷的碎片小心捡起，要去继续发掘更多的信息，把它们拼凑起来，让爷爷在我的心中清晰而又基本完整。一间半的老屋是我人生的起点，而爷爷应该是我们这个家的开创者，而我们家族的追溯怎样也绕不过爷爷这一节。奶奶不止一次告诉我：爷爷的老家在县城东南十多里的一个村庄，爷爷的父亲名叫顾广德。她还说过，爷爷有两个徒弟，一个在沙沟叫法贯，一个就在邻庄。这邻庄的徒弟的法号我已经想不起来，但后来对号入座认识了，他已是邻近公社"革委会"的科长。虽然相邻相近，这位徒弟与我家从来没有过往来。想当初，人家必定不想与我们有任何牵连，也不能跟我们存在半点瓜葛。沙沟的法贯，倒是有过联系。在我十二三岁的辰光，有一天中午放学回家，家里坐了一位陌生的客人，那天的中饭破天荒煮了一锅糯米饭，还炖了满满一洋鳖儿鸡蛋。从客人与父母的对话中，我听出，他是法贯的儿子，在沙沟兽医站工作，这次公干经过我们庄上，临行前他父亲嘱他无论如何看一看师傅家里人。父亲很是感慨，与他交谈家中情况，奶奶也专程过来拉着他问这问那。家穷不留亲，下午客人便告辞离去。

　　20多年前，我开始搜寻有关爷爷的种种信息。其时，奶奶已经去世，脑溢血忽然晕倒就不省人事，当天去世，没有留下一句话。痛楚难受之余，我每每深感懊恼，我的这一心愿来得太迟了，错失了好多好多。每次回家，有机会就与父亲和二叔聊叙。二叔小父亲4岁，当年他才9岁，又只读了一年多书，说不出多少具体内容。父亲说上一阵，低头沉思，继续说上几句，又停住，不得不很遗憾地说："太久了，记不大清了。要是妈妈在就好了，葛大伯、洪爹爹、仙林舅舅他们也都走了，我们就只晓得这些了。"

　　2000年的夏天，我利用周末时间，按照父亲提供的信息，专程到沙沟去了一趟。去前，找沙沟熟悉的朋友打听到法贯仍健在，也弄清了具体的村庄。朋友万峰刚买了新车，兴致很高地陪我同去。到了镇上，方知距离那村庄还有10多里，我们只好弃车登船。正是汛期，放眼处水汪汪一片，一路西行，耳边突突的轰鸣声，船后身浪花翻滚。茫茫水天之间，我感到自己的渺小、虚无，心里莫名涌起一种无助的悲凉。

船在一处河坝边停下，举目旷野不见村庄。开船的师傅告诉我们，因为防汛坝口关闭，船只能停在外河，庄上已安排来船接，等会换船进庄。再次上船，在小河沟七拐八拐好一阵，总算看到了村庄。船拢上码头，上得岸来，路边迎上一位瘦小的老人，蓝布衫短装，白花胡子，面容慈祥。一旁的人介绍说，这就是法贯师傅，正是你要找的人。我立即上前拉住老人的手：爹爹好！我是仁然的孙子，专来看你的。法贯连连摆手：哎呀呀，不能不能啊，千万不要称爹爹，错了辈分了。

四

沙沟之行收获颇多，对于我将零散的信息串联起来有很大帮助。更为重要的是回答了两大疑点：爷爷为什么会还俗；什么原因选择了如今的村庄落脚定居。这些后来都得到了进一步的验证。

2001年的春节期间，在一位亲戚家的喜宴上，恰好与县城南东五里村的支部书记同桌。我说起祖上老家与东五里邻近，这位村支书十分热情地承应饭后立即带我前往走访。他专程叫了一辆车随行，车行至省道公路在一处路口停下，他告诉我顺小道步行进里就是我所说的村庄。我站定张望，小路北侧一条河从庄后身横穿而过，南侧参差散落的房屋越往东越密，远看村庄，顺河东西延展，向南连绵至天际。支书告诉我这是全镇较大的村庄之一，庄后这条河就是梓辛河。

在庄中心一家商店，我买了几包烟现场分发。支书作了番介绍，先后有人捧来家谱供我查阅。我重点翻看清末和民国初的广字辈分，连看三卷终无所获。刚巧有一人来商店购物,在一旁看出原委,极其友好地邀我到他家去看:我们西头也有一支,或许你们家在我们这里。我连声称谢,随同前往。在这一支的家谱中,终于查到了我要找的广字辈分,但没有看到曾祖顾广德的名号,也没有看到爷爷和他长兄的名字。按谱上看,我们几代的辈分当在"继""怀"之类。这倒并不奇怪,兴许爷爷弟兄两人没按字辈取名,我父亲和我们也就更不论字辈了。虽然没有查到对应的具体内容,但应当可以判断我们家极可能就是这一支。主人十分真诚:不管怎样,我们欢迎你们家人过来,清明时祭祖你们尽可以参加。

2012年秋天,我无意看到一篇关于县城观音阁的文史资料,作者为县城知名文史专家陈麟德。我想,年逾八十高龄的陈老研究县城文史时间最久,手头有丰富的资料,或许能从他那里获取一点关于爷爷的内容。于是,很快联系县文化局的副局长李劲松,请他约好陈老,我前往拜访。听了我的来意,陈老说:要说观音阁,我有许多关于它的资料。说到你爷爷,或者其他某个当家的,倒没有什么具体的东西。老人家见我沉默,兴致勃勃地讲道:我可以告诉你,如果你爷爷当过观音阁的当家师的话,那应当是很了不起的。我不清楚你爷爷的事,但我可以告诉你观音阁那可是相当的不一般。

陈老介绍说,观音阁渊源可以追溯到北宋建国伊始的建隆年间,最盛时是县城以北省内规制最高的寺庙。清朝时曾得到光绪皇帝的敕额,明朝宰相李春芳作为家乡人撰写过《观音阁碑记》。郑板桥与当时的观音阁僧人昷溶同年交好,昷溶酷爱板桥诗画,请其作一堂幅。板桥尚未得及作画,昷溶却已归寂。板桥悲痛作画践诺,并题诗一首:转眼人间变古今,同庚同志想知音。画成不负生前约,挂剑徐君墓上心。观音阁的丈八观音佛像更是一奇,佛像雕在一株名贵树身上,佛衣上又有上千的小佛像。在整个县城而言,观音阁庙产最大,许多乡镇有他们的田产;拥有藏经楼,观音阁也是唯一。抗日战争时期伪省政府迁来县城时,省佛教协会的牌子就挂在观音阁,省图书馆许多珍贵藏书也运来存放于这里。只可惜,1941年县城沦陷,日军一把火烧了观音阁。

至此，爷爷的生世在我心中有了一个相对完整的轮廓。曾祖顾广德的妻室为我所在老家庄上胡氏，生两子，老大顾介成，老二顾大义。曾祖一门因故被家族驱逐，离开县城东南老家漂泊流离，由于家境困顿，我爷爷顾大义8岁被送入庙中学徒。年少勤学经文，几经坐关、出关，通经博学脱颖而出，辗转入县城观音阁为僧，年近30接任当家师。日军火烧观音阁后，僧人四散，他万般无奈投奔到外婆庄上。自有多年积蓄，又有庙产分得的几处田产雇人耕种，买了庄上地主孙家几间老瓦房居住，生活无忧。独居两年多后，在娘舅、表叔等亲戚长辈劝告下娶亲成家。结婚时，爷爷37岁，奶奶19岁。当年底生下父亲，后又添二叔、三叔。12年后，对当时形势心存忧惧，内心几经思虑，痛下决心自绝而去。

爷爷为人处事有几件小事可见一斑。前面说到的，逢进腊月，整日为各家义务书写春联，有求必应，可见他乐善好施的品性。还在观音阁做当家师时，大爷女儿也就是他的侄女在县城一户人家为仆，冬天到河浜淘米，不小心将米漾入河中，害怕主人家责罚，到观音阁找他，央求庙里给点米补上。他没有同意，只是从身上掏钱叫她自己上街去买，导致我这位姑妈负气远走上海。这至少看得出，爷爷身处其位公私分明、循规守矩。离世之前，爷爷确曾与奶奶言讲：我比你年长太多，哪天先走的话，3个儿子你是领不过去的。亲家杨三是个实诚人，他家里的不在了，两个女儿，一个本是我家定好给老二的媳妇，你们两家并一家再好不过。其实，他赴死已定，后事安排亦早认真考虑，十分从容。只是奶奶当时未能听话听音，权当戏言。这杨三原先爷爷雇他帮助管理种田多年，对其为人知根知底，而且还结了儿女亲家。庄上流传有些话语，据说就是爷爷传下的。比如有一年发大水，爷爷到地里看棉花全淹在水里，就对着棉花说话：棉花，棉花，望你还债，你怎的往水里一K（音，意指仰坐态势），靠你发家，你怎的往水里一趴。尽显达观、诙谐，也充满情趣。

五

人道是：出家无家。一个出家人，走得那么远，以为会一直走下去，永远不回头，却阴差阳错地走回头，经营了一个家。想想真的好悬！万幸有此一劫，不然哪里来我们这个家，哪有我们？说一千，道一万，只能归结为一个字，那就是"缘"，偶然之中的必然，必然之中的偶然。再说奶奶，本来生长于湖西的一个大村庄，与爷爷同姓。因为她父亲过世，家无男丁，姐妹两个随母改嫁我们庄西的方家。偏偏这方家又与爷爷外婆胡家沾亲带故，所以当胡家人动员爷爷成家，已预先物色了奶奶作为对象。走访陈麟德老先生时，对佛教比较有研究的李劲松局长跟我谈到：出家人还俗是不能回到原籍的，如果结婚成家，必须娶同姓女子为妻。爷爷这段跨时空、无厘头的姻缘，居然全部巧合，就在彼时，正在彼地，恰是彼人，而且18岁的年龄之差也完全忽略。

家实在平常，家千差万别，无论大小、贫富、贵贱等等，家家又何其相似。有多少缘分才能聚合成家？血脉交融，亲情绵延，滤过艰辛、痛苦、贫穷、困难，凝结的终究是幸福。漂泊人生，浪迹天涯，居无定所，流离游荡，谁不想停住，渴望一处避风挡雨的地方。爷爷在世时，成排的瓦房是家。到我出生时，这一间半的破屋也是家。虽然就在我出生后的第一个冬天，庄上几个激进的年轻人到我家里搜走了部分物件，甚至敲碎了床栏上的雕花板，扒走了站柜门上刻有花纹的两个半圆的铜片，摘掉了我刚戴上不久的金耳环。更加凋敝的小屋，依然一样的亲情，同样的温馨，日子也是一天天的过，年岁也是一年年的长。闻风听雨，身居陋室感受时节交替，淡然而又闲适。躺在床上透过天窗看星星，沉静而又安定。

妹妹和弟弟相继出生，家里越发见得人丁兴旺，小屋充满着三个孩子咿咿呀呀的稚语童声。一日三餐，一家人挤满一桌，兄弟妹三个争饭抢菜，竹筷碰得七零八落。夜间发生尿床，一个个全被拎出被窝，三人相互抵赖，最后母亲只好认作屋漏下雨。父亲却认真起来：是的，得想想法子建一个大一些的新房子了。

  院里的古桐树被锯了下来，搁在一边风干。父母亲每天起早带晚到南舍的一个小垛子上脱土墼，晒干一批堆码好，再脱一批。有时，刚脱出来铺晒，突然遭来一场雨。在地里干活的父母亲赶紧没命地奔跑，风一样赶回抢着用苫草遮盖。雨太急太大，等不及赶来，脱好的土墼已大半稀烂。情急之下，父母亲又难免斗气，淋着雨，流着泪，把稀烂的土重新聚拢遮挡好，备着雨后返工重新掺和脱制。

  在筹备建新屋的过程中，家里又起了一场风波。二十好几的二叔正是男大当婚关头，也急需建房独立。方姓舅爹爹认为首当其冲的是帮二叔建房，动员父亲将那棵桐树让给二叔，父亲未置可否，又不敢向母亲提出。趁母亲不在家时，舅爹爹做主安排人直接抬走。母亲发觉古桐树不见踪影，问父亲又支支吾吾，当场瘫于地上又哭又滚。父亲委婉说明情况，母亲坚决不肯答应，欲冲到二叔那里扛回桐树。门口邻居拉住劝解，奶奶也火急喊来舅爹爹调停。舅爹爹说话很是直当：老大家的，你闹什么闹？就只弟兄两个，你要过日子，老二还得找婆娘。你们家就只有这一间半房，照理也有老二的份，他就用了院子里一棵树怎的了？母亲回说：我砌不了房子，这一家大的小的怎法子弄？晚上到房里，屁股大的地方站都站不下，三个萝卜头，一家5口挤一张床，睡觉时连翻身都不敢。舅爹爹稍缓了片刻：这棵树给老二用刚好就料，他只砌两间房，做中脊需要。你得建3间，反正是要接料的。这样吧，我院子里还有几根短料，你去挑两根。

  就这样，建房事宜并未耽搁。西边邻家又主动过来商量：你家拆旧房建新房，这屋基也不成用，干脆让给我们吧。再说你们家建房也并不就手，我们贴些儿粮啊草的，也算互相帮衬。父母亲与奶奶合计，同意让出地基。邻家又提出你们拆房时房根基，最好不要动了，省得我们家到时加盖辅房再费事，我们再贴上十来块钱。我们家正愁着钱紧巴巴的一旦开建如何是好，一口就应承下来。这邻家家主本在公社当科长，又帮我们家批条子买了毛头、架竹等等，建房物料总算备齐。

饭桌上，父母亲一同计议，秋天收稻吃新米开工建房。我习惯了老屋里的日子，从没有觉得老屋有何不妥，同时内心也对新房充满期待。盛夏的一天，我跟着小姑姑到南舍上。在一方池塘前面，有一块新土堆垒的屋地身，即将为邻的大人告诉我：这就是你家的。举目四顾，青草、绿树、碧绿的庄稼，蜿蜒的大圩，清清的小河，虫鸣蛙鼓。庄中心老屋那边，绝对没有如此丰富的色彩，也没有这般生动的氛围。屋身后的池塘长了一圈柳条，可以割来编篮和筐的那种。塘里有蝌蚪游来游去，柳枝间蝴蝶上下飞旋，一只金黄的蜜蜂停在了低处柳叶上，我抓过身边一个小女孩的蒲扇，猛地扑将过去。蜜蜂掉进了池塘水面，我拽住一把柳条，探身捉它在手里，忽然间掌心一阵剧痛传透全身。已经7岁的我，应该过了咧嘴就哭的年龄，瞬间泪水哗哗，呼天哭地。留恋着老屋，盼望着新屋，那一刻，这钻心的疼痛永远留在了我的生命里。

阿　黄

在村庄南头那一片，我们家是单姓，而我又是家里的老大，打小没有哥哥或是姐姐的陪伴和呵护。

妹妹和弟弟才咿呀学语、蹒跚学步，我每每牵着他俩跌跌撞撞地走在舍上往庄上的圩堤、街巷，从自己家到奶奶家。弟弟摔倒了，我要扶他起来；妹妹不肯向前，我得想法子威逼、哄劝。遇上调皮的小朋友欺负，总是隐忍和躲避。

时常想要去邻庄的外婆家里，须得壮了胆子，硬着头皮，决然而行。过了庄西南的小木桥就算出了本庄，走在一样的田埂上，心里却难免有点怯怯的。突然间会有三五小孩出现，手里抓着树枝、竹竿，挺胸叉腰拦在路中间。"哪来的？到哪一家？"心口扑扑地跳，腿也有点儿软，小心答话，生怕稍有得罪招来祸殃。

最骇人的是当你走到一户人家门口，猛地窜出一只狗，"汪汪"地叫唤着，吓得人连连后退。有大人在家算你幸运，连声喝斥："瘟狗！噪什么噪？死家来！"倘使刚好碰上年龄相仿又喜欢恶作剧的小男孩，那算你倒霉。他不但不喝止，还会唤狗继续追逐："华喜，嗾，嗾。"直叫你屁滚尿流，仓皇奔逃。

于是，我常常心生孤独无助之感。好想自己有哥哥和姐姐，生活中有他们护着该是多么幸福呀！这又怎么可能呢？但假使能有一条高大的狗陪伴，那也许会好得多。让它听我的使唤，可以经常陪伴我，必要时当我的卫兵。

我的二姨家就养有一只老母狗，当这老母狗新生一窝小狗时，二姨从三五里外的陆虾舍带信过来，让我到她家去挑一条小狗。我从四五条小狗中，选了一只个头最大、一身褐黄毛的带回家中。母亲找来芦柴编的箩子，围成圆筒状，里面铺了熟穰草，看起来松软、暖和，小狗便有了一个舒服的窝。

起先，它似乎感觉到生疏，趴在窝里，缩着身子懒得动弹，显得闷闷不乐。嘴里"呜噜呜噜"地叫唤，张大着一双眼睛，眼里潮乎乎的，一副楚楚可怜的样子。那段日子，我天天守在狗窝旁，抚摸它柔软、细密的黄毛，引逗它摇摇晃晃地挪步，喂它吃剩饭残粥。我给小狗取名叫阿黄，盼望它长大，长成高大威猛的样子。

不知不觉间，阿黄开始出窝走动了。绕着我前脚后脚转，跟着我在堂屋和院子里来来回回跑，笨拙地翻爬门槛，顺着我的手势仰头并尽量地立起身子。稍不注意，还会跑出大门外溜一刻儿，听到我紧张地唤它：喷、喷，阿黄，阿黄！这才摇头摆尾，一颠一颠地跑到我面前。虽然我看不出阿黄一天天的变化，可它活动的范围越来越大，我的生活里添了许多快乐。

有一天，我放学回家忽然不见了阿黄，甩下书包满屋子找，又到院里各处旮旯寻，出大门四下里喊。终是看不到阿黄的影儿，急得哇哇大哭。晚上妈妈从地里干活回来，我立即缠着要找阿黄。她慌急急地在整个舍上兜了一大圈，空手而归。我不肯吃晚饭，哭闹着一定要找回阿黄。妈妈无计可施，把我拖到跟前，"啪啪"几下打得我屁股生疼。我抽泣着仍无休止，妈妈喝了半碗粥也丢了碗，一脸的泪水。

天黑了，妈妈到二叔家借了手电筒，拉着我到小河边和附近几座茅坑搜索了一遍，又到屋前后几家邻居门口叫唤着侧耳听了一阵，哄我先回家睡觉，说是明天早上阿黄就会回来。这一夜，我坐在床头，全神贯注听着屋外的动静，渴望着听见阿黄回来的声音，几番迷糊，又几番突然醒来，还三四次起身，端上油灯到外间的狗窝里看看，幻想着阿黄已经悄悄地睡在了里面。

早上醒来，天已大亮。我狠狠地拍了两下脑门，责备自己不争气，竟然睡着了。正想着看看阿黄有没有回来，窗外远远传来了妈妈与人争执的声音：你们邻居都来看看，他说他家才逮回一只小狗，不管怎样，你放出来看看。就看一眼，不是我家的我不跟你要。我立马下床，光着脚丫就巡声奔了出去。

就在屋后隔两户人家的三岔路拐角口，妈妈正和"三麻子"家老婆论理。"三麻子"老婆朝着几位过路的行人说：好玩哩，她家小狗没了，倒找上我家门上来了。我们家就不兴有狗呀，我们家狗就成你家的啦？妈妈回道：我也没说你家的狗是我家的，我是找狗唤狗听到你家有狗叫，就想看一看的。争了好一阵子，互不相让。东河浜的春叔站出来讲话：都是家边邻居，就一只小狗，看一看就看一看嘛，弄清楚就行了。省得你疑他猜的，弄得大家都不高兴。一旁的人们附和着：对的，是就是，不是就不是，看一看就不用再说多少了。

拗不过众人，"三麻子"老婆悻悻地说：天下的小狗就几种毛，同样的颜色也不代表就是你家的。我们小狗才逮家来几天，怕生人。我们就让它出来，给大家看一眼。转身朝屋里喊：乖乖儿，你就把狗抱出来把人家看下子。她家的小儿子金宝应声抱着狗站到了门口，我一见立即冲了过去：这就是我的阿黄，快还我。小黄狗一见我就"哇哇"地叫，不停地扭动身子。"三麻子"老婆立即护上前：这细伢子真好笑，想狗想疯了，这黄狗就你家一条啊？我们家也是黄狗，你就说是你家的呀？

妈妈回道：是不是我们先不说，我们家养的那只黄狗也个把月了，我儿子把它当事着哩。该说狗也认主吧，你把它放下来，看跟不跟我儿子走。

"三麻子"老婆不吭声，继而转身怒斥金宝：叫你不要你偏要，这草狗有什么好的？送给我我还不要哩，哪个要哪个逮走。隔两天我们抓只纯种的，比他家狗好。金宝极不情愿地慢慢松手，阿黄乘势挣脱落地，翻过身来"哧溜溜"地奔到我面前。

失而复得，我倍感欣喜，眼里的阿黄越发玲珑可爱。在家时，我和它相陪相伴，不离左右。但凡外出，我总用布条系在它脖子上，再接上绳子扣到桌腿上。起初，阿黄颇不习惯，忽左忽右奔突，围着桌腿兜圈儿，嘴里"呜呜"地抗议。每临出门，我总要先逗它玩一阵子，等它稍稍安静下来才离去。一旦我回到家中，它又表现出极其的兴奋，一下蹿起来，绳子绷得紧紧的，立起身子张开前爪，就像小孩见到妈妈要抱一抱、亲一亲的样子。

转眼到了冬天，我和阿黄过了大半年的幸福时光，它整个身子骨架已经拉开。长长的脊背，瘦高的腿，半个巴掌大的耳朵贴在脑后，行动敏捷，奔跑起来像匹小马似的。阿黄已经像个半大的孩子了，再也不用成天拴在家里。

我在家的时候,它不离我左右,在我面前秀可爱、献殷勤。一会儿乖巧地趴在我脚前,一会儿又站立着举着前爪拂弄我的衣襟。外面有生人路过,它就奔出门吠叫一阵,等人走远了,便耸动肩背奔回我身边,邀功似地仰头看着我。我不在家期间,它也常常快活而又轻松地进进出出于院内院外,活动范围甚至扩大到了整个小舍上。

过于顺当的日子总会遇上一点波折,在我和阿黄幸福得忘乎所以的时候,一场劫难不期而至。那一天,阴沉沉的,冷得出奇,风像锥子一样往人骨子里钻。我从外面回来没看到阿黄在,以为它在附近玩,等了好一阵子却不见影儿。我怒气冲冲地顶着寒风出门找它,冻得鼻涕啦呼的,不由咬牙发狠:该死的阿黄,这下找回来一定狠狠地教训它一顿。终于循风听到叫唤,声音不太对头,找到近处也看不到它。转了几圈,锁定了轮船码头的厕所。进去查看,心立马沉了下来,我的阿黄在茅坑里凄惨而有气无力地呻吟。妈妈拿来长柄的水瓢,伸进坑里,小心地将它捞了上来。

可怜的阿黄蜷缩着身子,瑟瑟地颤抖,黄毛淋成一绺绺的东倒西歪,露出一处处冻得通红的皮,眼神恍恍惚惚的,身子抖索着,胸脯随着气息起伏,呼吸比较费力。眼泪很快模糊了我的目光,伸出手要去抚摸它。母亲急忙把它移挪开来:莫着慌,待我先把它身上洗干净。随即几步跨到河边,将水瓢连同阿黄一起按进水里,快速荡了几下。又赶紧带它回家,丢进脚桶,拿开水与冷水兑成温水给它洗澡。我的阿黄,这样的大冷天如此遭罪,实在叫人心疼不已。我的心一直悬着,不知它能不能挺过来。注意到金宝一直在跟着瞧热闹,看得出幸灾乐祸的样儿,我恨不得上去揍这小子两下。

母亲给阿黄洗完澡,又用破布条为它抹干身子。几经折腾,阿黄似乎已奄奄一息,耷拉着脑袋,拖着尾巴,一动不动。母亲又去灶房锅膛里扒来草木灰,衬在阿黄身下,再取旧棉花胎,把它围裹起来。到第二天,阿黄总算挺了过来。毕竟历经一难,元气大伤的阿黄不如从前活泼,一副懒懒散散的样子。一家人对它格外照顾,我每次放学都到供销社杀猪点,试着找残留的碎肉、骨头,带回去给它补充营养。庄上有人家办酒席,我也拉着妈妈去讨要肉汤，为它调理胃口。

春节过后，阿黄很快恢复如前。春天里，它居然越发健壮起来。我出门它便紧跟身后，我跑它也跑，我停住它就站定仰头看我，我慢走，它就边走边打转儿等着我。偶尔它也开小差，一头钻进旁边的小巷里。我发出口令：阿黄，过来。它马上就会回来。有时，它可能专心找寻食物，不太理会我的指令，我就气愤地跑去揪它的耳朵，用小树枝抽打它，它"呜呜呜"地叫唤，像哭一样。

有了阿黄在身边，我觉得威风凛凛有点像大将军了。过去，庄前的"黑皮""冬瓜"碰见我常常挑逗着侵犯。现在阿黄跟着当"保镖"，这两个家伙小试了一回，阿黄"汪"地跃起扑上前，吓得他们一溜烟就跑了。去外婆的庄上，一路有阿黄相伴，心里十分坦然。出庄南是大片农田，满眼碧绿，空旷无人。往常走在田间，总盼着附近有大人，过野河沟的小木桥，老担心河里有鬼怪出现。和阿黄一起，我的胆子壮多了。难得到野外，它似乎很开心，撒开腿顺田埂跑得老远，仿佛淹没在了碧浪绿涛中。忽而又跑回来在我面前卖乖，晃着脑袋看我，靠近拿身子蹭我。我和它赛跑，它"嗖"地就窜出几十米开外，见我跑得喘喘的，又在远处蹲下身子，坐立着默默地看着我走近。进了庄，路边的小孩看看我又望望阿黄，打量片刻，在阿黄的"汪汪"叫声中散到一旁。

农忙时，爸爸、妈妈要打夜工，我再也不像从前那样死活要跟着他们一起。带着妹妹和弟弟待在家里，关了门熄灯上床，因为阿黄守在大门口，我们不怕天黑，安心地甜甜地入睡。我不在家的时候，它也会也到外面转悠，路上遇到即刻跟我回家。有几次它居然跑到学校门口等我下课，我刚跨出学校大门，它就迎了上来。不声不响倚着我的腿，我仔细看它，身上带有伤痕，联想到它一路很可能被野孩子追打，或是遭遇恶狗相互撕咬，心疼得掉泪。

那一年暑假里，因为奶奶走亲戚，弟弟没人带，妈妈把这个任务交给了我。小伙伴们喊我下河洗澡，可弟弟刚刚睡着，家里没人，我放心不下弟弟。正急得抓耳挠腮，刚好与蜷坐门口的阿黄目光相对。灵机一动，唤来阿黄，拿来绳子把它扣到床边。我和小伙伴们在河里痛快地耍了半个多时辰，疯够了上岸，想起弟弟一个人在家，突然有点后怕。急急地溜回家，还在院子里就听到弟弟"咯咯咯"地笑。心想：这下糟了，肯定妈妈回来了，是她正和弟弟玩哩。一定会追究我把弟弟一人撂家里出去玩，少不了要挨打屁股。踌躇着不敢进门，听了半天却听不见妈妈说话。伸头一看，阿黄居然趴在床边，两个耳朵被弟弟小手抓着晃悠。妈妈回来还是知道了情况，责骂我：畜生哥哥，连狗都不如。要不是阿黄在家陪宝宝，他睡醒了出门瞎跑，保不定就出岔儿了。

我的阿黄，它真的太棒了。我的伙伴，我的卫士，我的亲亲可爱，我的快乐宝贝。它已然融入我的生命里，丰富和充实我的生活，成为我童年时代的精神支撑。

又一个冬天来临，村庄里外的树叶全部脱光，云层灰里发白，白中透黄，四下里充斥着阴冷的寒气，路上行人一个个缩手缩脚。这天难得一次学校提前放学，我们像鸟儿出笼般飞出校门，一路打闹，开心地回家。过了庄南大桥，看到金宝站在路口，他朝着我笑了笑，还晃了两下头，样子有些诡秘。我鼻里"哼"了一声，心里却打起了鼓：会不会阿黄又有什么事？不由加快脚步，在快到家的拐弯口，听到田二婶子正与人说话，粗略的意思是哪家的狗咬了她家的兔子。我的心口噗噗地跳：该不是我的阿黄吧？朝我家门口看去，好像围了好些人。

我拔腿跑了回家，果见院子里有六七个本生产队的年轻劳力，并闻到了血腥味儿。稍定了神，这才看到门前的榆树上倒挂着我的阿黄，血淋淋的。"矮脚虎"机工正握着一把小刀剥皮，"瘦猴儿"龙大拽着阿黄的腿打下手。我冲上前去抓住"矮脚虎"的衣角，疯狂地撕扯。旁边两人赶忙拉着我：哎，哎，你这小伙，怎么这样子？

"矮脚虎"停下来回头看我：咦？这小伙，这是做啥呢？我早已泪水满腮，愤愤地高喊：还我阿黄！"矮脚虎"一下回过神来：噢——，你家的阿黄啊。我告诉你吧，它犯法了，我们是你家请来法办它的。我拼命往前挣脱，拿脚踢向"矮脚虎"：矮老僵，你才犯法，你是个杀人犯！

妈妈不知什么时候已站到我身后，她拉过我，帮我擦着泪说：乖，不要怪人家。这畜生咬死人家两只兔子，人家找上门来，我也是实在没有办法。不这样子，人家平不了气啊。我哭着说：我不，谁说它咬死了兔子？我要他们赔我阿黄。旁边又有人说话：难道人家冤枉你家狗？人家两只兔子死了是真的。这狗杀了，让你妈妈再给你到哪家抱一只不就行了嘛。我大声抗议：不行，我就要我的阿黄。

奶奶也闻讯赶了过来，把我拉到一旁：乖伢子，你也上学识字了，做人要讲道理，你把狗当宝贝，可人家兔子也金贵。咬死人家兔子，要赔，也要给人家有说法。我只是"呜呜"地哭：我的阿黄是冤枉的，它不该死。我还要我的阿黄！

晚上，我在昏昏沉沉中睡去。阿黄、金宝、"矮脚虎"等轮番在我梦里晃来晃去，一会儿，好像听到阿黄痛苦的哀叫；一会儿，又仿佛阿黄和平常一样安闲地蹲在堂屋门口；突然间，又似乎看见阿黄向前疾跑，我跟在后面追着、叫着，它并不理我，越跑越远，消失在我的眼前。

第二天早上起来，我再也见不到我的阿黄。我知道，我的阿黄已经被"矮脚虎"们炖了下酒。一只后腿吊在我家屋檐，说是特为我留着的。榆树上挂着阿黄的皮，用篾枝撑开着，也是留给我的，说晾干了可以拿去收购站卖钱。"矮脚虎"下地经过时，还特意停了一刻，对我说：这狗膀子好得很啊，待风干了到过年，弄点水大椒红烧，那可香得不得了！我怒目相向，"哇"地一口，腹中残食吐了一地。

我拿叉子取了阿黄的皮和腿，卸了篾枝架，小心地用皮裹紧腿，包扎起来。提了锹出门向南，在圩堤朝阳的东坡上挖了一处深塘，将阿黄的皮和腿埋了进去。堆垒起一块土包，插了两根枯柳枝，洒泪而别。回望那抔新土，在稀稀落落的枯草间，沐着酱色的晨照，觉着高大而又醒目。

这座狗冢一直埋在了我的心底。从此，我再也没有养过狗。

积肥纪事

庄稼人靠庄稼活,庄稼收成好,庄稼人的日子才宽裕。要想庄稼收成好,既不能受旱涝天灾和虫害,又得土地肥力足。旱涝在天,虫儿难以捉摸,"肥田"事在人为。所谓"田养人,人养田","庄稼一枝花,全靠肥当家",庄稼人千百年来十分珍爱土地,有多种方式积肥、造肥,细心养护自己的"活命田"。

拾粪记

人和家禽、家畜的粪便是最常见的肥料,统称粪肥。乡村里几乎家家都有,屋里有马桶、粪桶,屋外有茅缸、茅坑。马桶、粪桶通常置于室内,主要是夜晚或是起居不便情况下备用,白天则将桶里粪便倒入茅缸或茅坑,把桶清洗干净存放到不起眼的角落。茅缸或茅坑则是供人们日常使用,兼作蓄积平时收集的各类粪便。

有一种行当就叫作拾粪,通常为男性,毛头小伙儿或是腰身佝偻的老头,背一只筐或者篓,左手提带把手的畚箕,右手一竿竹耙或者铁耙,成天在本庄和周边邻庄街头巷尾转悠,目光巡视地面、墙角、杂草窝,凡见鸡鸭鹅、猫狗猪等排泄物,一律用耙耙入畚箕,再倒进筐、篓。一天下来,凭拾得粪的斤两记工。

为了多拾粪,难免发生争抢打斗。不同庄上的人、本庄不是同一支队伍的人、同一支队伍里的人,相互之间常常会有冲突。在本庄,几支拾粪的队伍会划定各自的"势力范围",对于外来的拾粪人大多是排斥的。到外庄去拾粪,那得斗智斗勇。须要弄清敌情,掐好时间点,找妥地段,掌握出击时机。还要计划好一旦遭遇"地头蛇",怎样撤退、躲避。实在没法子"两军对垒",

更要有胆量、有勇气，敢于决战决胜。如果一战成名，可暂绝后患。否则，只能夹着尾巴窝在本庄巴掌大的地方倒腾。

西庄的还宝子上有四个姐姐，生来就被父母娇宠，送学校上了几天学，却又不肯"吃字"。浪荡到十四五岁，同龄人大多下地干活了，他仅是跟着一帮小些的半大孩子拾粪。那天，还宝子与几个伙伴在庄上兜了几圈，篓子里仍然空空的。看看时间尚早，他提议说：我们到东庄去转一转怎样？

有人附议：去东庄当然好咯，公社在那里，庄子大，名堂肯定会有点。

又有人担心：大庄上人很凶的，万一撞上了，我们可惹不起。

还宝子接上来：我们可以直接到供销社杀猪点那一块，才杀过猪就会有几摊猪屎，我们拾完就走。

在还宝子的怂恿下，几个人乘兴直奔东庄供销社而去。果不其然，一进东庄就小有收获。经过庄南头卫生院门前，就有人拾得两堆狗屎。医院后身的池塘边停了一趟白鹅，又拾得不少鹅粪。可刚到供销社东河边，就看到也有三四个小伙头提着耙儿聚在那里。还宝子几人小声商议咋办，正进退两难，就有个癞头小伙儿冲上前来：哪来的？

还宝子一时语塞，哽着不吱声。那癞头更来劲了：外庄的？是不是想跟老子抢地盘？

癞头的同伴也很快凑上来：敢侵犯到我们庄上来啦？这样吧，把篓子里的先倒下来。

还宝子连连退步：我们走，就走。

几个人已冲过来争夺篓子，于是两下就动了手。结果还宝子额头挨了一记重重的狗屎耙，留下了永远的伤疤。

有一阵子，学校也发动小学生拾粪。拾粪似乎是不用交待的课外作业，每天早晨到校，先得交粪，称重记数后方进教室。老师讲，要当新中国合格的接班人，必须德、智、体全面发展，这拾粪就是德的表现。又说，祖国建设需要又红又专的人才，拾粪正是为了锻炼思想红。

三四年级，都还是半大的孩子，一律参加拾粪。无论寒暑，不管风霜雨雪，每天大早起床，背着书包，左手夹一只畚箕，右手拿一把小铲锹，四下里搜索，鸡屎、狗便、猪粪一律铲起收集。上学途中左弯右拐，大街、小巷、墙角、河边，仔细搜寻，不放过任何空隙。

如果能碰上一堆牛粪那最幸运了，两三个人扒拉分一下，再拾一点猪、狗、鸡粪，顺顺当当就能交了差。其实，在大人眼里，牛粪算不得上好的肥料，更多地把它当作燃料。将牛粪贴到墙上，风透晒干，下灶膛添着草烧，挺熬火。有人戏言：牛屎饼烧粥吃不吃？小孩说：我不吃牛屎。又讲：牛屎饼烧的粥香得很。小孩哪里肯信？回去问家里大人，也说：人家说的不错，牛屎当柴火烧出的粥真的稠和舒胃。小孩这才恍然大悟。不过，燃料也好，肥料也罢，牛屎分量足，装在畚箕里有堆头，功效高，老师验货也不好说有啥不妥。

一个班三十多名学生参加拾粪，每天早上孩子们转来转去就碰了头，并不是每个人都有理想的收获。要强的孩子坚持起大早，抢在头里在庄子上搜罗一趟，早早地满载成果提前到校。大多孩子起得迟些，庄前庄后转悠，所获无几。偶遇一头猪跑出圈散到街上晃悠，几个人就跟在后面，等着它能屙点出来。也有学生家长舍不得自家孩子吃苦，早早从自家猪圈里弄点猪粪，直接交孩子带到学校。还有的孩子实在捡拾无果，就到人家猪圈里偷着取猪粪，主人家里发现必定喝止乃至斥骂，还会扬言到学校告发。虽然缴了任务坐进教室，心里却还是惴惴不安。所幸的是，老师从来没有因为偷人家猪粪批评过任何一位学生。

大半学期下来，学校操场一角的粪肥堆成了一座小山丘。忽一天，班主任老师所在的生产队来了一群青壮劳力，仅半天工夫便将粪堆清得干干净净。

挑粪

挑粪，是最为常见的农活儿。曾经的农民，每个人都干过挑粪的活儿，没有挑过粪的，就不能算地地道道的农民。

家家户户有旱厕，有的是粪缸，有的是粪坑。买一口大瓦缸，量了尺寸，找队里安排一块灰堆、茅缸场地，挖开大小相称的塘，埋好大瓦缸，就成了厕所。不用买缸，挖一处四方或圆形土坑，周边用砖块砌好，再粉一层砂石水泥，这样的厕所，要比粪缸先进一些。有的盖了棚子，有的就是露天的。除了日常大小便直接下厕，家中的马桶、粪桶也每天清理倒进厕所。

麦子下种、水稻秧池落谷、棉花育苗、移栽等时节，生产队便安排劳力挑粪。撑几条水泥船到庄上，分几组划片，全队挨家挨户把粪缸、粪坑里的粪集中到船舱，运送到田里。每家每户以担计量，一一登记在册，待年终结算一并纳入账目。当然，粪桶大小，粪的质量也是有考量的。露天粪坑常有雨水掺和，粪水浓度要稀得多。农活脏、苦、累，挑粪算是一件脏活。粪舀子伸进去一搂，臭气熏天。舀上粪来，倒进粪桶，气味溢散格外冲鼻。乡间小道上，总是远远飘来的气味提醒行人，掩鼻侧身让过颤颤悠悠的挑粪农夫。

当农民干农活，非得过挑粪这一关。毛头小伙出了学堂初涉农活，晃荡着空担子满不在乎，临到茅坑前舀粪便有些迟疑。在大人的督促下，硬着头皮将两只桶装了粪，留意盛浅一点。蹲下身子，扁担搁肩，一手捂鼻，一手屈在肩部托住扁担，试图减轻肩膀受压的力度。挺了挺身腰，陡然站立，前后却不平衡，见势不妙，赶紧卸下肩，粪桶猛地坠落地面，粪水晃荡溢出，稍不留神就会溅到脚面和裤腿。小伙子垂头丧气跺脚发怨，笑歪了旁边一群叔伯婶娘。

老伯上前指导示范，重新理好粪担，蹲步肩担，左右手一前一后握住担系，缓缓起身，平稳移步，粪桶随脚步小幅度摆动，十分轻快自如。大婶耐心传授解说：莫要怕粪脏，会挑粪的挑一天身上也不会脏。你看人家那什么什么谁，挑起粪担是汉子，放下粪担像个先生，衣服干干净净，浑身清清爽爽。挑担时尽管放开步子，身子跟着担子晃，卸担子不着慌，先站稳，再轻轻下蹲，慢慢放下。实在粪桶装得满，抓两把草覆在桶面上，走稳了粪也不会溅出来。照样儿依言试了几试，小伙儿果然也能挑着粪担从从容容来来回回。

大田施肥通常靠船运,从庄上各家粪坑一担担挑上船,装满船舱后用竹篙撑送到田头。两人搭帮,竹篙起落,迤逦而行。出河口、转垛湾,两岸绿草碧树渐次退去,天空倒映在平展如镜的水面,船在河面漂移,恰如在云间穿游。在"野旷天低树"的情境中,行船人不觉气味难耐,眼里仿佛看到满载的金黄稻谷,一路朗声欢语,怡然自乐。

自留地、小菜地施肥只是顺捎夹带,起早或是趁晚,挑上一担,大步流星,扁担"吱吱"作响。田埂两侧豆秆、瓜藤簇拥,粪桶过处"唰唰"有声,挑粪人侧身跨步,稳稳当当,粪桶不泼不洒。举目四顾,长堤碧树绵延,碧野绿涛起伏,近前溪流浮现天光云影,迎面风吹发际衣袂飘飘,悠悠然好不自在。

每到农闲,生产队安排进城挑粪,人人踊跃前往,抓阄或者轮转,去者欣然,留者期盼。入城上街,满目新鲜,店铺林立,市声嘈杂,人流如涌。一碗馄饨,热乎乎满口喷香;几只肉包,油嘟嘟味美无穷。捆上柴草,带两筐蔬菜粗粮,送上熟人家门。热情接待,手指桌上几根油条、一小锅稀饭、半碟酱菜,连声招呼:来来,一起吃,当饱了吃。乡下人自然晓得这是城里人的客套,笑着婉谢:吃过了,才吃了。您就带我们去干活儿吧,我们得赶着回去,田里庄稼可等不得。

于是,熟人领着到几处厕所,帮着招呼,安排一行人分工干活。附近邻居赶紧闭门关窗,行人远远见到纷纷绕道。汉子见城里人嫌脏怕臭,挑起担子更是旁若无人。路边有人指指点点满脸厌恶,这挑粪人还故意向他接近,到面前特地慢下脚步。几个粪担子聚在一起,相互快活地高声说笑,看到路人唯恐避之不及,犹觉过瘾。心想:城里人大多瞧不起乡下人,更嫌弃挑粪的,我偏要挺直腰杆儿,逮着个耀武扬威的机会。

猪脚灰

俗语说:养猪不赚钱,回头看看田。农户家庭养猪,不只是搞副业赚点钱补贴日用，还指望着蓄一些肥养田。猪圈里的猪脚灰，是不错的有机肥，可以搭配或补充作庄稼的基肥。因此，农村里几乎家家户户都养猪。走在大街小巷，随处可见猪圈，大猪、小猪，肥猪、瘦猪，黑猪、白猪、花猪，埋头拱地的、转悠溜达的、呼呼大睡的，一条条憨态可掬。呼哧呼哧的喘息，此起彼伏的哼哼，间杂着鸡鸣狗叫、鸟语人声，汇成乡村温馨和谐的气韵。

猪圈和灰堆通常是合二为一的。生产队安排宅基地时都会考虑配套的灰堆、粪坑场地，队里管事的带根竹竿现场勘察，就着家主正屋旁侧或者就近的空地，用竹竿量好，画线做了记号，就算敲定了一块合法的灰堆场地。主家弄些残砖、土坯砌成围墙，或者仅是用树桩插进土里围成栅栏，就可以作为猪圈。里侧供猪儿歇息居住，外围便是灰堆兼作猪的活动空间。有人家盖一小间棚舍给猪安身，也有人家就直接露天，抱两把穰草垫一垫就算是猪窝儿了。猪呆在圈里，颈脖上系了旧皮革带或是废弃的机械胶带，再扣上麻绳、塑料绳之类，牢牢拴在一根木桩上。绳子的长度限定猪的活动范围，一般情况下，仅能在猪圈里吃食、睡觉、走动。

柴草烧土灶，家家户户如此。柴草燃烧生成的草木灰，每天大早被从灶膛里掏出来，装进畚箕，再倒入猪圈。家里日常打扫的垃圾，除去锐物，也统统下猪圈。猪食主要为稻糠、草糠，辅以田间野外铲来的新鲜青草。于是，猪圈里混杂着草木灰、青草、生活垃圾和猪粪便，猪儿来来回回踩踏，时常伸出长嘴拱翻，自然搅拌、揉熟了各样杂物，猪脚灰就这么炮制而成。这猪脚灰看似肮脏不堪，裹着特有的臊臭味儿，却是上好的农家肥。在农人的眼里，这污浊的、黑乎乎的灰，就是庄稼那乌嘟嘟、亮油油的绿。人常道猪生性就是懒，可它日复一日，经年累月，勤勤恳恳加工猪脚灰，却是农家的好帮手、大功臣。"猪是农家宝，肥是庄稼粮"，这话实不为过。

养猪各有诀窍，同样养猪，有人家养得膘肥体壮，有人家空有骨架不长肉；有人家半年多就可以出栏上市，有人家将近一年还够不上出售的等次。然而，猪圈里的猪脚灰却没有差别。猪养得不咋的，看着猪圈里厚厚的猪脚灰，主家心里倒打算盘自我满足。对于各家各户来说，猪圈是神圣的领地，猪脚灰是十分宝贵的私有财产。两家邻居，猪圈也并肩相依，当初围砌时就为尺寸针锋相对，队干部到场方裁量平息。而后，又因为中间的栅栏屡生事端。树桩做得栅栏，经不起两边的猪可劲儿猛拱，几根树桩松动两个猪圈便互通了，两头猪卿卿我我相依相偎。主家却不答应，凭什么我家的猪在你家猪圈里为你家做贡献？将不听话的猪牵回，找来榔头、树桩，"乒乒乓乓"忙活一阵，终于修复了栅栏。另一家主人晚上喂猪食，一眼就看出栅栏有异，左瞧右瞧总不大对头，似乎树桩朝自家这边移动了半拃。立马冲到对方家门口叫骂责问，双方吵成一团。这一方跳进猪圈要拔树桩，那一方挺身护挡，推搡拉扯升级为拳脚相加。两家女主也率子女出阵助战，猪圈内外乱成一团。

麦收结束，田野一片空旷，只剩麦茬儿的地，光溜溜的，等待耕翻耙平、灌溉插秧。各家忙里偷闲，备了灰叉、担子，撑来农船，开了猪圈围栏，拴好猪，开挖猪脚灰。五爪的铁灰叉像只大巴掌，插进灰堆，叉起一块猪灰，盛入担中，装满了挑起，一担担上船进舱。挖猪脚灰是件脏活，并不是很费力气。由于猪经常反复作业，灰层不会板结，灰叉挖起就是一大块。但是，需要有巧劲，缓缓下叉，不摇不晃，轻轻提起，慢慢端移，动作要连贯。弄不好碎裂成一摊，很难装进担子，功效大打折扣。挑完猪脚灰，里里外外打扫过一遍，猪圈显得十分清爽，猪儿似乎也觉得新鲜，欢快地溜来溜去。

装猪脚灰的船到了田头，一刻也不得耽误。整个生产队就七八条船，几户人家排在后面等船用哩。有人家等得急，需赶紧把猪脚灰先挑上岸，堆在河边，然后再一担担挑下田。堆在那里不能算事，万一一场雨来，水一淋灰化作黑水流进河里，不仅量受损失，肥力也大大降低。再说，季节也不等人，确实一刻也不敢耽误。常常须带饭下地，马不停蹄，连续作战。逢假期或星期天，会把10来岁的孩子也带上帮忙。大人挑担，猪脚灰一摊摊均匀地布满田里。同时，指导小孩手执灰叉把堆着的猪脚灰散铺开来。紧接着牛已下地，在牛倌的吆喝中迈蹄拉犁，犁头插进深土缓缓前移，一块块土垡翻身而起，将猪脚灰埋到了土壤里。

夏日的阳光强劲地穿透土层，远远看去泥土里散发出隐隐的雾气，那大片的土垡仿佛正张口吐纳呼吸。地里充溢着猪脚灰与泥土、杂草混成的独特味儿，田主人深深嗅上一口，闭上眼，默默入神，脑海中晃荡着沉甸甸的稻穗和堆得满满的谷囤。

窖草塘

说起来收、种之际算农忙，事实上农户们一年到头几乎没有闲时。麦子种下去，田间管理要跟上去，打麦泥、追肥、锄草、清墒理沟等等零碎活儿不断。寒冬过去，天气渐暖，麦苗蹭蹭地长。追施一交返青肥后，田里的活儿便可暂缓一阵子。于是，大家着手一件大活儿，在田头河浜开挖或整修方塘，开始窖草塘。

窖草塘是里下河农村特有的造肥、积肥方法，将野草与河泥充分混合，蓄藏于方塘中，腐烂发酵而成为泥渣，作为垩田的肥料。窖草塘是件大活儿，包含铲草、罱泥、戽泥、打吊桶、蓄泥、翻草泥、出渣等环节，经历过的人都领教过这些活的苦和累。知识青年上山下乡，刚刚插队的城里小伙儿、姑娘们对广阔天地充满新奇，满眼清粼粼、绿油油，风清天蓝，挑起担子颤悠悠的，举起耙子劲抖抖的，豪情万丈，犹感潇洒而又浪漫。心想：农村苦也不过如此，农活累并非想象的那样难捱。直到来年开春参加窖草塘，才晓得苦和累是个啥滋味。

备方塘、铲青草是窖草塘的前奏，好比一段序曲，轻快舒缓。罱泥就不那么轻松了，既费力气，又需技巧。扛罱子就不容易，两根长篙子和罱网连接组合成泥罱子，比其他农具笨重，扛在肩上进出门、巷道拐弯抹角很不灵便。罱泥时，下罱子夹泥，提罱子把泥倒进船舱，每一环节都需要一把力气。更别说人在船上踏船帮、跨船梁，腾挪转身，下水使劲，出水提重。早春天寒水冷，泥水溅湿鞋面、裤腿，背脊冒汗，腿脚发凉。几罱子一下，早饭的能量就已耗光，空着肚子，全凭浑身的精气硬挺着。知青小伙儿不熟水性，不懂船情，到了船上能够站稳就不错了。罱篙抓不住，好不容易把罱子按下水,却到不了河底,空罱子能提出水面就了不得了。没几下就心里发虚、腿子打软,巴不得即刻离船上岸。

河泥满舱,撑船悠悠而行,径往指定的田头方塘。船靠岸横停,拴桩、下篙固牢。啐一口唾沫,搓两下巴掌,船夹舱取出戽锨,一锨锨抄起舱里的河泥,挥臂扭胯甩到河岸的方塘里。遇有河坎地身较高,或是河坡过长,还需在河坎斜坡中间再挖一块小塘做成泥坞子。船上的泥先戽到泥坞子里,再有两人打吊桶将泥翻进方塘。

打吊桶虽说只是辅助活,但对于妇女来说,也相当吃重。两人一组,各拽住吊桶一侧的绳头,协同用力。先齐力将桶甩进泥塘,桶口向下扎进泥中,拉起借助惯性吊上方塘,倒出河泥。如此反复,直累得臂膀酸痛,浑身瘫软。城里的知青才接触农活,手心被绳子磨破,起泡红肿,双手握不得也展不开。

河泥蓄在方塘里,沉浆一段日子才开始翻塘沤草。男男女女一群人围着草塘,一边劳作一边说笑,热闹非凡。塘里的河泥被挖了出来,黄花草、绿萍和圩堤、河畔铲来的杂草也运了过来。塘底铺一层草,再垫上一层泥,又挑水倒进塘。于是几个人脱鞋赤脚下到塘里踩踏,使水、泥、草充分混合。就这样一层层地铺草、垫泥、浇水、踩踏,直至填满方塘。

天气乍暖还寒,温和的阳光抵不过飕飕的冷风。方塘里的人裤腿高卷,光脚丫冻得通红,起先冷得瑟瑟的,不一会就有些麻木了,一个劲机械地踩踏。多人聚在一块儿干活,自然很是热闹。手脚不停干活,嘴也不闲着。你一言我一语,越说越来劲。玩话没大小,笑话没正经,先是素的搭荤的,渐渐荤得过了火,直说得姑娘脸红、小伙儿害羞。就有仗义直当的女人出头正纲肃纪,发动几个揪住说得最凶、最出格的厚脸男人,轮番刮鼻子。这男人讨饶倒也罢了,若是再倒猛料,女人们便会当众扒下他的裤子。活跃的气氛冲淡了寒气,赶跑了苦活儿的脏和累,也打破了田野里的枯燥和沉闷。

麦收结束,等着耕田的间隙,生产队就安排劳力挖开草塘,把窖好的泥草渣一担担挑到田里。于是满田里均匀散铺上一层薄薄的泥渣,黑乎乎的,衬着白亮的麦茬儿,像是给田地披了一件花衣裳。随着抽水机的吼叫,河水哗哗流进田里，大水淹过，泥渣冒着泡儿化为黑油钻进泥土深处。插秧时，脚踩在水田里，土黏滋滋，滑润如膏，脚板心感受着莫名的柔软和舒爽。

抢在秋收前，又一轮窨草塘忙活开来。

冬天里，清空的草塘是人们农活余暇避风取暖的好去处，缩在向阳的塘角，倚着塘壁闲看高天流云，抽上两根烟，或小寐养神，天地之间，唯此乐极。还有对上眼的年轻男女，找一静僻处的方塘，小小的二人世界里，所有的一切，皆无限美好。

窨草塘窨出滋养土壤的肥料，也窨发了农人的幸福和甜蜜。

图书在版编目（CIP）数据

老村庄 / 顾成兴著. — 北京：中国民族文化出版社有限公司，2021.1
ISBN 978-7-5122-1420-0

Ⅰ.①老…　Ⅱ.①顾…　Ⅲ.①散文集—中国—当代　Ⅳ.①I267

中国版本图书馆CIP数据核字（2020）第257651号

老村庄

作　　者：	顾成兴
责任编辑：	张　宇
出 版 者：	中国民族文化出版社　地址：北京市东城区和平里北街14号
	邮编：100013　联系电话：010-84250639　64211754（传真）
印　　装：	三河市金元印装有限公司
开　　本：	710mm×1000mm　1/16
印　　张：	13
字　　数：	200千
版　　次：	2021年1月第1版第1次印刷
标准书号：	ISBN 978-7-5122-1420-0
定　　价：	55.00元

版权所有　侵权必究